Roman Moore

Ouba

Copyright: © 2020: Roman Moore
Satz & Umschlag: Erik Kinting – www.buchlektorat.net

Verlag und Druck:
tredition GmbH
Halenreie 40-44
22359 Hamburg

978-3-347-03994-0 (Paperback)
978-3-347-03995-7 (Hardcover)
978-3-347-03996-4 (e-Book)

Bibliografische Information der Deutschen Nationalbibliothek:
Die Deutsche Nationalbibliothek verzeichnet diese Publikation in
der Deutschen Nationalbibliografie; detaillierte bibliografische Daten sind im Internet über http://dnb.d-nb.de abrufbar.

Kapitel 1

Auf einem Streifzug durch die nahe Wiese neben dem großen Wohnhaus traf das Büsi (Katze) noch zeitig in der Früh auf einen Gegenstand, der das Interesse weckte. Er war dunkel, einem Rohr nicht unähnlich und steckte in der Wiese. Dieser Gegenstand war nicht zu bewegen und ragte aus den Grasbüscheln hervor. Da dieses fremde Ding eine dunkle Farbe hatte, war es im Morgengrauen von Weitem nicht zu erkennen. Büsi benahm sich ungezwungen und strich mit den langen Haaren ihres Felles mehrmals darüber. Von allen Seiten. Sie hatte es gefunden und nun begann ihre Markierung. Als die ersten Sonnenstrahlen den Boden streiften und über den Gegenstand hinweghuschten, wurden sie nicht reflektiert. Die Oberfläche dieses Gegenstandes wies eine mattschwarze Farbe auf. Büsi setzte ihre Krallen ein, sie konnte die Oberfläche nicht zerkratzen. Vergeblich versuchte sie in das Metall ein Zeichen zu ritzen. Somit begnügte sie sich, das aufgefundene Metallteil mit ihrem ganzen Körperteil mehrmals zu berühren.

Im Laufe des Vormittages fühlte sich das Büsi nicht mehr wohl. Die Katze kehrte in das Wohnhaus zurück, begab sich zu ihrem Korb, rührte ihr Fressen nicht an und begann zu miauen. Auch die Wasserschüssel blieb unberührt.

Marie fand ihre Katze zusammengerollt und erkannte an ihrem Verhalten ein Unwohlsein des Tieres. Einige Haarbüschel hatten sich aus dem gepflegten Fell gelöst. Marie rief den Tierarzt an. Der war nicht anzutreffen. Seine Assistentin erzählte von einem dringenden Hausbesuch. Am Nachmittag war an diesem Tag die Ordination geschlossen. Da Büsi ein ungewöhnliches Verhalten anzeigte, sollte Marie am Nachmittag ausnahmsweise vorbeikommen. Gegen Mittag lag die Katze apathisch in ihrem Korb. Marie verzichtete auf das Mittagessen und fuhr zum Tierarzt. Dieser konnte neben einer erhöhten Herzfrequenz fehlende Haarbüschel erkennen. Er gab Büsi eine Spritze und Marie ein Medikament mit. Das sollte die Katze während der Futteraufnahme zu sich nehmen.

Am Abend fühlte sich Marie wie in Watte eingepackt. Sie musste das Radio lauter stellen. Es überfiel sie eine ungewohnte Müdigkeit. Nur eine Kleinigkeit nahm sie an Stelle eines Abendessens zu sich. Der Mittagstisch war ausgefallen und auf das Abendessen hatte sie sich gefreut. Marie verzichtete auf Fernsehen und ging zu Bett. Bei der Kontrolle des Katzenkorbes fand sie Büsi schlafend vor. Das trug zu ihrer Beruhigung bei.

Am anderen Tag war eine Präsentation von Polizei und Rettungswesen am Marktplatz vor der Kirche angekündigt worden. Für den Fall einer radioaktiven Verstrahlung hatte die Gemeinde ein eigens ausgerüstetes Fahrzeug bestellt. Feuerwehrleute waren eingeschult worden. Die Bevölkerung hatte man durch Printmedien und zahlreiches Informationsmaterial informiert. Das Interesse war groß und die wenigen Parkplätze waren schon zeitig in der Früh besetzt.

Als Marie zu Büsi kam, säuberte sich die Katze, pflegte ihr Fell und es schien alles in bester Ordnung zu sein. Die Futterschüssel war geleert und Marie beruhigt.

Marie wollte die bestellten Nahrungsmittel beim Fleischhauer am Marktplatz abholen. Die an diesem Tag stattfindende Präsentation hatte sie vergessen. Als sie ankam, fand sie erst nach langem Suchen einen Parkplatz. Das Vordringen zum Fleischhauer war mühsam. Dort angelangt, zeigten zwei Feuerwehrleute in Schutzanzügen und mit Geigerzähler bewaffnet ihr Können. Die Umstehenden wiesen keine Verstrahlung auf. All dies wurde von der Presse dokumentiert.

Marie versuchte bei den beiden Sicherheitsleuten vorbeizukommen, um endlich ihr bestelltes Fleisch abholen zu können. Aber es gab kein Entkommen. Zum größten Erstaunen des einen Feuerwehrmannes schlug der Geigerzähler voll aus. Es wurde nochmals gemessen. Der Geigerzähler schnellte nach rechts in den roten Bereich. Das konnte von einem der Journalisten festgehalten werden.

Der Feuerwehrmann, eingehüllt in einen Schutzanzug mit einem Helm und Handschuhen, gab Alarm. Außer ihm und dem Pressefotographen war niemandem diese Reaktion des Geigerzählers bewusst geworden. Der Bürgermeister unterbrach sofort seine Ansprache und telefonierte um Rettung. Den Geigerzähler hatte man vorsorglich abgeschaltet. Die umstehenden Personen dachten an eine wohlorganisierte Vorführung und waren sich der Ernst der Lage nicht bewusst. Die Rettung war in wenigen Minuten zur Stelle, Marie wurde in vorbereitete Umhüllung verpackt und der Wagen fuhr mit Blaulicht und vollem Ton ins Spital.

Selbst der Bürgermeister und auch die Gendarmen, die bei ihm standen, wussten nichts von der Gefahr, die Marie drohte. Die Rettung war nur wenige hundert Meter weiter bereitgestanden und fuhr begleitet vom Applaus der Bevölkerung zu einer Notaufnahme nach Genf. Gefolgt wurde sie mit einem Polizeiwagen, der sich später an die Spitze setzte. Für den Feuerwehrmann, der den Ausschlag sehen konnte, war aus einer Vorführung ein nichterwarteter Ernstfall geworden, mit dem niemand gerechnet hatte. Im Kommandowagen der Feuerwehr war der Zeigerausschlag am Display registriert worden. Man konnte es nicht glauben.

Sofort wurde eine Nachrichtensperre eingeleitet. Nur wenige Beamten von der örtlichen Polizei bekamen eine kurze Information. Derjenige, dem die wenigen Fotoaufnahmen mit dem Zeigerausschlag gelungen waren, wusste es besser. Er sagte nichts. Er musste an die alte Regel denken: Berichten sie, was immer sie wollen, nur nicht die Wahrheit.

Der Tag verging, die Menge zerstreute sich und viele Parkplätze waren wieder leer. Die Familie von Marie war nicht verständigt worden. Ihr Auto parkte immer noch dort, wo sie es abgestellt hatte. Es war ein Platz, der der Gendarmerie vorbehalten war. Am Abend waren ihre Familienmitglieder über ihr Fernbleiben erstaunt. Immer hatte man sich auf ihre Pünktlichkeit und ihre Genauigkeit verlassen können. Es gab keinen Einkauf, kein Essen und keine Nachricht. Die Polizei wurde noch spät am Abend verständigt. Eine Politesse hatte das Fahrzeug gefunden, einen Zettel hinter dem Scheibenwischer geklemmt und war nach Hause gegangen. Manche, die spät am Abend vorbeikamen, wunderten sich über den leeren Parkplatz und das Auto, das in dem der Gendarmerie vorbehaltenen Platz stand.

Den Abtransport einer Person hatte der Bürgermeister miterlebt. Details kannte er aber nicht. Er wusste nicht, daß seine leibliche Schwester von der Rettung abgeholt worden war. Noch viele andere wichtige Termine warteten auf eine Einhaltung. Von dem Geigerausschlag hatte man ihm nichts erzählt. Für ihn war der gelungene Abtransport ein Teil einer Übung. Bei der lokalen Polizei war man sich aber nicht sicher, ob es Show oder Wirklichkeit gewesen war.

Marie lag in einer Spezialklinik in Quarantäne. Ohne nähere Information war eine Verstrahlung festgestellt worden. Man hatte sie vorerst in den künstlichen Tiefschlaf versetzt und sich mit anderen Spezialkliniken über dringend notwendige Maßnahmen unterhalten.

Ihre Katze lag zu Hause immer noch im Korb, wollte diesen nicht verlassen und verweigerte die Futteraufnahme. Als gegen Mitternacht endlich der Bürgermeister nach Hause kam, wurde er über die vermisste Marie informiert. Ein Anruf bei der Feuerwehr brachte Gewissheit. Man habe eine stark verstrahlte Person nach Genf in eine Spezialklinik gebracht, seinen Anordnungen strikt befolgt und darüber eine Nachrichtensperre verhängt. Man kenne weder Namen noch Adresse der Person. Man könnte aber den Namen der Klinik bekanntgeben. Um nächsten Tag um Ein Uhr in der Früh versuchte der Bürgermeister Auskunft über eine Person zu bekommen, die stark verstrahlt noch am Vortag eingeliefert worden war. Sehr höflich aber zurückhaltend bekam er die Information, auch sein Hinweis Bürgermeister eines Dorfes in Frankreich zu sein, würde keineswegs ausreichen, eine Antwort auf diese Frage zu geben. Knurrend legte er auf. In der Klinik war man bestrebt gewesen, die eingelieferte Person am Leben zu erhalten und eine Dehydrierung zu verhindern. Die genaue Untersuchung des Körpers und der Kleidung führte zur Auffindung von Tierhaaren. In der weiteren Spezialuntersuchung war man sich sicher, Katzenhaare unter dem Mikroskop zu finden. Auch diese waren verstrahlt. In der weiteren Analyse fand man nach langem Suchen noch vor dem Abend eine Substanz, die zur Herstellung von Nuklearwaffen diente. Die USA hatte die Ausfuhr dieser Substanz untersagt. Die internationale Vernetzung führte zu einem Hinweis auf einen Diebstahl im Genfer Flughafen. Streng bewachtes Material war vor kurzem entwendet worden. Man vermutete auch eine Einbindung des Sicherheitspersonals. Nun war die CIA am Zug. Noch in der Nacht gelangte eine streng geheime Information nach Washington. Jegliche Auskunft war der Klinik unter dem Hinweis auf schwerwiegende Folgen untersagt worden.

Das Auto von Marie führte zu ihrer Adresse. Die Polizei war nun damit betraut worden, die Angehörigen zu verständigen. Aus Genf kam aus der Klinik der Hinweis, man möge dringend die Katze einer Tierschutzorganisation anvertrauen. Doch Ouba begann noch in der Nacht lautstark zu Miauen. Die Angehörigen fürchteten um das Leben der Katze und verständigten die Tierrettung. Die kam prompt und holte Ouba. Als die Tierschutzorganisation eintraf, war

die Katze schon der Tierrettung übergeben worden.
Marie befand sich noch immer im Tiefschlaf. Erst in den Morgenstunden wurde sie aus dem Tiefschlaf aufgeweckt. Als sie ihre Augen aufschlug, fragte sie nach Ouba.
»Wer ist Ouba?«
»Meine schwarz-weiße Katze.«
Dann verfiel sie wieder in einen Dämmerschlaf. Sie wurde an die künstliche Ernährung angeschlossen. Nun durfte sie nicht mehr alleine bleiben. Das Pflegepersonal löste sich ab.

Nach der unbefriedigenden Nachricht aus dem Krankenhaus setzte sich der Bürgermeister in sein Auto und fuhr in diese Klinik. Beim Empfang musste er sich ausweisen. Seine Dokumente wurden sofort registriert. Sein Hinweis Bürgermeister in einem Dorf in Frankreich zu sein, veranlasste die Dame beim Empfang den Diensthabenden zu verständigen. Dieser kam. Der Bürgermeister wurde vom Stand der Dinge in Kenntnis gesetzt.
Aus Paris war noch am Vortag eine speziell geschulte Polizeieinheit eingeflogen worden. Marie war nach ihrer Frage nicht wieder munter geworden und konnte keinerlei Angaben machen. Der Bürgermeister wurde auf Verstrahlung untersucht, die negativ ausfiel. Da man ihn nicht zu der verstrahlten Person kommen lassen wollte, musste er sich gedulden. Die kümmerliche Aussage über eine Katze mit dem Namen Ouba ließ ihn an seine Schwester denken. Total übermüdet ersuchte er einen Platz zum Schlafen zu bekommen. Das gestand man ihm zu. In einem Nebenraum war ihm ein Bett bereitgestellt worden. Bevor man ihn aber Ruhe gönnte, musste der Bürgermeister einen genauen Bericht über die Lebensweise seiner Schwester abgeben. Um zwei Uhr in der Früh war man aber keinen Schritt weitergekommen. Eine eiligst zusammengetrommelte Polizeitruppe untersuchte noch in Sillingy die Wohnung, ihren Arbeits-

platz und ihr Auto. Auch alle Personen, die mit ihr in Kontakt gekommen waren. Auch das führte zu keinem Ergebnis. Es blieb die Katze, von der man sich einiges erwartete. Die war verschwunden. Eine Katze wurde nicht gefunden als die Tierschutzorganisatzion unter Polizeischutz vorfuhr.

Doch beim Korb der Katze reagierte das Meßgerät. Eine Großfandung nach der Tierrettung, die eine Katze transportierte, wurde eingeleitet. Die Polizei stoppte die Tierrettung auf der Autobahn. Nach einer weiteren Überprüfung konnte eine Kontaminierung der begleitenden Personen festgestellt werden. Eine Weiterfahrt mit dieser Katze wurde untersagt. Sie wurde von einem anderen Fahrzeug abgeholt. Der Presse war es nicht gelungen die Übergabe im Bild festzuhalten. Für die Lokalzeitung musste aber für die Seite eins ein Foto einer schwarz-weißen Katze organisiert werden. Der Andruck war für vier Uhr in der Früh vorgesehen. Die Jagd nach einer schwarz-weißen Katze begann.

Zahlreiche Fotos langten ein, widersprachen aber dem Geschmack des Redakteurs, dessen Aufgabe es vorbehalten war, die Bildgestaltung der Zeitung zu überwachen.

Findige Hobbyisten legten sich auf die Lauer. In einer Seitenstraße in einem ruhigen Viertel fand einer eine schwarz-weiße Katze, die sich ungestört vom Verkehr inmitten der kleinen Straße säuberte. Zahlreiche Aufnahmen führten zu einem Bild, welches die Titelseite der Lokalzeitung zierte.

Dieses Katzenfoto sollte in die Geschichte von Sillingy eingehen. Jemand war es gelungen eine schwarz-weiße Katze abzulichten. Sie hatte einen irren Blick. Mit Photoshop verbessert, strahlten die Augen wie Feuer. Sie gehörte einer amerikanischen Touristin, die seit einiger Zeit in Frankreich wohnte.

Um acht Uhr in der Früh läutete die Polizei am Gartentor. Die Amerikanerin kam im Morgenmantel. Umfangreiche Recherchen hatten den Wohnort dieser Katze in einer kleinen Seitenstraße ausfindig gemacht. Der mitgebrachte Geigerzähler konnte aber keineswegs eine Verstrahlung feststellen. Dennoch war diese Katze nun eine Berühmtheit. Sie war bei allen Nachbarn bekannt. Der Artikel über eine Verstrahlung erregte enorme Besorgnis. Auch die vielfache Bestätigung der Sondereinheit der Geigerzähler habe nichts feststellen können, fand keinen Glauben. Der Bericht der Lokalzeitung hatte absoluten Vorrang gegenüber anders lautenden Informationen. Ununterbrochen läutete bei der Polizei, der Feuerwehr und anderen Dienststellen das Telefon. Auch das Büro des Bürgermeisters bekam nun die Angst der Bevölkerung zu spüren.

Da der Ort der Quarantäne von Ouba nicht bekannt war, orientierten sich die Leute an der Katze mit den glühenden Augen. Das Gebiet um diese Seitenstraße musste von der Gendarmerie abgeriegelt werden.

Kapitel 2

Diese Katze aber, deren Konterfei die Redaktion zu einer nie dagewesenen zweiten Auflage veranlasste, wusste zu diesem Zeitpunkt noch nicht von ihrer bevorstehenden Klassifizierung als Mie-
ze in einem internationalen Agententreffen. Sie gehörte einer Touristin. Diese war auf einem Weltenbummel und hatte ein Haus mit
Garten in der kleinen französischen Ortschaft Sillingy für einen
Zeitraum von einem halben Jahr gemietet. In Genf gelandet, war
sie mit einem Leihauto zuerst in der Schweiz im Raum der Monts
Jura unterwegs gewesen. Später auf einer kleinen schmalen Straße
im französischen Teil der Jura war ihr dieses Kätzchen entgegenge-
kommen. Sie hatte das Auto angehalten und die Katze war durch
das offene Beifahrerfenster in den Wagen geklettert. Sie trug kein
Halsband und wollte das Auto auch nicht verlassen. Die Touristin
wusste nicht, wohin die Beifahrerin wollte. Im gemieteten Haus in
Slllingy wohnte nun die Katze und war bald allen Nachbarn als
zutrauliches Kätzchen ein Begriff.
Doch das änderte sich als sie in Großaufnahme auf der Seite eins
der Lokalzeitung als eine Katze beschrieben wurde, die radioaktiv
verstrahlt auch anderen Menschen diese Radioaktivität bei Berührung übertragen könnte.
Nach Albert Einstein sind zwei Dinge unendlich. Das Universum
und die menschliche Dummheit. Beim Universum war er sich nicht
ganz sicher.
Die arme Katze, gestern noch gestreichelt und verhätschelt, wurde
nach Erscheinung der Zeitung gejagt und gehetzt. Auch die Amerikanerin musste viele Unannehmlichkeiten einstecken. Die Zeitung
war bereits am Morgen ausverkauft. Als der Bürgermeister zur
Pressekonferenz schritt, überfielen ihn die Anwohner der Touristin
mit sehr peinlichen Fragen. Allen Beteuerungen zum Trotz schenk-

te man der falschen Information mehr Glauben als der Realität. Sogar eine öffentliche Überprüfung mit dem Geigerzähler hatte keinen Erfolg. Der Katze habhaft zu werden hatten sich viele Dorfbewohner der Jagd angeschlossen. Zwei dieser Jäger waren unglücklich gestürzt und mussten ins Krankenhaus mit Hand- und Beinverletzungen eingeliefert werden. Nach der verstrahlten Katze fragte kein Mensch.

Unter großer Mühe war es der Gendarmerie gelungen, Oubas Aufenthalt ausfindig zu machen. Diese Katze erholte sich langsam. Aber sie verlor weitere Haarbüschel. Nun kannte man die Besitzerin dieser Katze und recherchierte ihre ehemaligen Ausflugsgebiete. Bis Annecy war sie sicherlich nicht unterwegs gewesen. Man begann, Wiesen und Felder neben dem Wohnhaus abzusuchen. Man vermutete, die Katze hätte irgendetwas berührt und wäre verstrahlt worden.

Das Einsatzkommando in seiner Spezialkleidung, sowie der Wagen und die vielen Beamten blieben nicht unbemerkt. Unerwünschte Schaulustige und Fotografen, sowie Wichtigtuer jeglichen Geschlechts, standen außerhalb der Absperrung.

Nach der dritten Wiese fand man gegen Mittag auf einem anderen Feld ein Objekt, welches zwischen Grashalmen im Boden steckte. Schon aus einer weiteren Entfernung zeigte der Geigerzähler einen kleinen Ausschlag. In der Nähe schlug er gänzlich aus.

Das verdächtige Objekt wurde in einen sicheren Behälter eingelagert und weggebracht. Geschickt wurde der Behälter in ein unscheinbares Auto der Polizei deponiert, welches sich in eine unbekannte Richtung entfernte. Man versuchte die gaffende Menge abzulenken, indem man einen anderen Behälter unter größter Vorsicht in das Einsatzfahrzeug der Spezialabteilung für Atommüll und radioaktivem Abfall belud und sicherte. Das konnten alle mit ihren

Kameras festhalten. Die Absperrung wurde weitgehend aufgehoben. Das Feld, wo man das Delikt gefunden hatte, erhielt Betretungsverbot. Ob dies alle Hunde und Katzen auch respektieren würden, konnte man nicht voraussehen.

Das Polizeiauto, welches das strahlende Material transportierte, geriet nach mehreren Kurven zwischen zwei LKW (Lastkraftwagen), die durch ihre Fahrweise das Polizeiauto zum Halten zwangen. Mit Maschinenpistolen bewaffnet, sprangen bis zur Unkenntlichkeit verhüllte Männer, die den Behälter an sich nahmen und mit diesen flüchteten. Die Polizisten hatten Angesicht der Übermacht auf Gegenwehr verzichtet. Den Starterschlüssel hatte man ihnen abgenommen und in das angrenzende Buschwerk geschleudert. Die Nummerntafeln sowie die Beschreibung der LKW konnten die Polizisten mit den Sprechfunkgeräten durchgeben. Diese LKW wurden noch am selben Tag auf einen Parkplatz gefunden. Der Behälter, sowie der Inhalt fehlte. Von dem Überfall hatte der Bürgermeister zur Zeit der Pressekonferenz noch keine Ahnung.

Dem Kommissar aus Annecy wurde bald bewusst, die Aufklärung dieser Geschichte wird einige Zeit in Anspruch nehmen. Viel hatte man versucht, vorerst war man gescheitert. Seine Kollegen waren am Leben geblieben. Ihren Autoschlüssel hatten sie gefunden und sie waren zurückgekehrt. Bei einer internen Besprechung kam auch die Erkenntnis, der aufgefundene Gegenstand war für eine Gang, die den ursprünglichen Transport übernommen hatte, von unvorstellbarer Wichtigkeit. Wohin sollte er gebracht werden? Vielleicht hätten sie sogar das Spezialfahrzeug zerstört und die Begleitmannschaft schwer verletzt. Man musste mit den Gegebenheiten zufrieden sein.

Man überdachte alle möglichen und unmöglichen Begebenheiten der letzten Stunden. Auch die Wetterbedingungen der letzten Tage wurden mit einbezogen. Der Schneesturm in der Nacht und der Morgen in dem die verstrahlte Katze das Material gefunden hatte.

Im Zuge der weiteren Erhebungen sickerte der Diebstahl im Flughafen von Genf durch. Aus einem Hochsicherheitstrakt eines Gebäudes war radioaktives Material entwendet worden. Man musste die USA verständigen. CIA schickte ihre Leute.

Am kleinen Flughafen von Sillingy stand ein Flugzeug bereit, welches einige Männer in den Nahen Osten bringen sollte. Man wartete auf andere Personen.

In der Nacht, in der die Katze von Marie auf den ominösen Gegenstand gestoßen war, gab es heftigen Wind. Dazu kam in den höheren Bereichen Nebel. Keineswegs ein Wetter, das Piloten mit Erfahrung liebten. Ein Helikopter war in Genf gestartet und sollte noch zwei Männer aus einem Gebiet in Frankreich abholen. Der Pilot war in früheren Jahren in der Marine tätig gewesen. Furcht kannte er nicht. Er besaß auch die Erlaubnis in der Nacht zu fliegen. Mit dem gecharterten Helikopter kam er beim Abflug gut zurecht. Der Nebel im Bergmassiv der Jura störte. Die Männer mit ihrer Fracht konnte er finden und an Bord holen. Nun musste nur mehr der Flughafen bei Sillingy erreicht werden, dann konnte er auf Urlaub gehen. Während des Fluges begannen die Männer zu streiten. Der Pilot hatte keine Zeit sich den beiden zu widmen. Der Nebel und der heftige Wind forderten seine Konzentration. Nahe dem Zielflughafen, wurde plötzlich die Türe aufgerissen und ein Gegenstand aus dem Koffer in die Tiefe geworfen. Kurz darauf musste der eine Mann, der dies bewirkt hatte, ebenfalls den Helikopter verlassen. In den Nebelschwaden erkannte der Pilot einen weiteren Hügel, der sich rasch näherte. Dem illegalen Transport des zweiten Mannes drohte ein Chaos. In einem nicht vorhergesehenen Steilflug mit einer deutlichen Seitenneigung der Maschine konnte das Ärgste verhindert werden. Doch der Mann rutschte von seinem Sessel durch die nicht geschlossene Türe ins Freie. In der Hand hatte er noch den Metallkoffer. Bei einem weiteren Windstoß verlor er den Halt und stürzte im Bergmassiv von Mandallaz in die Tiefe. Der Pilot brachte daraufhin den Helikopter zum Flughafen von Sillingy. Er meldete die Überstellung des Helikopters und trat seinen Urlaub an. Von den beiden Passagieren gab es bei einer weiteren Untersuchung seitens der Gendarmerie keine Notiz.

Während die Untersuchungen über das verstrahlte Material, noch nicht abgeschlossen war, meldete ein Spaziergänger eine Leiche in einem kleinen See nahe der Straße nach Frangy.

Die verstrahlte Katze war noch nicht gefunden worden. Eingedenk der verletzten Marie rückte wieder das Spezialfahrzeug der Feuerwehr aus. Tatsächlich war die Leiche verstrahlt. Sie schwamm an der Oberfläche des kleinen Teiches in Ufernähe. Der Spaziergänger hatte zu seinem Glück nichts berührt.

Das gesamte Gebiet wurde abgesperrt. Die Gendarmerie vermutete einen Zusammenhang zwischen dem elegant gekleideten Mann, der keine Ausweispapiere bei sich trug, aber eine Stichverletzung am linken Oberschenkel vorwies und dem abhandengekommenen Objekt im Feld. Wie es dorthin gekommen war, darüber gab es viele Vermutungen.

Die aufgefundene Leiche wurde in einem besonderen Behälter gelagert und in die Gerichtsmedizin nach Annecy gebracht. Wo und wann sie weiter untersucht werden sollte, stellte die Behörde vor weitere Anforderungen.

Der Bürgermeister von Sillingy kam auch nicht zur Ruhe. In wenigen Tagen sollte um diesen kleinen See eine lang vorbereitete Veranstaltung stattfinden. Unter Zeitdruck wurden das Seewasser und die umliegenden Wiesen und Wege untersucht. Schausteller hatten sich angemeldet. Familien mit Kindern waren lange über Printmedien und Plakatwerbung über ein angenehmes Wochenende informiert worden. Sogar die anhaltende Wetterlage versprach regenfreies und sonniges Wetter.

Nach einer Tagesarbeit konnte das Gebiet um diesen See und das Wasser freigegeben werden. Der Bürgermeister war erleichtert.

Zwei Tage später machte der Bruder von Marie, Jean, einen seiner üblichen Rundgänge auf das Bergmassiv von Mandallaz. Nahe der Spitze, nahezu neben dem steilen Weg stieß er auf einen Mann der am Boden lag und neben sich einen geöffneten Metallkoffer in seiner rechten Hand hielt. Der Mann war tot. Das war zu sehen. Die noch nicht vergessenen Vorfälle der vergangenen Stunden bewahrten Jean davor, näher zu kommen und sich für den Inhalt des Koffers zu interessieren. Er verständigte die Polizei unter Angabe des Fundortes und was er gefunden hatte. Man sagte ihm noch, nichts anzurühren und auch nicht in der Nähe zu verweilen. Das beherzigte Jean, der sich sofort vom Fundort entfernte.

Als die Feuerwehr im Jeep mit der Strahlenschutzkleidung eintraf wurde Jean untersucht. Er hatte nichts abbekommen. Bei Annäherung an den Metallbehälter reagierte der Geigerzähler schon von Weitem. Das hochradioaktive Material sollte dieses Mal der Polizei nicht entwendet werden. Dafür war vorgesorgt worden. Zahlreiche Beamten, ausgerüstet wie zu einem Kriegseinsatz, sperrten die weitere Umgebung ab.

Ein Mann in Zivil, der mit der Polizei mitgekommen war, holte Jean zur Seite. Er stellte sich als ein Teil einer besonderen Abteilung vor, die an diesem Morgen zeitig in der Früh angekommen war. Der Flug aus Paris nach Genf und von dort mit einem Kleinflugzeug nach Sillingy war nicht vorgesehen gewesen. Die Vorkommnisse verlangten nach lückenloser Aufklärung. Die Schweizer Zollbehörden werden nun von Spezialagenten der CIA untersucht. Das hat man auch dem französischen Präsidenten mitgeteilt.

Dieser hat seine eigene Abwehrgruppe mobilisiert. Mit der USA will man keinen Krieg beginnen.

»Und nun zu ihnen. Ein herzliches Dankeschön für ihren Anruf. Was sie heute zu Gesicht bekommen haben, vergessen sie so rasch wie möglich. Kein Wort zum besten Freund. Kein Wort zu ihrer Frau oder anderen Personen. Trainieren sie ihr Gesicht. Wenn man ihnen Fragen stellt, was sie heute unternommen haben, erzählen sie ruhig von einem Spaziergang auf dieses Massiv. Prägen sie sich einen anderen Weg mit jedem Detail ein. Es gibt hier zahlreiche. Kein Wimpernzucken, wenn man Andeutungen auf ein ungewöhnliches Ereignis zu sprechen kommt, wenn sie gesund bleiben wollen. Ein falsches Wort und sie geraten in ein für sie unvorstellbares Schlamassel. Wenn sie in Zukunft Telefonanrufe von ihnen nicht zu verifizierenden Personen bekommen, notieren sie sich Datum und Uhrzeit. Löschen sie sofort den Anrufer. Haben sie das verstanden?«

»Ist das so gefährlich?«

»Es ist nicht gefährlich, es ist absolut tödlich.«

Jean schluckte. Er konnte es nicht glauben.

»Mein Name ist Thibaud. Die CIA schickt sicherlich ihre besten Leute. Sie werden alle als Touristen kommen. Junge und alte Hasen, die schon in Vietnam im Einsatz gewesen sind. Sie haben einen Beherbergungsbetrieb. Vielleicht wollen sie auch bei ihnen wohnen. Sicherlich auch im Hotel im Dorf bei Sandrine.«

Jean wurde es heiß. Erstaunlich wieviel Thibaud bereits wusste.

»Wird es zu einer Auseinandersetzung mit anderen Agenten geben?«

»Das wissen wir noch nicht. Der KGB wird nicht lange auf sich warten lassen, das ist sicher.«

Jean fühlte sich nicht wohl, das war ihm anzusehen.

»So wie ihre Miene nun aussieht, können sie nicht zu den Leuten im Dorf zurückkehren. Schon von der Ferne ist allen ihr Gesichtsausdruck wie ein offenes Buch. Gehen sie ein Stück auf diesem nicht zu hohen Hügel und überdenken sie alles, was ich ihnen leider in einer zu kurzen Zeit mitgeteilt habe. Es ist alles Gewohnheit. Ich habe auch einmal begonnen.«

meinte er mit einem Lächeln.

»Prägen sie sich vorerst markante Punkte des Weges ein, dem sie nun folgen werden. Das ist das Wichtigste.«

Thibaud reichte ihm die Hand.

»Bon courage.«

Jean durfte weggehen.

Jean vergaß auf den Gesang der Vögel zu achten und versuchte sich den Weg einzuprägen. Es gab Bäume, deren Äste eigenartige Formen angenommen haben. Darauf hatte er noch nie geachtet.

Steine inmitten des Weges, die groß genug waren, um einen Jeep zum Umkehren zu zwingen und vieles mehr. Er dachte auch an das Aussehen seines Gesichtes. Wenn nun die CIA wirklich zum Abendessen kommen würde und mit ihm der KGB, wie er sich verhalten müsste. Er kam zu dem Entschluss, locker wie immer und keine Angst haben. Es sind auch nur Menschen.

Allmählich beruhigte er sich. Der Weg war lang und er kehrte erst zum Mittagessen zurück. Der Koch fragte ihn, wo er so lange unterwegs gewesen war und Jean konnte den Weg sehr gut beschreiben.

Elli und Patricia verbrachten einen Teil ihres Urlaubes in der Karibik. Das Tiefseeabenteuer war lange vorüber und anschließende kleine Einsätze in den USA ebenfalls. Weitere drei Wochen waren in Trégastel-Plage in der Bretagne vorgesehen. Dorthin wollten nochmals fahren, bevor wieder der Ernst des Lebens sie zurückrufen würde. Ende der zweiten Woche erreichte sie ein Telefonanruf aus Washington, sich unverzüglich zu melden.

Zurückgekehrt von einem harmlosen Tauchausflug bekam Patricia die Nachricht noch bevor sie ihre Zimmer aufsuchen konnten. Ein Rückanruf verwies auf einen vorzeitigen Abbruch des Urlaubes. Man wollte sie in Washington persönlich sprechen. Sie packten beunruhigt ihre Koffer und nahmen die nächste Maschine.

In Washington wurden sie von dem Diebstahl in Genf instruiert. Sie bekamen die Anweisung sich in Sillingy in der Nähe von Annecy in einem Campinghäuschen auf unbestimmte Zeit einzurichten. Dieses Mal würden sie dem KGB direkt in die Augen sehen können. Gänzlich alleine werde man sie nicht lassen. Auf schwere Waffen werden sie dieses Mal verzichten müssen. Man vertraue auf ihr diplomatisches Geschick. Man sagte ihnen noch, der Diebstahl betraf Material, das man zum Bau von kleinen Atombomben verwenden konnte. Vermutlich besitzen selbst die Russen dieses Material. Länder wie Irak waren sicherlich daran interessiert. Vielleicht werden sie dieses Mal direkt mit dem KGB zusammenarbeiten müssen. Man ließ durchblicken, man war nicht unbedingt auf das radioaktive Material wild, aber wie es zu diesem Diebstahl gekommen ist. Es lagerte in einem Hochsicherheitstrakt, der mit technischen Mitteln der neuersten Bauart ausgestattet war. Geschickt werden sie aber nicht nach Genf, sondern nach Frankreich. Die Beziehungen zu Frankreich waren seit dem Abenteuer in der Bretagne besser als die zu der Schweiz. Man wird eine Direktverbindung nach Washington in den Bergen von Jura errichten. Von einem Campingbus müsste über diese Verbindung ein Direktkontakt mit Washington möglich sein.

Die Station im Massiv der Jura wollte man im Château de Joux errichten. Man wünschte ihnen gutes Gelingen.

Wenige Tage später landeten sie in Genf. Ausgerüstet mit Sommer und Winterbekleidung, sowie einfacher eleganter Kleidung, die den Besuch eines Theaters oder einer anderen festlichen Veranstaltung gerecht werden sollte. Die beiden Damen wurden bereits sehnsüchtig erwartet. Man zeigte ihnen einen hellen Campingbus mit aller notwendiger Ausstattung. Elli hatte noch den Campingbus von Pamela im Gedächtnis, aus dem sie voller Stolz mit Washington korrespondieren durfte. Doch dieser war moderner und bot noch mehr Komfort. Er war mit zusätzlichen Batterien ausgestattet, einem versenkbaren Display, Fenster, die sich bei einem unerwarteten Angriff automatisch verdunkelten und vielen anderen nützlichen technischen Spielereien. Der starke Motor sollte auch bei steilen Bergfahrten das Weiterkommen ermöglichen. Das Allradgetriebe würde sicherlich weiterhelfen. Nur lenken müssten sie ihn schon selber, versicherte der Mann, der das Fahrzeug vorführte. Man gab ihnen neben dem GPS auch einen Michelin Atlas mit. Damit ausgerüstet würden sie alle kleinen Bergstraßen finden. Auch die Vorratsbehälter der Bordküche waren für die nächsten Tage übervoll angefüllt. Ihre Vorliebe für frischen Espresso war bekannt. Dafür war eine Maschine fest mit einer stabilen Stellage verschraubt worden. Der dafür elektrische Strom konnte über einen Spannungswandler aus dem Netz des Campingbusses bezogen werden. Sie bekamen noch eine Telefonnummer im Falle einer Unterstützung und die Nachricht, sie würden in Frankreich erwartet werden.

Dem Instruktor war klar, einen solchen Campingbus hätten sicherlich auch andere Kunden gerne in Empfang genommen. Aber was bietet man nicht noch sonst an, um Washington zufrieden zu stellen.

Elli drehte vor der endgültigen Abfahrt noch eine Runde auf dem riesigen Parkplatz, hielt beim Instruktor an, bedankte sich und nahm die Richtung nach Annecy. Es war ein großes Fahrzeug, das sich leicht wie ein PKW steuern ließ.

Nach Frankreich gelangten sie ohne Zollkontrolle. Elli wollte mit dem ihr unbekannten Fahrzeug keineswegs über die Hügel nach Sillingy. Sie begnügte sich mit den Hauptverkehrsstraßen und fuhr zu dem Campingplatz von Jean. Da sie angemeldet worden waren, bekamen sie ihren Standplatz. Bei Einbruch der Dunkelheit versperrten sie den Bus, aktivierten die ihnen bekannten Sicherheitsmaßnahmen und gingen in das Restaurant.

Es gab nur wenig Gäste. Elli suchte einen Tisch und Patricia folgte ihr. Jean kam und Elli sagte Bonjour. Jean Antwortete mit einem Gruß und wollte wissen, was sie trinken wollten.

Elli sprach ihn in Englisch an und verlangte nach der Karte. Die wurde ihr gebracht. In diesem kleinen, netten Restaurant war man mit Besuchern, die kein Französisch sprachen und nur in Englisch kommunizieren wollten, überfordert.

Auch die Kellnerin, die später das Mineralwasser brachte, konnte nicht weiterhelfen. Die wenigen Worte in Englisch, deren sie mächtig war, beschränkten sich auf Grüßen, Bitte und Danke sagen.

Patricia suchte in der Karte vergeblich nach Speisen, die ihr bekannt vorkamen. Elli erging es nicht besser.

Der Aufenthalt in der Bretagne lag Jahre zurück. Das wenige Französisch, das sie damals noch beherrscht hatte, war mangels Übung aus dem Gedächtnis verschwunden. In der Bretagne waren sie einer Serviererin begegnet, die das amerikanische Englisch flüssig in Wort und Schrift beherrschte. Der ehemalige langanhaltende Arbeitsplatz in New York hatte dazu beigetragen. Doch sie wollte in ihre Heimat zurück. Elli musste an Trégastel – Plage denken.

Doch hier im Dorf von La Balme-de-Sillingy verstand man vielleicht im Hotel von Sandrine Englisch, nicht aber bei Jean.

Sie versuchten es in Deutsch. Kein Erfolg. Vor ihnen stand die halbgeleerte Mineralwasserflasche.

»Wenn wir nicht verhungern wollen, müssen wir zu unserer Not-verpflegung in den Campingcar zurückkehren.«

Das hörte ein Mann in Uniform der Polizei, der gerade die Tür passiert hatte. Er wollte nur einen kleinen Espresso und sofort verschwinden. Seine Kollegen warteten schon seit Stunden auf ihn.

An der Theke wendete sich Jean an Claude. Er sollte ihm weiterhelfen.

Daraufhin kam er zum Tisch der Damen und fragte höflich, ob er behilflich sein kann. Das erwirkte ein befreites Lächeln und man bot ihm einen Platz an. Jean brachte den Espresso. Claude begann die einzelnen Speisen in Englisch zu erklären. Elli machte sich sofort Notizen. Das war notwendig. Nicht immer wird jemand zur Tür hereinschneien, wenn Not am Mann war.

Claude hatte seinen Kaffee getrunken und wollte weiter. Von Patricia wurde er um seine Telefonnummer gebeten. Er meinte noch, im Kommissariat in Annecy tätig zu sein. In Sillingy wird er aber erwartet. Sein Vorname lautet Claude. Er erfuhr die Vornamen von Elli und Patricia und war bei der Tür draußen.

Elli konnte das Abendessen bestellen, indem sie mit ihrem Finger auf die Speisekarte tippte. Wein wollten sie keinen.

»Verhungern werden wir nicht, sobald wir die Speisen und deren Namen besser verstehen.«

»Sicherlich nur eine sehr einfache, aber schmackhafte Küche.«

Kapitel 3

Der Hinweis eines ruhigen und sicheren Campingplatzes in der Nähe der Schweiz und Annecy, war im Hauptquartier vorerst als ein Stützpunkt ausgewählt worden. Eine Agentur in New York sollte eine Reservierung vornehmen. Dazu kam der Diebstahl in Genf. Genf war nicht weit und Sillingy befand sich auf französischem Boden. Das Vertrauen zu den Franzosen war größer als zu den Schweizern. Die Unkenntnis der französischen Sprache sollten die Damen nützen und mit Personen in Kontakt treten, die Englisch verstanden und aus Paris zur Klärung des Falles beigezogen wurden. Man hatte noch in Washington auf die Spionageabwehr hingewiesen. Man vertraute auf das Geschick von Elli und Patricia. Die Buchung für einen Platz zum Aufstellen eines Campingwagens war von Annecy aus durchgeführt worden. Eben an dem Tag, als der Diebstahl im Schweizer Flughafen bekannt geworden war.

Jean hatte die Zeit genützt, während sich Elli und Patricia dem Abendessen widmeten. Durch die Küche entkommen, was nicht weiter auffiel, konnte er in Ruhe den Wagen der beiden Damen besichtigen. Dieser stand ordnungsgemäß geparkt auf dem zugewiesenen Platz. Hineinsehen konnte er nicht. Die verdunkelten Scheiben waren ein Hindernis. Was ihm auffiel war die Bereifung. Ein kleiner LKW wäre ebenfalls damit ausgerüstet gewesen. Der Spiegel für den TV Empfang war nicht zu übersehen. Mehr konnte er in der Dunkelheit nicht erkennen. Beruhigt kehrte er zurück. Die französische Nummer deutete auf eine Anmeldung in Frankreich hin. Erst im Nachhinein fiel ihm ein, was er vermisst hatte. Es war die übliche Bezeichnung der Firma, die diesen Campingwagen hergestellt hatte. Vielleicht war es ein ausländisches Produkt, das eingeführt worden war.

Jean kam über die Küche zurück. Seine Miene strahlte Zufriedenheit aus.

»Vermutlich hat er unser Auto inspiziert«

Elli lachte.

»Es war eine gute Idee gewesen, aus New York eine Agentur in Annecy um Hilfe zu bitten.«

Die beiden Damen waren sich sicher, die Worte konnten nicht ihrem Sinn nach verstanden werden. Einer frühzeitigen Entdeckung waren sie entkommen.

Der neugierige Koch kam vorbei. Einerseits hatte er am Erscheinungsbild der Damen Interesse. Andererseits wollte er seine Englischkenntnisse ausprobieren. Er fragte, ob sie mit dem Gebotenen zufrieden waren und welche Wünsche sie zum Frühstück hätten.

Sie bedankten sich, bestellten ausreichenden Espresso für ungefähr neun Uhr am kommenden Tag und dem üblichen Gebäck und Beigaben, die nur in Frankreich zu erhalten waren. Aus diesem Grund haben sie sich einen Platz in Frankreich und nicht in der Schweiz ausgewählt.

Das erfreute den Koch und er lachte. Eine weitere Bestätigung ihrer vermeintlichen Rundreise in Europa, die nun in Haute-Savoie begonnen hatte.

Sie verabschiedeten sich von Jean und gingen in den kühlen Abend hinaus. Der Mond war mit seiner Sichel im Zunehmen. Die klare Luft und der dunkle Himmel ließen sie einen Augenblick verweilen. Unwillkürlich dachten sie an den Hof von Elli. Oftmals waren sie dort von diesem Bild bezaubert worden. Dann suchten sie langsam ihren Wohnwagen auf.

»Ob wir bei Vollmond schon unsere Arbeit beendet haben?«

»Ob wir bei Vollmond noch in Europa sind, das weiß der Kuckuck.«

»Wer?«

Patricia kannte diesen Ausdruck nicht. Elli klärte sie auf. Die Erinnerung an längst verschwundene Zeiten und an Menschen, die sie liebgewonnen hatte und die nicht mehr lebten, wollte Elli so rasch als möglich los werden. Nach Betreten des Wagens aktivierte sie das Display und baute eine Verbindung zu einem weiteren Stützpunkt im Massiv der Jura auf.

Der codierte Funkspruch enthielt lediglich: Wir sind gesund angekommen. Kein Hinweis auf den Campingcar oder dessen Standort.

Die Antwort kam sofort: Danke für die Meldung. Genug Komfort? Das bestätigen wir Morgen, gab Elli weiter.

Beide wussten, eine mehrmalige automatische Verschlüsselung würde ihrer Unterhaltung nützlich sein. Wer den Text lesen wollte, musste Zeit investieren.

Jean hatte einen Verdacht bei ihrer Ankunft gehabt. Das war seinem Gesicht anzusehen gewesen. Später hatte er sich beruhigt. Wer diesen Verdacht geschürt hatte, davon hatten sie keine Kenntnis.

Claude konnten sie nicht überprüfen, wie sie es früher gemacht hatten. Sein Hinweis in Annecy im Kommissariat tätig zu sein, schien ihnen zu wenig.

Ohne viel in die Körperpflege zu investieren, legten sie sich schlafen. Die Fenster waren nur kurz offen gewesen. Die kalte Luft strömte herein. Bald waren sie wieder verschlossen.

Elli konnte sofort einschlafen. Patricia lag noch lange wach. Wieder einmal hatten sie ihren Urlaub überstürzt abbrechen müssen. In nur wenigen Stunden waren sie in einem anderen Klima gelandet. Auch der große Komfort dieses Campingcars konnte bei der Umstellung keine Hilfe sein. Wo waren nun die anderen Kameraden untergebracht worden? In Sillingy bei Sandrine oder anderswo. Was ihnen fehlte, war das Geschehen in La Balme-de-Sillingy. Die Polizei war ihnen in diesen wichtigen Punkten eindeutig voraus. Nicht umsonst hatte man Beamte aus Annecy zur Aufklärung eingeladen. Mit diesen Gedanken fiel auch Patricia in einen tiefen Schlaf.

Es war noch dunkel, als Patricia aufwachte. Ein Blick auf die Uhr zeigte sieben Uhr dreißig. Das Bett wollte sie nicht verlassen. Sie hatte gut geschlafen. Die Müdigkeit war nicht vorüber. Die überstürzte Abreise aus Trègastel nach Washington, die kurze Information und die Weiterreise nach Genf. Es fielen ihr die Bemerkungen ein, die sie einst in Washington bei einem Besuch eines liebenswürdigen Mannes gehört hatten. Nach einem kurzen Nachdenken hatte er bei der Begrüßung und der Erwähnung ihres Vornamens »Sie sind Pussy« zu ihr gesagt. Im Laufe des Nachmittages hatte er darauf hingewiesen, daß sie beide nicht aussteigen könnten und immer daran denken sollen, im Dienst zu sein. Egal wo und auch egal ob sie gesund oder krank wären. 24 Stunden an jedem Tag. Wie mag es seiner Frau heute ergehen? Sie kannte seine schwere Krebserkrankung. Ob er noch am Leben war oder ob sie ihm ebenfalls in den Tod gefolgt war, wusste Patricia nicht. Wie viele Monate sind seither vergangen und wir müssen noch immer dienen. Unser Pensionsalter haben wir noch nicht erreicht.

Patricia verließ leise ihr Bett und öffnete den einen Volet (Fensterladen). Elli schlief noch immer. Sie war nicht munter geworden. Die Tageshelligkeit fiel in das Zimmer. Die direkten Sonnenstrahlen wurden durch das hohe Nebengebäude abgehalten. Man konnte den Gesang der Vögel hören. Die Stille wurde durch kein anderes Geräusch gestört.

Patrica kehrte in ihr Bett zurück.

Nach einigen Minuten wachte Elli aus dem tiefen Schlaf auf. Im Zimmer war es nicht mehr so finster wie in der Nacht. Instinktiv wurde ihr die Veränderung bewusst. Schlaftrunken fragte sie Patricia: »Bist du schon lange wach?«

»Vor wenigen Minuten habe ich einen Volet geöffnet. Nun strömt die frische Luft ins Zimmer. Hast du gut geschlafen?«

»Danke sehr gut. An Träume kann ich mich nicht erinnern. Den Urlaub mussten wir abbrechen. Hier aber werden wir versuchen unsere unterbrochene Entspannung nachzuholen. Vorerst aber Frühstücken.«

Beide Damen begannen mit der Gymnastik. Darnach kam die Morgentoilette.

»Als ich mich noch im Bett befand und noch nicht vollständig munter war, musste ich an den Nachmittag mit Isabella denken. Auch an die eindringlichen Wörter: Ihr seid immer noch im Dienst.«

»Wenn es uns gelingt, sollten wir unsere Chefs überreden, Isabella wieder zu sehen.«

»Wenn, es gibt zu viele wenn.«

Patricia fing zu Lachen an. Das steckte Elli an. Um halb neun Uhr begaben sie sich zum Frühstücksraum. Man hatte sie schon erwartet und zeigte ihnen ihren Tisch. Es war der, an dem sie am Abend gesessen waren. Er war reichlich gedeckt. Jean kam, fragte ob sie Tee oder Kaffee wollten und wurde auf Espresso verwiesen. Sie bekamen noch sehr viel kalte Milch und wurden in Frieden gelassen.

»Wo könnten wir nun beginnen?«

Patricia setzte ihr Kauen fort, das Frühstück fand ihren Gefallen. Sie war bereits satt, doch die confiture ließ sie fortfahren. Auch der Honig wurde nicht abgelehnt. Sie schleckte an ihren Fingern.

»Du hast einen sehr unzufriedenen Gesichtsausdruck.«

Patricia nickte nur. Sie wollte nicht antworten. Auch an die Tagesarbeit wollte sie nicht denken. Sie stand auf und verschwand im

Waschraum. Als sie zurückkam stand Jean beim Tisch. Zuerst wollte er wissen, wie ihnen das Frühstück geschmeckt hatte. Die vergnügten Gesichtern gaben ihm die Antwort. Ob sie zum Mittagessen kommen würden, war ihm ein Anliegen. Sie verneinten. Er zog sich wieder zurück.

»Wenn du einverstanden bist, werden wir dem kleinen Flughafen einen Besuch abstatten. Einen Rundflug buchen und uns über diese Umgebung einen Überblick verschaffen. Vielleicht gibt es auch Auskunft über stattgefundene Flüge in den vergangenen Stunden und Tagen.

Dem konnte Elli zustimmen. Ohne eine Person im Flughafen von Genf zu kennen, hätte ein Beginn in Genf wenig Sinn.

Als sie den Raum verlassen wollten, kamen ihnen zwei elegant gekleidete Männer entgegen. Der ältere Mann erinnerte Patricia an eine Begegnung. Sie wusste nicht mehr wo. Angestrengt dachte sie nach und hielt die Türe offen. Sie konnte noch hören, wie der Jüngere der beiden in einem harten Englisch nach einem Quartier fragte. Das sind Russen dachte sich Patricia. Elli war vorausgegangen und wartete. Patricia winkte ihr und kehrte in den Frühstücksraum, der auch als Gastzimmer diente, zurück.

Jean stand bei der Theke und konnte keine Antwort geben. Englisch war nicht seine Sprache. Der Russe versuchte es in flüssigem Deutsch. Das hatte noch weniger Erfolg. Alain, der Koch war gekommen und versuchte sein Englisch.

Patricia war leise zu der Gruppe gestoßen.

»HI Sergej, wie geht es ihnen?« in russischer Sprache.

Der Angesprochene drehte sich langsam um. Er war auf einen Angriff vorbereitet. Das konnten Patricia wie Elli erkennen. Patricia lächelte ihn an. Hinter Patricia stand Elli, die ebenfalls ein lächelndes Gesicht zeigte. Sergej verharrte angespannt in einer Abwehrstellung. Der andere Russe stand ebenfalls in Angriffsstellung. Für die beiden

Franzosen, die die Stellung der Russen begriffen hatten, waren es bange Sekunden. Was wird nun geschehen. Sergej lockerte sich. »Patricia wie gelingt es ihnen immer so hübsch auszusehen.« kam seine Antwort in Russisch. Beide schüttelten sich die Hände. Patricia bot ihre Wange zu einem Kuss an. Ebenso Elli. Daraus wurde eine herzliche Begrüßung. Die folgende Unterhaltung wurde in Russisch geführt. Alain hatte es bald begriffen. Die beiden Amerikanerinnen waren Agentinnen des CIA und verstanden sich prächtig mit KGB. Wie gibt es so etwas?

Sergej wollte wissen, wie die weitere Vorgangsweise des Einsatzes in der Bretagne verlaufen war.

»Haben sie schon Zeit für ein Frühstück gehabt? Es schmeckt hier ausgezeichnet.«

Auf seinen Hinweis noch in der Nacht aus der Zentrale aufgebrochen zu sein und im Flugzeug bisher kein zufriedenstellendes Essen bekommen zu haben, war Sergej zu einem Frühstück bereit.

Jean wurde ersucht den Herren ein schmackhaftes Frühstück zu servieren.

Mit Jean wurde vereinbart den Russen bei Sandrine ein vernünftiges Zimmer bereitzuhalten. Es gab viel zu erzählen.

Die Russen wussten von dem Versuch der Amerikaner eine Bombe aus der Tiefe zu holen.

»Wir haben dies aber nicht durchführen können. Die technischen Voraussetzungen hatte es nicht gegeben. Wir sind der Tiefsee entkommen und das Flugzeug mit seiner gefährlichen Fracht ist nach einem Vulkanausbruch in eine weitere Tiefe versunken. Uns wurden andere Aufgaben zugeteilt.«

Elli hatte noch nicht diesen Satz beendet gehabt, als der Espresso kam. Sie bat ebenfalls um einen weiteren Espresso.

Jean und Alain wunderten sich über die nahezu freundschaftliche Begegnung von Sergej und seinen Kameraden mit den beiden Damen.

»Vielleicht können wir dieses Mal gemeinsam herausfinden, weshalb in Genf dieser Diebstahl erfolgreich war.«

Es kam ein weiterer Besucher. Nach Verlassen der Türe steuerte er sofort auf Jean zu.

»Sie befinden sich nun unter Aufsicht von CIA und KGB, die friedlich ihr Frühstück einnehmen«, wurde Thibaud von Jean begrüßt. Thibaud bedankte sich, ging auf die Gruppe zu und stellte sich vor. Die nun einsetzende Unterhaltung wurde zum Teil in russischer Sprache wie auch in amerikanischem Englisch geführt. Ein weiterer Espresso wurde gebracht. Bald hatte auch Thibaud begriffen, weder die Amerikaner noch die Russen waren an dem entwendeten und nun strahlenden Material interessiert. Durch irgendeinen Umstand war die Schutzhülle zerstört worden und wer immer damit in Berührung kam erlitt eine Strahlendosis. Was die Amerikaner und Russen wollten, wieso aus einem gut abgesicherten Depot ein solcher Diebstahl möglich war. Dazu kam noch die Information, daß mit diesem Bauteil die Möglichkeit bestand eine kleine Bombe zu konstruieren. Eine Bombe, verladen in einen geeigneten PKW, eine Stadt wie Annecy zerstören und den Lac d´ Annecy leeren konnte. Das Auffinden des strahlenden Materials wäre Angelegenheit der Polizei.

Das war ein harter Brocken.

»Vielleicht will man auch Genf zerstören, wir wissen es nicht.«

Thibaud hatte noch vor wenigen Minuten geglaubt, die Amerikaner oder die Russen würden bei der Auffindung des Materials Hilfe leisten. Davon war keine Rede. Ohne irgendwelche Instruktionen seitens Paris stand er nun im Regen. Sollte er nun streng geheimes Material über die bisherigen Erhebungen mitteilen? Er riskierte es darauf hinzuweisen. Er bekam sofort die Antwort von Elli.

»Kein Interesse.«

Er blickte in die Gesichter der anderen Agenten. Die nickten Zustimmung.

»Wie kann ich sie dazu bewegen, uns Franzosen Hilfe zu leisten?«

»Gar nicht.«

Patricia war aufgestanden, hatte ihre Bluse ausgezogen und zeigte ihren mit Narben übersäten Rücken. Der jüngere Russe schauderte bei diesem Anblick. Der ältere Russe sagte etwas auf Russisch. Patricia übersetzte: »Darum haben wir eine gute Agentin verloren.«

»Ich bin halb verreckt bei Minusgraden gefunden worden und die Amerikaner haben mich gerettet. Wer bereit ist Bomben zu bauen, Frieden mutwillig zerstören und unschuldige Menschen zu töten, der hat eine harte Strafe verdient. Wenn nun die Franzosen ihn oder andere Täter finden, diese ins Gefängnis stecken und durchfüttern ist es wie ein Aufenthalt im Paradies.«

Patricia hatte sich ihre Bluse wieder angezogen.

Jean und Alain hatten den Rücken gesehen. Sie hatten es nicht geglaubt. Diese nicht mehr junge Dame, immer noch mit einem gefälligen Aussehen und angenehmen Umgangsformen hatte einst unter unzähligen Schmerzen leiden müssen. Alles hatten sie nicht verstanden. Eines aber begriffen, die Agenten wollten gegen die Täter nach ihren Vorstellungen vorgehen und sich nicht von der Polizei etwas vorschreiben lassen. Die Polizei sollte aber alle Informationen preisgeben.

Thibaud war nun in einer Zwickmühle.

»Wenn sie es mir erlauben, ich werde mich mit meinen Vorgesetzten beraten müssen.«

»Zögern sie nicht, viel Zeit haben wir nicht.« kam es trocken von dem älteren Russen. Patricia hatte es übersetzt. Sie wusste, seine Englischkenntnisse wollte er nicht verraten.

Thibaud winkte Jean und verschwand.

»Wir werden die Polizei in die Suche nach den Tätern einbinden müssen.« schlug Patricia vor.

»Das soll aber keineswegs die Arbeit der Polizei abnehmen. Mit ihrer Hilfe könnten wir ohne Voranmeldung etwa im Flughafen unsere Erhebungen durchführen. Der verstrahlte Metallteil wird nicht von Geistern auf das Feld transportiert worden sein.«

»Weshalb glauben sie an die vorübergehende Ablagerung im Feld neben dem Haus?«

»Die Polizeiabsperrung ist deutlich zu erkennen. Man hat hier etwas gefunden. Das Gelände wurde mit einem deutlich sichtbaren Band abgesperrt. Als wir mit dem Campingcar angekommen sind, war es uns wie ein Hinweis auf ein nicht zulange zurückliegendes Ereignis. Elli ist gefahren und konnte die Schrift nicht genau lesen. Das ist mir gelungen.«

»Wenn sie bei Jean keinen Platz bekommen können, sollten wir Sandrine im Dorf anrufen, sofern sie damit einverstanden sind. Einer Verständigung in Englisch wird bei Sandrine sicher besser funktionieren. «

»Danke für ihre Hilfe. Ein lückenloser Bericht über die Vorfälle in diesem Dorf mit Datum und exakter Uhrzeit in Englisch würde uns allen weiterhelfen.«

»Sergej, darf ich sie so nennen, mein Name ist Elli, sie haben genau das in Worte gekleidet, was auch uns beiden vorschwebt. Darauf sollten wir anstoßen.«

Jean verfolgte die Unterhaltung aus dem Bereich, wo er in der Nähe der Kaffeemaschine stand. Elli verließ den Tisch und näherte sich Jean.

»Bitte für jeden von uns Wodka.«

Sergejs Kollege Alexej lächelte. Patricia hatte seinen Gefallen gefunden. Jean kam mit der Wodkaflasche und den Gläsern. Sergej prüfte die Flasche und meinte auf Russisch »Besser als nichts.« Patricia übersetzte und erklärte in Englisch, sollten wir einmal in Russland eingesetzt werden, würde er uns zu einem Umtrunk einladen. Elli hatte begriffen, Sergej war mit dem angebotenen Wodka zufrieden, aber in Russland würden sie einen wirklichen Wodka zum Verkosten bekommen.

»Bitte noch zwei Gläser, eines für sie, Jean und eines für den französischen Polizisten, der vorhin verschwunden ist.«

Jean ging die Gläser holen. Diese Agenten, sie arbeiten nicht, dafür trinken sie. Was er noch nicht verstanden hatte, war etwas, das auch schwer zu verstehen war. Die Agenten aus Ost und West, eingebunden in ihre Staatsräson waren zu dem Agreement gekommen, zusammenzuarbeiten. Nicht nur das Ereignis lückenlos aufzuklären, sondern die Verantwortlichen einer Bestrafung zu unterwerfen, die mit einer normalen Verurteilung nichts gemein hatte.

Thibaud erschien erhitzt in der Türe. Er wurde zum Tisch gebeten und musste mit allen mit dem dargebotenen Wodka anstoßen. Nachdem er sein Glas geleert hatte, wurde es nochmals angefüllt. Auch die anderen Gläser wurden nochmals gefüllt. Thibaud kam nicht zum Reden.

Sergej erklärte ihm in Englisch, was man beschlossen hatte. Thibaud schnappte nach Luft. Elli war aufgestanden und sprach langsam in Englisch:

»Wir wollen vorankommen. Wenn die französische Polizeibehörde nicht einverstanden sein sollte, werden wir auf unsere Weise recherchieren.«

Es war still geworden. Thibauds Gesicht war bleich. Lag es an dem Wodka oder an der Aussage dieser Frau. Es war keine Drohung. Es war ein Angebot. Jean wagte nicht zu atmen. Einige Sekunden vergingen.

»Ich werde mein Möglichstes versuchen.«

Thibaud hatte vergessen, sich zu bedanken. Er war schon bei der Tür draußen.

Kapitel 4

»Du hast ihm einen starken Schrecken eingejagt.«

»Nicht stark genug, um ihn und allen Franzosen ihre Lage realistisch einschätzen zu lassen. Wenn es gelungen ist, einen Teil zu stehlen, wird man es wieder versuchen. Dieser Bauteil war sicherlich nicht für den Irak bestimmt. Wenn man am Bau einer kleinen Bombe Interesse hat, wird man diese Bombe auch dort zur Explosion bringen, wo sie in der Nähe zusammengebaut werden konnte. Das kann in jedem abgelegenen Bauernhaus oder in einem Werkzeugschuppen erfolgen. Der entwendete Bauteil wird zu keiner Atombombe beitragen, aber weitere Bauteile könnten eine solche Bombe konstruieren lassen. Dazu kommt, die Schutzhülle des entwendeten Teiles war aufgerissen worden. Tiere und Menschen, die damit in Kontakt geraten sind werden unter der Strahlung an noch nicht näher vorherzusagenden Folgeschäden leiden.«

»Woher haben sie diese Kenntnisse? Sie treffen den Nagel auf den Kopf.« wollte Sergej wissen.

»In Deutschland hatten wir eher durch Zufall ein kleines Unternehmen gefunden, das an der Entwicklung von Laserstrahlen arbeitete. Damals habe ich ohne lange Nachzudenken vorgeschlagen, die gesamte Ausrüstung in die USA fliegen zu lassen. Sie wissen sicherlich wofür. Das war leider nicht möglich. Wochen später hat man mit der Entwicklung eines Strahlers im Süßwasser noch nicht abgeschlossen gehabt. Über meinen ehemaligen Vorschlag war man aber sehr erstaunt gewesen. Ich habe keine Kenntnisse, wie man eine Bombe zusammenbaut und welche Materialien eingesetzt werden. Es gibt überall in der Welt Menschen, die sich aber damit auseinander setzen.«

»Patricia ist in der Mongolei geboren und wurde in Russland zu einer KGB Agentin ausgebildet. Zu spät hat man ihr jene Wertschätzung entgegengebracht, die sie verdient hätte. Heute profitiert davon die CIA.«

»Nicht nur das, sie ist meine Kameradin geworden.«

»Elli, wo sind sie geboren?«

»In Ungarn. Nach Österreich geflohen und nach vielen Jahren unter Matthew oberflächlich ausgebildet worden.«

»Kein anderer hätte es besser machen können.«

»Danke«

»Ihre Bemühungen um den Wolf bewirkten Früchte. Sie wurden eingeladen mit der CIA zu arbeiten.«

»Das ist ihnen alles bekannt?«

»Natürlich, auch daß sie die Ereignisse in Ungarn immer dem KGB vorwerfen werden. Die Zeit kann man nicht zurückdrehen. Vielleicht würde das unter der heutigen Sicht ganz anders geschehen. Meine persönliche Hochachtung haben sie schon lange gewonnen.«

Elli errötete leicht. Instinktiv wurde es ihr bewusst, auch beim KGB gibt es Personen, die menschlich handeln. Sie musste an Matthew denken, der über das Gegengift gesprochen hatte.

Jean war wieder zum Tisch gekommen. Er wollte wissen, ob er noch etwas anbieten dürfte.

Ein Blick in die Runde, alle machten fröhliche Gesichter.

»Bitte Sandrine anrufen, ob sie ein komfortables Zimmer für zwei elegante Herren zur Verfügung hätte.«

Jean ging zum Telefon.

»Besser Monsieur Jean anrufen zu lassen, vielleicht haben wir dadurch mehr Glück. Wenn sie alleine hinunterfahren und mit Englisch beginnen, Zimmer frei sind und man sich nicht entscheiden kann, dauert das viel zu lange. Jean kam zurück. Sandrine hat ihm aber auch mitgeteilt, diese Zimmer befinden sich in einem anderen Gebäude in der Nähe. Etwas anderes trage zu einer Beunruhigung bei. Zwei Männer befinden sich im Hotel an der Hauptstraße. Sie sind schwer erkrankt und sie kann keinen Arzt finden.

»Jean rufen sie bitte sofort die Feuerwehr mit dem Spezialeinsatzwagen und der ausgebildeten Mannschaft. Vielleicht sind es jene Männer, die mit dem gesuchten strahlenden Objekt in Verbindung gekommen sind. Wir selbst fahren ebenfalls hinunter. Wir nehmen den Campingcar.«

Elli winkte den Russen.

»Kommen sie mit mir. Wir dürfen keine Zeit verlieren.«

Minuten später war der Campingcar mit den Amerikanerinnen und den Russen Richtung Dorf unterwegs. Sie hatten den unübersehbaren Wagen noch nicht geparkt gehabt als die Feuerwehr eintraf. Wenig später kam die Gendarmerie. Thibaud wurde von Elli erkannt. Thibaud wollte die Agenten nicht vorlassen.

Doch die bahnten sich ihren Weg. Gemeinsam kamen Russen und Amerikaner zu dem Zimmer, in dem sich die beiden Männer befanden. Sie waren nicht bei Sinnen. Der Geigerzähler zeigte eine erhebliche Verstrahlung. Sie wurden in vorbereitete Schutzanzüge gekleidet. Dieses spezielle Einsatzkommando der Feuerwehr kam nun zu einem realen Einsatz. Die Presse wollte Vordringen, doch die Gendarmerie konnte dies verhindern. Die Hauptverkehrsstraße wurde abgesperrt. Alle Hotelangestellten, die beim Einsatz des Geigerzählers eine Kontaminierung nachwiesen, wurden sofort in einen abgesonderten Raum geführt.

Sandrine musste auf einige Räumlichkeiten verzichten. Dort gab es bis auf Weiteres Betretungsverbot. Die Russen erhielten überaus große Zimmer in der Dependance. Elli vermittelte so gut sie konnte und verwies auf den Umstand der Zimmersuche der Russen, die diesen Wirbel hervorgerufen haben. Sie und ihre Freundin wohnen bei Jean. Ein reiner Zufall und eine glückliche Fügung haben Schlimmeres verhindert. Sandrine bekam telefonisch noch den

Hinweis von Jean, CIA wohne bei ihm und der KGB wohne bei ihr. Alle verstehen sich miteinander prächtig, wollten zusammenarbeiten und werden den Diebstahl in Genf aufklären.

Als der Krankenwagen die verstrahlten Männer abholte, wurde er vom Campingcar gefolgt. Ein kurzer Bericht wurde nach Washington weitergeleitet. Unter Polizeibegleitung fuhr man dieses Mal in das Krankenhaus von Annecy. Dort war für Notfälle aller Art eine eigene Station neu eingerichtet worden. Für verstrahlte Personen gab es eine eigene Abteilung.

Die Agenten ließen sich nicht abhalten und folgten den verstrahlten Personen. Unter der Begleitung von Thibaud konnten sie von dem einen Mann, der kurz sein Bewusstsein wiedererlangt hatte, eine Antwort bekommen. Er verwies auf eine Höhle in der Schlucht des Flusses Les Usses nahe der Hängebrücke Pont de la Caille. Dorthin habe man vorerst das Metallteil gebracht. Er erzählte auch über die Schwierigkeit dorthin zu gelangen. Anschließend sind sie zum Hotel von Sandrine gefahren und haben auf Nachrichten gewartet. Mehr konnte er aber nicht erzählen. Er versank wieder in den Zustand, der das Hotelpersonal veranlasst hatte Sandrine zu verständigen.

»Was werden sie nun unternehmen?« wurden nicht nur Elli und Patricia gefragt. Auch von den Russen wollte Thibaud eine Antwort.

»Tiere und neugierige Menschen werden verstrahlt werden. Es wird weitere Opfer geben. Wenn sich die Gendarmerie oder Feuerwehr mit technischem Gerät auf die Suche macht, müssten sie den Metallteil eher früher als später finden. Einlangende Telefongespräche im Hotel von Sandrine sollten abgehört werden. Personen, die sich nach den beiden verstrahlten Männern erkundigen, müssten angehalten werden. Auch wenn sie sich zu einem späteren Zeitpunkt als unschuldig herausstellen sollten.«

Die Russen stimmten der Aussage von Elli zu.

Elli winkte den Russen. In einiger Entfernung meinte sie, wir werden uns den Flughafen vornehmen. Möglicherweise finden wir das, was uns beide weiterbringt. Das Metallstück hat sicher keine Füße gehabt. Es wird von einem kleinen Flugzeug oder Hubschrauber abgeworfen worden sein.

»Wir werden das Flughafenpersonal nach unseren Methoden befragen.« Die Russen nickten.

»Bevor wir dorthin endgültig aufbrechen möchten wir uns überzeugen, ob sie mit den Zimmern bei Sandrine zufrieden sind.«

Damit ging es zurück zum Hotel von Sandrine. In der Dependance bekamen die Russen zwei große Zimmer und waren damit zufrieden. Der Vormittag war nahezu vorüber.

»Wir werden hier unseren Mittagstisch einnehmen. Nach der Karte zu schließen, schmeckt es hier besser als bei Jean.«

Da sie nicht reserviert hatten, wurde eiligst ein großer Tisch gedeckt. Das mangelnde Französisch behinderte nicht die Bestellung. Alle Speisen wurden auch in Englisch angeboten. Sergej und sein Begleiter waren über die Führsorge von Elli überrascht. Die beiden Damen hatten am Abend die Speisekarte von Jean studiert. Der Vergleich mit Trégastel hatte sie nicht überzeugt. Damit war das Hotel Les Rochers La Chrissandière die bessere Wahl.

Von Sandrine persönlich bedient zu werden fand ebenfalls Anklang. Den Schrecken, den die verstrahlten Hotelgäste hervorgerufen hatten, der war noch nicht überwunden. Die Russen verlangten nach Wein. Elli und Patricia hielten sich zurück. Vielleicht am Abend vor dem Schlafengehen.

»Wie sind sie mit dem Campingcar zufrieden?« fragte Alexej nach der Bestellung.

»Viel können wir noch nicht darüber erzählen. Für diverse Fahrten in unwegsame Gebiete haben wir genug Speisen an Bord. Vor dem

Verhungern sind wir gerettet. Es war auch nicht vorgesehen so bald auf sie Alexej und Sergej zu treffen. Einen Abend haben wir mit Sergej verbracht. Darum habe ich ihn sofort angesprochen. Die Franzosen waren darüber nicht minder erstaunt. Aber um so mehr über den folgenden Umtrunk.«

Das führte zum Gelächter.

»Es ist wenig über unsere Arbeit bekannt. Auch wenn wir unterschiedlichen Nationen angehören. Die Einsätze im Eis der Arktis oder in Wüstengebieten werden sie sicherlich auch kennen. Oftmals gibt es tagelang keine Verpflegung und keinen Kontakt. Wir befinden uns nun in einem friedlichen Frankreich. Es besteht kein Grund zu darben.«

Wieder gab es fröhliches Gelächter. Patricias Aussage trug viel zu einer weiteren Zusammenarbeit bei. Es kam die Vorspeise. Die Russen waren über die Raffinesse der Präsentation überrascht.

Sandrine war vor wenigen Minuten von der Polizei über ihre Gäste informiert worden. In der Küche gab man sich die größte Mühe diese Gäste zu befriedigen. Die Anspannung unter der Sandrine die Vorspeise brachte, konnte sie vor Elli nicht verheimlichen.

»Viele Gerätschaften haben wir mit uns, sogar Wanzendetektoren, Geigerzähler aber keinen.«

»Benötigen sie wirklich ein solches Gerät?«

»Schaden kann es nicht. Wir werden ein solches Gerät anfordern. Ihr Auto steht noch auf dem Parkplatz von Jean. Wir werden sie dorthin nach dem Mittagessen bringen. Zum Flugplatz werden wir getrennt fahren.«

»Danke, unser Fahrzeug bei Jean zu lassen entstand durch den überhasteten Aufbruch. Dafür haben wir der Aussage des einen Mannes beiwohnen können. Etwas anderes, der Rotwein schmeckt sehr gut. Darf ich ihnen ein Glas einschenken.«

»Ein ganzes Glas bitte nicht, aber einen Schluck möchte ich kosten.«

»Elli hast du nicht gesagt, heute auf Alkohol beim Mittagessen zu verzichten.«

»Das habe ich, aber einen Schluck kann ich sicherlich vertragen.«

Alexej grinste vergnügt. Wie wird das erst werden, wenn wir die beiden zu Champagner einladen. Ein Glück für uns auf diese beiden Damen gestoßen zu sein. Man hatte uns vorbereitet der CIA zu begegnen. Nicht aber auf diese gutaussehenden ladies.

Hauptspeise und Nachspeise wurde schweigend konsumiert. Der Kellner kam, schenkte nach und sah die vergnügten Gesichter. In der Küche wurde über die Amerikanerinnen und die Russen gemunkelt. Wie ist so etwas nur möglich? Die verstehen sich besser als die beiden Präsidenten.

Über eine verstrahlte Katze war man informiert. Auch über die Schwester des Bürgermeisters. Man hatte unter versteckter Angst auf die CIA und den KGB gewartet. Was die Agenten vorhatten, darüber wurden die unterschiedlichsten Meinungen ausgetauscht. Einige Gendarmen waren in Zivil zu Sandrine gekommen. Sie wollten über die Agenten die neuesten Informationen. Sandrine konnte aber nichts bekanntgeben. Bei der Polizei bereitete man sich darauf vor, das Gebiet in der Nähe der Brücke Pont de la Caille zu Überwachen. Über das zu erwartende Ausmaß gab es keine Information. Von den zahlreichen Höhlen ging es steil bergab zum Fluß.

Noch bevor die Gruppe zu Jean aufbrach, gab Elli über das Display, das sie hervorholte, den Wunsch nach einem Geigerzähler durch. »Sie sind besser ausgerüstet als wir« bekam Elli von Sergej zu hören.

»Dafür haben sie sicherlich in Genf einen Stützpunkt, der ihnen zur Seite steht.«

»Woher wollen sie das wissen?«

»Wir sind nicht gestern vom Himmel gefallen. Außerdem kann ich mich in den letzten Jahren an viele Situationen erinnern, in denen sie uns oftmals einen Schritt voraus waren.«

»Voraus schon, immer gefolgt von euch beiden.«

Wieder lachten alle.

Bei Jean kletterten die Russen in ihr Auto und gemeinsam fuhren sie zu Sandrine. Die Russen brachten die Koffer zur Rezeption und ersuchten diese zu ihren Zimmern zu bringen.

Thibaud kam und wollte wissen, was sie nun tun wollten.

»Den Flughafen auseinandernehmen.«

Thibauds Mund stand offen.

»Ihre genauen Aufzeichnungen über die bisherigen Erhebungen haben wir bis jetzt nicht erhalten. Vielleicht gelingt das aber bis zum Abendessen bei Jean.«

Das war nicht der freundliche Ton den er erwartet hatte.

Thibauds Herz schlug schneller. Er verständigte die Gendarmerie, während Russen und Amerikaner schon zum Flughafen unterwegs waren.

Elli und Patricia, sowie Sergej und Alexej waren lange vor der Gendarmerie am Flughafen. Elli und ihre Begleiter gelangten zum Schalter. Elli wies ihren amerikanischen Pass vor und fragte, ob in den kommenden Stunden ein Flugzeug zur Verfügung stehen würde, daß sie nach Genf bringen könnte. Das wurde verneint. Es wurde darauf verwiesen, daß in den kommenden Stunden keine Ankunft eines noch so kleinen Flugzeuges vorgesehen war.

Thibaud kam in Gefolge von Beamten der Gendarmerie. Von Elli wurde er begrüßt, ob er einen Geigerzähler mitgebracht habe. Das hatte er nicht.

»Bitten sie die Feuerwehr mit ihrem Spezialfahrzeug zu kommen.«

»Weshalb?«

»Nach unserer Information sind zwei weitere Bestandteile aus dem Hochsicherheitslager in Genf abhanden gekommen.«

»Wie kommen sie darauf?«

»Es ist mir am Display des Campingcars eine Botschaft eingegangen. Da wir keine Messgeräte zur Verfügung haben, wird uns die

Feuerwehr behilflich sein müssen. Der Flughafen muss sofort abgeriegelt werden. Notfalls muss das Militär einschreiten. Es ist nur eine Vermutung, aber eines der Flugzeuge oder der Hubschrauber, der am Ende der Landebahn abgestellt wurde, ist für den Transport des ersten Teiles verwendet worden. Mehrere Menschen sind bis jetzt davon direkt betroffen. Für uns gibt es nur folgende Möglichkeit. Entweder wir alle ziehen uns sofort zurück, überlassen es den Franzosen damit fertig zu werden, ich spreche sicherlich auch im Sinne des KGB, oder wir lassen das gesamte Gebiet um Annecy mit Fallschirmtruppen hermetisch abriegeln. Dann brauchen auch Mäuse einen Passierschein.«

Patricia hatte noch während Elli gesprochen hatte alles in Russisch übersetzt.

Thibaud eilte zu seinem Einsatzfahrzeug und rief die Feuerwehr an. Er forderte auch einen lückenlosen Bericht über die bisherigen Erhebungen beim Kommissariat in Annecy. Von den neuem Diebstahl ließ er nichts verlauten.

Sergej wollte wissen, woher Elli über den weiteren Diebstahl informiert worden war.

»Direkt aus Washington, als ich ich um ein Messgerät gebeten habe. Wir beide sind auch froh mit ihnen beisammen zu sein. Wir brauchen sie nicht suchen und Patricia hat sich schon in der Bretagne mit ihnen unterhalten.«

»Wie geht es ihnen mit der neuen Information?«

»Seit der Zeit in der wir die Wasserstoffbombe aus der Tiefsee holen sollten, waren die vergangenen Monate relativ ruhig gewesen. Möglicherweise baut man nun hier eine Bombe zusammen und wir wissen nicht wo.«

Thibaud kam zurück.

»Der Feuerwehr wird in wenigen Minuten mit einem kleinen Einsatzwagen eintreffen. Das Messgerät werden sie mitbringen. Auch jemanden, der damit umgehen kann. Der Flughafen wird sicherlich beobachtet werden. Aufsehen zu vermeiden, wird nötig sein. Der Campingcar allein ist auffällig genug.«

»Das ist richtig. Ohne diesen wüssten wir bis jetzt nichts über den weiteren Diebstahl. Für ihre Hilfe möchten wir uns bedanken. Mit den eingebauten Hilfsmitteln kann ich notfalls die US Armee anfordern. Das wäre wirklich der allerletzte Schritt. Unüberlegte Handlungen müssen vermieden werden.«

»Wie kommen sie darauf, daß hier an einer Bombe gearbeitet wird, die Annecy zerstören soll.«

»Meine Vorahnung, die mich in all diesen Jahren nicht betrogen hat. Sie ist mit menschlichem Verstand nicht zu begreifen. Meine Vorahnungen haben mich in allen Einsätzen begleitet und mich am Leben erhalten, während viele Kameraden ihr Leben lassen mussten. Sie wissen nun mehr über mich, als ich über sie. Vielleicht dämmert es ihnen, warum Patricia und ich zu diesem Einsatz gerufen wurden. Wir hatten das Glück auf Sergej zu treffen.«

Die Feuerwehr war vorgefahren. Mit ihr kam ein Mann wollte über die weitere Vorgangsweise Bescheid wissen. Man teilte ihm mit, alle am Flughafen stehenden Flugzeuge genauestens zu untersuchen. Thibaud und seine Mannschaft waren mit ihm gegangen.
Elli ersuchte im Verzeichnis nachschlagen zu dürfen, welches Auskunft über Flüge gab. Sie ging es mit Sergej durch.

Kapitel 5

Bald darauf stießen sie auf einen Vermerk über einen Hubschrauber, der am frühen Morgen an einem der vergangenen Tage von Genf auf diesen kleinen Flughafen überstellt geworden war. An diesem Tag hatte eine Maschine aus Irak den Flughafen nur eine Stunde später verlassen. Der Pilot des Hubschraubers hatte diesen ordnungsgemäß auf dem zugewiesenen Platz abgestellt und war nachher weggegangen. Mit einem Taxi wollte er nach seinen Angaben nach Annecy fahren.

Auf dem Flughafen gab es zu dieser Stunde nur wenige Flugzeuge. Diese waren bald durchsucht. Im Hubschrauber schlug der Geigerzähler nur geringfügig aus. Auf den Passagiersitzen wurde der Ausschlag heftiger. Eine weitere Untersuchung brachte ein genaueres Ergebnis. Nahe der rechten Türe gab es einen heftigen Ausschlag. Auf dem Boden des Hubschraubers fand man Flecken. Thibaud verlangte daraufhin eine Untersuchung durch die Mordkommission. Der Hubschrauber wurde versiegelt. Die Mordkommission mit der Spurensicherung wurde verständigt. Die Einstichwunde des einen Getöteten, dessen Namen man noch immer nicht kannte, war Thibaud eingefallen. Mit diesem vorläufigen Ergebnis kehrte er zum Empfangsschalter zurück. Elli und Sergej erzählten ihm von dem Hubschrauber. Von Thibaud erfuhren sie, was er gefunden hatte. Recherchen ergaben, daß der Hubschrauber aus Genf ohne Passagiere weggeflogen war. Im Gebiet des Juragebirges vom Radarschirm kurz verschwunden und später wieder erfasst worden war.

Die schlechten Wetterbedingungen boten Anlass zur Besorgnis. Doch seine sichere Landung auf dem kleinen Flughafen löste keinen Alarm aus.

Thibaud erzählte über zwei Tote im Raum von Sillingy. Einer war in einem kleinen See gefunden worden und einer auf dem Berg

Mandallaz. Der Tote im See hatte eine Stichwunde. Der andere Mann hielt noch einen Metallkoffer in seiner Hand.

»Wenn man das Verschwinden des Helikopters vom Radarschirm sowie sein neuerliches Erscheinungsbild gespeichert hatte, könnte man eventuell das Gebiet des Jura eingrenzen. Von dort hat er sicherlich Passagiere aufgenommen. Das Taxi müsste über die Zentrale zu finden sein. Vielleicht hat das Taxi sogar den Hubschrauberpiloten als Passagier gespeichert. Vielleicht gibt es darüber noch Daten.«

»Elli, ihre Ideen zeugen von Phantasie. Persönlich glaube ich nicht an soviel Glück, dennoch werde ich sofort das Nötige veranlassen.«

Die Flugsicherungsbehörde in der Schweiz hatte die Daten noch nicht gelöscht. Ein unbewohntes Gebiet auf dem Gebiet der Jura wurde als Ort lokalisiert. Der Taxifahrer war bald gefunden. Auf seinem privaten externen Speichergerät fand man die Aufnahmen des Piloten. Diese illegale Speicherung hatte zur Folge, ihn international zur Fahndung auszuschreiben. Die Ermittlungen hatten Erfolg. Bald meldete sich eine Polizeidienststelle in Italien. Um eine Überstellung nach Frankreich wurde ersucht. Man ließ durchblicken die CIA habe großes Interesse ihn lebendig wiederzusehen. Das verhalf dem Mann zu einem raschen Transport. Sicher landete er in Annecy und wurde von Thibaud sofort einvernommen. Zu allen Fragen konnte er keine Antwort finden. Thibaud klärte ihn auf. Er werde ihn nun der CIA und dem KGB übergeben. Darauf hatten sie schon lange gewartet. Sie waren freundlich als sie ihn mitnahmen. Man brachte ihn zu einem brachliegenden Weinkeller.

»Sie haben sicherlich einige Strapazen hinter sich. Sie dürfen sich hier erholen. Bis sie ihre Gedankengänge in Ordnung gebracht haben, wird sicherlich einige Zeit vergehen. Neben ihnen gibt es eine Wasserflasche. Wenn wir wieder Zeit haben, werden wir wiederkommen.«

Der Weinkeller, tief unter der Erde wurde durch mehrere Türen verschlossen. Um ein Entkommen zu erschweren waren seine Füße mit den Händen in der Form gefesselt worden, welches ein Entkommen verhinderte. Auf nacktem Boden konnte er auf den Rücken liegen. Zur Wasserflasche zu gelangen war mit Anstrengung verbunden. Es war vollkommen dunkel. Die Agenten waren längst gegangen. Er verwünschte noch seine Dummheit, der Polizei die Auskunft verweigert zu haben. Er konnte auch nicht auf seine Uhr blicken. In dieser Stellung vergingen Stunden. Seine Füße waren mit dem Fußboden fest verbunden worden. So auch seine Schultern.

Im Keller war es absolut still. Er konnte seinen Blutkreislauf hören. Der Boden unter ihm war trocken und die Luft ebenfalls. Er fiel in einen Dämmerschlaf. Als er wieder zu sich kam, fühlte er wie die Frischluft über sein Gesicht strich. Es roch nach einem Nadelwald. Die Hoffnung nun besucht zu werden und seine missliche Lage könnte sich ändern wurde nicht erfüllt. Die Wasserflasche war leer. Einen Teil hatte er durch seine Ungeschicklichkeit verschüttet. Er wurde die Angst nicht los, daß man ihn vielleicht verrecken lassen wollte. Er konnte sich erinnern, wie freundlich man ihn zu einem Auto geführt hatte. An das Auto konnte er sich aber nicht erinnern. Auch nicht, wie viele Personen sich im Auto befunden haben. Wohin sie ihn gebracht hatten, war ihm nicht bewusst geworden. Ein getränkter Fetzen voll mit Äther hatte es verhindert. Diese absolute Stille und die Ungewissheit über sein weiteres Schicksal ließen sein Herz fallweise höherschlagen. Er erinnerte sich an die Männer, die er mit dem Hubschrauber transportiert hatte. Er wusste auch den Ort, wo sie bei relativ klarer Sicht in den Hubschrauber geklettert waren. Dann fiel er wieder in einen Zustand voll von Wahrnehmungstäuschungen.

Die Ankommenden, die ihm eine volle Wasserflasche an den Mund führten, wurden nicht erkannt. Gierig versuchte er das Wasser zu schlucken, bekam einen Hustenanfall und das Wasser benetzte seine Kleidung.

Man entfernte die Wasserflasche und schob ihm ein Stück trockenes Fleisch zwischen die Zähne. Das spuckte er sofort aus.

Viel zu spät hatte er begriffen, er hätte es essen sollen. Die Personen, die ihm zu trinken gegeben haben, hatten sich wieder entfernt und er lag wieder im Dunkeln.

»Er ist noch viel zu kräftig und sehr trotzköpfig. Er wird weitere acht Stunden auf unseren weiteren Besuch warten müssen. In der Polizeistation hätte man ihm sicherlich außer einem bequemen Bett auch noch Videounterhaltung angeboten. Er soll darüber zufrieden sein, nicht in einem Erdloch bei großer Hitze stehen zu müssen.«

»Von wem haben sie sich das angeeignet?« wollte Sergej von Elli wissen.

»Matthew hat mich eingeschult. Während dieser Zeit hat er auch über seinen Gefangenenaufenthalt im Dschungel berichtet. Damals hat er auch erzählt, entweder man ist zu einer Kooperation bereit und bekommt vielleicht die Chance zu Überleben oder man bittet um seinen Tod. Einen Gefangenen zu züchtigen ist eine Zeitverschwendung. Ihn aber unter psychischem Druck zu setzen, das wird er sich merken und bereitsein, gegebenenfalls zu sprechen.«

»Ehrlich gesagt, das habe ich ihnen nicht zugetraut.«

»Sie wissen sehr wenig über uns und welche Ängste, körperliche und psychische Schmerzen wir schon ausgestanden haben. Unser Gefangene wird die Sonne wiedersehen und vorher noch vieles berichten. Nie wieder wird er sich auf einen solchen Transport einlassen. Auch nicht für eine astronomische Summe von hunderttausende Dollar cash.«

Sie waren zum Ausgang dieses Kellers gekommen. Nach zweimaligem Passieren von starken Türen, die wieder abgesperrt wurden, kamen sie in einem Bereich, in dem das Sonnenlicht hineinschien.

Dort saßen drei Wachhabende. Sie erhoben sich und salutierten als Elli mit Sergej vorbeikamen.

»Der Inhaftierte muss am Leben bleiben, darf sich aber nicht bewegen. Vielleicht ist er in zwei Tagen bereit eine Aussage zu machen. Wie ergeht es ihnen? Haben sie alles, wonach sie Bedarf haben?«

»Danke, die Feldbetten sind bequem. Zum Trinken und Essen haben wir genug und während der Nacht wechseln wir uns ab. Unsere Waffen haben wir versteckt. An eine Entführung glauben wir nicht, sind aber bereit, sie zu verhindern. Zwanzig Meter weiter befindet sich ein Gerät, daß jegliche Annäherung sofort meldet. Dieses Gerät kann ohne einen Code nicht ausgeschaltet werden. Mit den Kameraden stehen wir in Verbindung. Wir waren schon erstaunt, von den Franzosen eine solche Hilfestellung erhalten zu haben.«

»Die Bekanntgabe Annecy könnte vom Erdboden verschwinden, hat die Landwirte rascher reagieren lassen als die zuständigen Politiker, die noch immer nicht daran glauben.«

»Ihr Begleiter, ist das wirklich ein Agent des KGB? Wie kommen sie mit ihm zurecht?«

»Ausgezeichnet, weder in Russland noch in den USA gibt es Gründe, die einer Zusammenarbeit entgegenstehen.«

» Wann kommen sie wieder?«

»Morgen im Laufe des Vormittages. Gute Nacht.«

Sergej und Elli gingen zum Campingcar. Elli fragte ihre Kameraden, ob es etwas Neues gäbe. Diese Kommunikation mit dem Display bereitete auch Sergej ein Vergnügen. Er wusste von dem Stützpunkt im Bergmassiv.

Neuigkeiten gab es keine. Auch nicht, ob weitere Personen verstrahlt worden waren.

Die Gendarmerie hatte bei der Brücke Pont de la Caille Position bezogen und beobachtete den Flussabschnitt. In einer der Höhlen

war nach Aussage der verstrahlten Person das aufgerissene Metallstück gelagert worden.
Etwas erstaunte aber Elli und Patricia. Der Pilot war ihnen überlassen worden. Die Franzosen dachten sich, die beiden werden sicherlich Methoden anwenden, die uns verboten sind. Und damit werden
sie zu ihrem Ziel kommen. Eher durch Zufall hatten sie einen
Landwirt getroffen, der zu einer Vermietung seines Kellers einverstanden war. Dieser Keller befand sich in der Nähe von Sillency
und war nur wenigen bekannt.

Vorangegangen waren Überlegungen, einen Platz zu finden, der nur
über Wirtschaftswege zu erreichen war, die von Nachbarn wenig
oder gar nicht befahren wurden. Dazu kam die Lage in einem Hügel, zu dem man von einem Wirtschaftsweg zufahren musste. Nur
wenige Stunden vor der Überstellung aus Italien hatten sie mit dem
Landwirt ein Übereinkommen geschlossen, ungestört verbleiben zu
können. Der Polizei war dieser Ort nicht bekannt. Verstärkung war
angefordert worden, der man die Überwachung beauftragt hatte.
Der Zugang sollte in der Form überwacht werden, daß jeglicher
Zufall in den Keller einzudringen, verhindert werden konnte. Der
Gefangene musste am Leben bleiben und Zeit finden über sein un-
gewisses Schicksal nachzudenken. Ob er bei einer weiteren Befragung zu einer Kooperation bereit war, darüber machten sich weder
die Damen noch der Russe Gedanken. Sie waren sich aber einig,
eine längere Nachdenkphase in der Dunkelheit wäre sicherlich
fruchtbar.
In der Zwischenzeit war die Belegschaft der Sicherheitsfirma ge-
wechselt worden. Die Kameraden von Elli und Patricia überprüften
alle Sicherheitseinrichtungen auf Schwachstellen, konnten aber
keine finden. Davon wurde Washington in Kenntnis gesetzt. Von
dem Ergebnis wurden auch die Damen informiert. Sie unterhielten

sich darüber mit Sergej und Alexej. An Geister glaubte man nicht.
Im Zuge des Gespräches meinte Patricia, es kann nur an den Karten
liegen, die gemeinsam mit den Schlüsseln ein Öffnen einzelner Türen ermöglichten. Diese Generalkarten, die keinen Schlüssel benötigten, die sollten von einem nur uns vertrauenswürdigen Unternehmen geprüft werden.

Elli fiel Andreas ein. Ob er noch in diesem Labor in der Nähe von
Frankfurt arbeitet? Und wie war seine Rufnummer? Zehn Jahre
waren vergangen, seit sie ihm zuletzt gesehen hatte. Sie teilte ihre
Überlegungen den anderen mit. Washington wird uns behilflich
sein müssen, Andreas und seine Firma zu finden.

Über den Stützpunkt wurde eine detaillierte Botschaft geschickt.
Elli erhoffte sich über die seinerzeitigen Aufzeichnungen einen
Kontakt zu Johann zu finden, der in dem Labor beschäftigt war, das
an der Entwicklung eines Laserstrahles gearbeitet hatte. Über Johann könnte ein Weg zu Andreas führen.

Patricia konnte sich an diese Zeit erinnern, den Namen der Firma
hatte sie längst vergessen.

Zwei Tage verstrichen ohne eine Antwort aus Washington. Weitere
Diebstähle waren aber verhindert worden. In Washington war man
sich nicht einig, wozu Elli unbedingt die Firma benötigte, wo Andreas seinen Arbeitsplatz hatte. Allein die Idee, Schlüssel und Speicherkarten überprüfen zu lassen, wurde als absurd bezeichnet. Um-
gekehrt erinnerte man sich an Vorschläge, die von den beiden Damen
in früheren Jahren vorgebracht worden waren, die Hand und Fuß
hatten. Gab es nicht andere Firmen, denen man Vertrauen konnte?

Am Display erschien eine verschlüsselte Nachricht. Nach Decodie-
rung erschien die Frage, warum Elli so dringend Andreas und seine
Firma einbinden wollten. Sie schrieb sofort zurück.

»Patricia hat vor vielen Jahren einen Ausweis des KGB sofort als
eine Fälschung erkannt. Über einen kleinen Fetzen Papier konnten

damals Andreas und seine Mitarbeiter wichtige Details über die Herstellung des Papiers, die Farbe aus Deutschland und den Druck in Asien feststellen. Das hat nicht einmal Stunden gedauert. Wir würden uns nicht wundern, wenn diese Magnetkarten, die diese tolle Sicherheitsfirma verwendet, gefälscht sind. Dazu brauchen wir dringend seine Adresse. Wir hoffen, daß er noch am Leben und gesund ist. Wir bitten um Hilfe.«

Nach zwei Stunden hatte Elli die Adresse der Firma, wo Andreas damals beschäftigt war. Sie rief sofort an und bat Andreas sprechen zu dürfen.

»Wo brennt es? Schön, wieder etwas von dir zu hören.«

»Hi, bin gesund und mit Patricia in Frankreich. Wir würden eine Überprüfung von Magnetkarten benötigen.«

»Sonst nichts?«

»Eventuell auch Schlüsselsysteme, die zu einem streng geheimen Depot führen.«

»Um Hypersonic Weapons wird es schon nicht gehen, vielleicht aber um andere gefährliche Ausrüstungsgegenstände.«

»Exact«

»Das wird teuer. Man müsste dazu ein zuverlässiges Flugzeug und eine vertrauenswürdige Mannschaft nach Frankfurt schweben lassen, um die notwendigen Geräte transportieren zu können. Wohin nach Frankreich soll das geliefert werden?«

»Wir sind in Frankreich stationiert, der Flughafen Genf wäre der Bestimmungsort.«

»Wann soll das stattfinden?«

»So bald wie möglich.«

»Wie weit kann dazu Washington zustimmen?«

»Washington wollte uns nicht einmal verraten, wo ich vor Jahren deine Hilfe in Anspruch genommen habe. Sie wollen von uns eine Aufklärung. Dazu brauche ich die Hilfe von Fachleuten oder sie können uns vergessen. Wir haben sogar KGB an Bord. Deine Telefonnummer habe ich vor kurzem bekommen. Ich werde nun Washington benachrichtigen.«

Eine codierte Depesche wurde geschrieben und versendet.

Freude hatte man damit in Washington nicht. Der Hinweis auf gefälschte Magnetkarten und Schlüssel beschleunigte die Zustimmung. Nach weiteren zwei Stunden kam die Antwort. Man würde einer solchen Operation zustimmen. Ramstein wurde informiert und eine Militärmaschine in Marsch gesetzt. Die Firma, in der Andreas arbeitete, bekam den Auftrag, das Nötige zu veranlassen. Eine amerikanische Militärmaschine würde den Transport übernehmen.

Kapitel 6

Die Flugsicherung in der Schweiz wurde in Kenntnis gesetzt. »Eine amerikanische Militärmaschine würde aus Deutschland kommend über das Hoheitsgebiet der Schweiz ihre Richtung auf den Genfer Flughafen nehmen. An Bord befinden sich Spezialisten mit diversen Ausrüstungsgegenständen, die zur Aufklärung des Diebstahles auf dem gesperrten Areal des Flughafens angefordert wurden. Sollten Abfangjäger dieses Flugzeug begleiten wollen, ist die Sicherheit dieser amerikanischen Maschine, ihrer Besatzung, sowie den transportierten Ausrüstungsgegenständen gewährleistet. Weshalb in der Schweiz in ein Hochsicherheitslager trotz erhöhter Sicherheitseinrichtungen eingebrochen worden war, das muss restlos geklärt werden. Widrigenfalls muss die Schweiz mit der Explosion einer oder mehrerer Atombomben rechnen, die man mit dem gestohlenen Material zur Zündung bringen könnte. Warum gerade in der Schweiz, deren Banken man weltweit großes Vertrauen entgegenbringt, ein solcher Einbruch gelingen konnte, ist vorerst ein Rätsel. Sollte man die Amerikaner zur Umkehr überreden wollen, hat die Besatzung den Befehl unwillkürlich abzudrehen. Auf einen weiteren Beistand müssten Schweiz und Nachbarstaaten aber verzichten. Diese Mitteilung ist nach dem Lesen sofort zu vernichten.«

Das brachte Bewegung nicht nur bei der Flugsicherung. Die Amerikaner bekamen sofort eine außergewöhnliche Erlaubnis in Genf zu landen.

Andreas war mit an Bord der amerikanischen Maschine. In Absprache mit seinem Chef waren viele streng geheime Ausrüstungsgegenstände verladen worden. Vieles hatte man im eigenen Labor in den vergangenen Jahren durchführen können. Doch diese Hilfestellung erforderte rasches Handeln und viel Geschick. Gerade in der Schweiz war man auf Sicherheit bedacht. Wenn Geld und Gold in den Banken sicher war, wie sicher war ein Depot, in dem radioaktives Material gehortet wurde? Andreas erinnerte sich noch an die erste Begegnung mit einem Amerikaner in Niederösterreich. Niemals hätte er es sich in den späteren Jahren träumen lassen, einen Auftrag von der CIA zu erhalten. Ellis Vermutung ein oder zwei Datenträger wären gefälscht und gegen die Originale ausgetauscht worden, hatten die Mitarbeiter von Andreas nicht geglaubt. Das Elektronenmikroskop mitzunehmen, davon musste man Abstand nehmen. Dafür wurden mehrere andere Mikroskope transportiert. Damit hoffte man Anhaltspunkte zu finden. Sollte dies nicht möglich sein, müsste man alle diese Karten und Schlüssel in Deutschland untersuchen. Als sie Frankfurt verlassen hatten, waren die Amerikaner aber nicht sicher, ob sie in den Luftraum der Schweiz vorstoßen konnten. Aber sie durften.

Elli, Patricia und die Russen waren ebenfalls nach Genf unterwegs.

Das Gebiet um die Lagerhalle war von der CIA und der Polizei hermetisch abgesperrt worden. Die Patrouille war mit schussbereiten Maschinenpistolen ausgerüstet.

Als der Campingcar eintraf, gab es keine Weiterfahrt. Der Campingcar war den Wachhabenden ohnehin suspekt. Auch die Ausweise von Elli und Patricia hatten keinen Erfolg. Eine Verhandlung begann. Der Hinweis im Campingcar eine Möglichkeit verbaut zu haben, die eine direkte Kommunikation mit Washington ermöglich würde, schenkte man keinen Glauben.

Ein Offizier durfte in den Wagen klettern. Elli schickte eine kurze Meldung nach Washington, die auch sofort beantwortet wurde. Darüber war sein Erstaunen groß. Man klärte ihm auch über die beiden Russen auf. Auch das hatte er nicht erwartet. Der Hinweis auf die brennende Aktualität und die völlige Hilflosigkeit der untersuchenden Behörden, die sich einem Zusammenbau einer solchen

Bombe vor der Haustüre nicht vorstellen konnten oder wollten, brachte den Offizier ins Schwitzen.

»Wieso können sie so ruhig bleiben?«

»Wir haben schon Schlimmeres hinter uns. Und wir bekommen hoffentlich Hilfe aus Deutschland. Wir wissen nicht, ob die Schweiz der amerikanischen Maschine den Überflug und die Landung gestattet hatte.«

Der Offizier bekam eine Nachricht über sein Walkie-Talkie.

»Die Amis haben Landerlaubnis erhalten, sie werden in wenigen Minuten am Boden sein.«

»Dürfen wir nun weiter fahren?«

»Das muss ich meinen Kollegen durchgeben.«

Die Freigabe dauerte. In der Zwischenzeit streifte Elli kurz ihre Einsätze in den vergangenen Jahren. Eindrucksvoll blieb das Abenteuer mit den Wölfen und der Abstieg in die Tiefsee dem Offizier im Gedächtnis haften. Es kam die Freigabe und der Campingcar durfte weiterrollen. Begleitet wurde er von einem anderen Auto. Dem Campingcar wurde ein Platz zum Parken zugewiesen. Der Beifahrer des anderen Autos war ausgestiegen und verlangte eine Überprüfung des Campingcars. Erstaunt über die Ausrüstung, fragte er nachher, wo man ein solches System erhalten könnte, das die Direktverbindung mit Washington ermöglichte.

»Nur bei uns.«

Das war eine ungewöhnlich kurze Antwort.

»Ein Beitritt bei der CIA ist erforderlich. Nach einer strengen Auswahl und hartem Training wäre ein eventueller Beitritt möglich. Nachher beginnt ein Leben, in dem man den Tod als Begleiter hat.« Elli hatte es mit einem Lächeln präsentiert und ihre Augen waren nur in einem Schlitz zu erkennen. Es schien dem Fragesteller der Blick eines Killers zu sein. Er hatte genug gehört. Lieber wollte er bei der Exekutive der Schweiz verbleiben.

Auch die Erwähnung den menschlichen Verstand nicht zu verges-sen, wenn alle verbauten Ausrüstungsteile zum Einsatz kamen, rie-fen ihm das relative bequeme Leben in der Schweiz in Erinnerung. Aber etwas erfreute ihn dennoch. Die wenigen Minuten des persön-lichen Kontaktes trugen dazu bei, die beiden Agentinnen für einen langen Zeitraum in Erinnerung zu bewahren. Der Campingcar wur-de aktiviert. Die Damen und die Russen durften die Halle betreten.

Andreas war mit seiner Begleitung und seinen Werkzeugen einge-troffen. Es gab eine herzliche Begrüßung. Sofort wurden Schlüssel und Speicherkarten einem oberflächlichen Test unterworfen.

Von den zwanzig Schlüsseln schieden nach sehr kurzer Zeit drei aus. Mit freiem Auge war nichts zu erkennen gewesen. Unter der starken Vergrößerung des optischen Gerätes entdeckte man Farbva-riationen des Metalls, die die restlichen Schlüssel nicht aufwiesen.

»Eine genaue Untersuchung des Metalls im Labor könnte weitere Details verraten.«

Es waren Schlüssel, die zu einer kleinen Tür führten, durch die man zu einem abgesonderten Teil der Halle gelangte. Darinnen waren hochexplosive Bauteile gelagert. Diese Schlüssel waren mit ihren Nummern als Originale registriert.

Der Zutritt zu den Lagerplätzen der Halle war nur über einen Vor-raum möglich gewesen. Im Vorraum befanden sich für die Bewa-chungsmannschaft Aufenthaltsräume. Die Küche und sanitäre Ein-richtungen. Ebenso eine Schlafgelegenheit, ein Büro, ein Werk-zeugdepot und ein Tresor. Im Tresor lagerten alle Schlüssel und die Karten, die man zusammen mit einem zugeordneten Schlüssel ver-wenden musste. Die Öffnung und Schließung des Tresors hatte man einem System anvertraut. Tag, Stunde, Minute und Sekunde zeich-neten die Öffnung und die Schließung auf. Davon war der Bewa-chungsmannschaft nichts bekannt. Der Tresor war mit einem Zah-lencode versehen, der sich wöchentlich änderte.

Bevor die Damen und ihre Begleiter die Halle betreten durften, mussten sie ihre Waffen abgeben. Auch Andreas und seine Begleiter wurden genauestens auf Metallgegenstände untersucht. Das mitgebrachte Werkzeug und die Mikroskope waren mit Video aufgezeichnet worden. Diese Sicherheitsmaßnahmen wären ausreichend gewesen, einen Diebstahl zu verhindern.

Über die aufgefundenen Schlüssel, die eine Farbveränderung unter der Linse des Mikroskops aufzeigten, wurde vorerst nicht gesprochen. Sie wurden aber abseits aufgehoben. Andreas und seine Kollegen wurden von den anwesenden Angestellten der Sicherheitsfirma genauestens beobachtet, nicht aber über vorgefundene Ergebnisse informiert.

Dann kamen alle Magnetkarten an die Reihe.

Zwei Stunden waren bereits verstrichen. Die untersuchten Schlüssel sowie die Zeit und der Ort der Untersuchung waren gespeichert worden. Davon hatte man den anderen Anwesenden ebenfalls keine Mitteilung gegeben. Auch nicht den Agenten. Davon wurde viel später Washington informiert.

Diese aus Kunststoff gefertigten Karten, die mit Chip und eingegebenen Code neben den Türen ein Öffnen der Türen ermöglichten, stellten Andreas und seine Leute vor nicht erwartete Herausforderungen. Untersuchungen unter dem stärksten mitgeführten Mikroskop konnten keine Unterschiede erkennen lassen. Selbst die Generalkarten schienen sauber zu sein. Das glaubten aber Andreas und seine Kollegen nicht.

»Die müssen wir mitnehmen. Das Elektronenmikroskop wird weiterhelfen. Dieses Gerät konnten wir aber nicht mit dem Flugzeug transportieren. «

Elli wurde informiert. Washington musste darüber benachrichtigt werden. Als sie mit Andreas zum Campingcar ging, erzählte er ihr auch über die Schlüssel, die eine Diskrepanz aufwiesen. Diesen Unterschied wollte man ebenfalls aufklären. Es folgte eine codierte Meldung nach Washington.

»Das Handfunkgerät wird uns wissen lassen, wann wir wieder zum Campingcar gehen müssen.«

Andreas war begeistert. »Vernünftiges System.«

Sie kehrten zur Halle zurück. Das Verlangen nach einem starken Espresso beherrschte nun die Sinne aller. Während der Einnahme des Kaffees wollten Andreas und seine Begleitung über die Arbeit von Elli und Patricia informiert werden. Besonders darüber, weshalb die beiden Damen mit der Aufklärung betraut worden waren.

»Viele Einsätze waren in vergangenen Jahren nicht allen in der Zentrale bekannt geworden. Mühsam haben wir unsere Vorschläge durchsetzen können. Oftmals gab es Verzögerungen bei der Bewilligung. Vor Ort in einer Krisensituation eine teure Waffe einzusetzen, um das eigene Leben und der anvertrauten Begleitung zu retten, erlaubt keinen codierten Funkverkehr. Man muss die Waffe einsetzen oder man ist Tod. Stunden später kommt eine Rüge oder eine Abmahnung wegen des Einsatzes einer Waffe im Millionenbereich. Ein Monat später, erst nach einer eingehenden Untersuchung, erfolgt die Gratulation richtig gehandelt zu haben. Es erfordert viel Erfahrung und Mut keine Waffen zu gebrauchen. Bis heute haben wir nie einen genehmigten Urlaub auch voll genießen können. Egal wo wir Urlaub machen oder uns verstecken erhalten wir am Abend eine codierte Meldung uns unverzüglich im Hauptquartier zu melden. Wenn Patricia mich nicht mehr begleiten kann, wird auch für mich das Leben unerträglich werden. «

Nach diesen Worten war Stille eingetreten. Den Lauschern war der Appetit vergangen. Auch die ausgeklügelte, verbaute Technik im Campingcar konnte nicht über die ständige Gefahr täuschen. Sergej, der bis jetzt ruhig zugehört hatte, meldete sich.

»Wir mussten Patricia ziehen lassen, das bedauert heute noch die Führung. Ihre ungerechte Behandlung und ihre Opferung, sie im Schneesturm aus persönlichen Gründen verrecken zu lassen, ist nicht vergessen geworden. Nie hätte man gedacht, sie an die CIA zu verlieren. Mit Elli ist sie nun ein Team geworden, das nicht nur Anerkennung, sondern auch Furcht bei den Gegnern hervorruft.

»Sterblich sind wir alle.«

Diese Aussage von Elli holte die Anwesenden in die Realität zurück.

»Nun ist auch den Russen unser Tiefseeabenteuer bekannt geworden. Zu unserem Glück wurden wir zurückbeordert. Sicherlich würde auch der KGB anklopfen, wenn uns die Bergung des Flugzeuges gelungen wäre. Die Menschheit wird damit leben müssen, wenn die verlorenen Bomben in den Meerestiefen unverhofft explodieren und ein Chaos hervorrufen werden. Das wird spätestens in dem kommenden Jahrhundert eintreten. Man phantasiert immer wieder andere Planeten zu besiedeln, aber eine höhere Geschwindigkeit als die Lichtgeschwindigkeit zu erreichen, daran glaubt niemand. Viele können nun mit dem Computer rechnen. Unter der Annahme einer tausendfachen Geschwindigkeit der Lichtgeschwindigkeit könnte eine Reise zu den Sternen ermöglichen öffnet das Tor zu Phantastereien, die jeglicher Realität widersprechen. Dagegen beschränkt sich die Fähigkeit des Menschen auf Zerstörung, nicht aber darauf in Frieden kreativ zu sein. Weiter darüber zu sprechen muss ich aufhören, es führt nur zum Unverständnis, zu Wortgefechten und Streitereien.«

Elli hatte noch nicht geendet, als Beifall einsetzte. Auch Andreas und seine Kollegen applaudierten. Zuwenig wussten sie über die verlorenen Bomben und machten sich drüber keine Gedanken. Es hätte auch keinen Sinn ergeben. Die Aufklärung, wieso man in ein hochgesichertes Lager der US Armee eindringen konnte stand im Vordergrund. Die Antwort aus Washington ließ auf sich warten.

In der Nähe der Brücke Pont de la Caille war in den frühen Morgenstunden ein Mann verhaftet worden. Nach Verlassen der Höhle kletterte er die steile Felswand zur Straße hinauf. Tagelanges Warten hatte zu Erfolg geführt. Noch völlig erschöpft, nahmen ihn die Gendarmen in Empfang. Mit ihm transportierte er einen Metallbehälter, der an seinen Leib gebunden war. Darinnen fand man einen Metallstab, dessen Hülle teilweise zerstört war. Der Geigerzähler wies eine Kontaminierung des Mannes auf. Die Kollegen der Gendarmerie waren lange vorher darauf vorbereitet worden. In ihren Schutzanzügen wirkten sie in der völligen Dunkelheit wie Wesen aus einer anderen Welt. Sofort wurde der strahlende Stab in einen speziellen Behälter gegeben. Der Mann kam in einen Schutzanzug und wurde zur weiteren Einvernahme gefesselt weitergeleitet.

Offensichtlich war er zufrieden in die Hände der Polizei geraten zu sein. Tagelang ohne warme Nahrungsmittel und wenig Wasser, hatte er sich entschieden das Versteck zu verlassen. Die Hoffnung auf Unterstützung durch die eigenen Leute stellte sich als eine Fantasie heraus. Völlig allein auf sich gestellt, wollte er nach Erreichung der Straße mit einem Fahrzeug, das Anzuhalten er sich vorgenommen hatte, Richtung Genf fahren. Diese Unsinnigkeit wurde ihm erst nach der Einnahme von Kaffee und Brot bewusst. Sein äußeres Erscheinungsbild, sowie sein abstoßender Gestank hätten ihm diese Möglichkeit versagt. Der Katastrophenschutz und die Rettung wurden alarmiert. Für Thibaud war es ein Erfolg.

Die Spezialeinheiten der Gendarmerie seilten sich zu der Höhle ab. Der Gestank erreichte sie noch bevor sie die Höhle betraten. Der Boden war übersät von den Exkrementen und dem vertrockneten Urin. Verfaulte und verschimmelte Nahrungsmittel lagen im tieferen Bereich der Höhle. Die Batterien der Taschenlampe waren erschöpft. Der Mann hatte tagelang auf dem Boden gelegen. Lediglich eine zerfetzte Plane trennte ihm vom Gesteinsboden. Es war ein Wunder, daß er überlebt hatte.

Im Krankenhaus wurde versucht, ihn unter strengster Bewachung am Leben zu erhalten. Für Thibaud stellte er eine Schlüsselfigur dar, die zu einer Aufklärung große Bedeutung hatte. Auch ein eventueller Suizidversuch wurde in Erwägung gezogen. Das Bewachungspersonal wurde nach jeweils zwei Stunden ausgetauscht. Im Krankenhaus war er in einen künstlichen Tiefschlaf versetzt worden. Thibaud hatte die vollste Unterstützung aus Paris. Thibaud dachte auch an eine Entführung und an eine Tötung durch ein falsches Krankenhauspersonal. Die Bewachungsmannschaft hatte seinen persönlichen Befehl bekommen, notfalls die Dienstwaffe sofort einzusetzen. Dieser Befehl musste nie ausgeführt werden.

Was Thibaud nicht wusste, wo sich der Pilot aufhielt, dem man der CIA anvertraut hatte. Die Agenten waren nach Genf gefahren und hatten nichts von sich hören lassen.

Am frühen Nachmittag des Tages, in dem Andreas und seine Kollegen mit der Untersuchung begonnen hatten, traf die Zustimmung aus Washington ein, alle Schlüssel und Karten in Deutschland prüfen zu lassen. Noch bevor sich die amerikanische Maschine mit der mittlerweile verladenen Ausrüstung und Andreas in Bewegung setzte, war das Depot, sowie ein Umkreis als Sperrgebiet erklärt worden. Jegliche unerlaubte Annäherung zu Boden oder ein Überflug würde zur Vernichtung beitragen. Amerikanische Soldaten, die mitgekommen waren, bekamen Schießbefehl. Unangenehm für die Mannschaft im Tower. Flugzeuge, die bisher den Landeanflug über diese Halle genommen hatten, mussten umgeleitet werden. Für die Schweiz, die lange Zeit alles als absolut sicher deklariert hatte, kamen bange Stunden.

Auf den Einwand der zuständigen Behörden in der Schweiz nahmen die Amerikaner keine Rücksicht. Sie sollten sich auf eine Totalvernichtung von Genf und der nächsten Umgebung vorbereiten.

Die Amerikaner durften abfliegen. Die Abfangjäger standen startbereit den Luftraum über dem Sperrgebiet freizuhalten. Die Überwachung der Halle war dem amerikanischen Militär anvertraut worden.

Elli war mit ihrer Begleitung wieder nach Frankreich gefahren. Auch wenn es nun später Nachmittag war und auf ein Mittagessen verzichtet werden musste, war die Verpflegung in Frankreich sicher besser als in der Schweiz.

In Auchan, einem Einkaufzentrum nahe La Balme de Sillingy fanden sie nach längerem Suchen einen Imbiss, der auch am Nachmittag offen war. Nach Espresso und Kuchen lieferten sie die Russen bei Sandrine ab.

Sie entschieden sich, den Keller aufzusuchen, in dem der Pilot steckte. Schon beim Eingang konnten sie den Gestank wahrnehmen. Nach dem großen Tor gab es einen Vorraum. Dort befanden sich diverse Arbeitsgeräte und ein Wasseranschluss.

Als sie zu dem Gefangenen vordrangen wurde der Geruch der Ausscheidungen stärker. Sie schleppten den Mann außerhalb des Kellers und reinigten ihn oberflächlich mit einem kalten Wasserstrahl. Auf seine Äußerungen bekam er keine Antwort. Seine Kleidungsstücke waren ihm vom Leib gerissen worden und der starke Wasserstrahl säuberte diese. Noch völlig erschöpft vom stundenlangen Liegen in völliger Dunkelheit glaubte er nun an seine Befreiung. Er durfte die nasse Kleidung wieder anziehen. Eine Befragung begann. Die Antworten kamen zögerlich. Das dauerte Elli zu lange.

»Zurück mit ihm in den finsteren Keller.«

Es setzte seine Ganglien in Bewegung. Er wollte verhandeln. Doch darauf ließen sich Elli und Patricia nicht ein. Sie schleppten ihn dorthin, von wo er vor kurzem entfernt worden war. Gebunden und festgemacht am Boden war er nun mit dem Gestank seiner Ausscheidungen neuerlich in der Finsternis.

Ohne Nahrung und Wasser, mit nun nasser Kleidung am Körper überdachte er sein Verhalten.

Hätte ich doch die Fragen beantwortet und hätte ich mich nicht dazu verleiten lassen die Damen zu beschimpfen und zu verfluchen, es würde mir nun sicherlich besser ergehen. Die werden mich doch nicht hier verrecken lassen? Das gefällige Aussehen der beiden noch im Gedächtnis und die eintretende Leibeskälte hoffte er auf ein Wiedersehen. Es war ein vergebliches Hoffen. Sein ungestümes Verhalten führten zu weiteren bitteren Stunden. Allmählich begriff er sein ungeschicktes Verhalten. An einen erquickenden Schlaf war nicht zu denken. Allmählich sank er in einen erschöpften Zustand, der ihm ein klares Denken nicht erlaubte.

Er träumte von den erhaltenen fünftausend Dollar, die er für den unerlaubten Transport bekommen hatte und die nun keine Bedeutung hatten. Die beiden Männer waren irgendwo noch vor Erreichung des kleinen Flughafens in Streit geraten. Bald war der eine ausgestiegen und unter großer Mühe war die Maschine nicht am Berghang zerschellt. Er konnte diesen Berg noch überwinden. In einer Steilkurve war der andere Mann ebenfalls mit seinem Metallkoffer durch die offenstehende Tür verschwunden. Glücklich gelandet, hatte er sich verzogen, um über diese Angelegenheit Gras wachsen zu lassen. Nie hatte er an eine Verhaftung durch die italienische Polizei gedacht. Auch nicht an eine Auslieferung. Die Übergabe an zwei nette Damen hatte er nicht ernst genommen. Wann kommen diese wieder?

Von Thibaud befragt, ob sie Neues von den Piloten erfahren haben, bekam er die Antwort, er denkt nach. Das konnte sich Thibaud gut vorstellen. Also war er noch am Leben und war bisher zu keiner

Stellungnahme bereit gewesen. Er wird sicherlich unter ihren Methoden bereit sein, Fragen zu beantworten. Kurz vor seinem Verrecken wird er sich glücklich schätzen einen Kontakt zu bekommen. Solche Methoden darf die französische Polizei nicht anwenden.

Kapitel 7

Im Massiv der Jura war es der französischen Gendarmerie in akribischer Arbeit gelungen, den Platz der Landung des Hubschraubers ausfindig zu machen. In einem Landschaftsgebiet, in dem es tagsüber ruhig und in dem in der Nacht das Gekläff eines Köters meilenweit zu vernehmen war, konnte das Getöse des Hubschraubers nicht verborgen bleiben. Dazu kam die kleine Straße, die direkt in die Schweiz führte. Der Lärm hatte einen Landwirt bewogen seine Kammer zu verlassen. Deutlich konnte er die beiden Männer erkennen, die in den Hubschrauber geklettert waren. Eine detaillierte Personenbeschreibung gab es nicht. Der eine war klein und korpulent und der andere schlank und groß. Der Hubschrauber hob ab und nahm die Richtung nach Annecy. Die Gendarmerie war von Gehöft zu Gehöft gegangen und als sie aufgeben wollten auf einen alten Landwirt gestoßen. Dort hatten sie den Tag und nahezu die genaue Uhrzeit erfahren. Das wurde an Thibaud weitergegeben.
Die Angaben des Landwirtes deckten sich mit den Körpermaßen der gefundenen Leichen. Einen kleinen Schritt war man nun weitergekommen. Man musste auf die Aussage des Piloten warten.

Elli und Patricia waren zu Jean zurückgekehrt. Beim Abendessen sprachen sie wenig darüber, wo sie die letzten Stunden verbracht hatten. Ausgehungert wie sie waren, dauerte es nicht lange bis sie sich für eine Speise entschieden. Wein wollten sie keinen bestellten. Der Tag war lang genug gewesen und zum Feiern war ihnen nicht zu Mute.
Nach kurzer Säuberung waren sie im Bett. Das Gewitter in der Nacht mit dem rauschenden Regen störte ihren Schlaf nicht. Der Platz, wo der Campingcar stand, war frei von Bäumen. Von herabstürzenden Ästen, die der starke Wind zu Boden schleuderte, wurde

ihr Auto verschont. An anderen Stellen gab es Scheibenbruch und andere Beschädigungen. Am gegenüberliegenden Hang war ein Rinnsal zu einem gewaltigen Bach angeschwollen. Die Wassermassen nagten an der Uferbefestigung. In nur wenigen Minuten überschwemmten sie die Brücke. Nicht überall konnten Straßen rasch genug gesperrt werden. Wer in dieser Nacht über diese enge Straße nach Hause wollte, wurde nun mit der zerstörten Brücke konfrontiert. Noch Stunden vor diesem Unwetter litten die Menschen unter der Hitze. Nun gab es Abkühlung und einen großen Umweg.

Als die Damen am anderen Morgen zum Frühstück kamen, wollte Jean das technische Merkmal des Campingcars wissen. Eine Mutter hatte darauf hingewiesen. Ihre neugierigen Sprösslinge erlitten bei Berührung einen elektrischen Schlag. Auch sie hatte sich davon überzeugt.

»Es ist amerikanisches Eigentum und entsprechend geschützt. Diese Frau und ihre Kinder haben nun davon Kenntnis welche Folgen eine absichtliche Berührung herbeiruft. Die Frau und ihre Kinder wurden automatisch registriert. Neben dem Zeitpunkt der Berührung wurden auch alle Fotos automatisch gespeichert. Wer nach einer Berührung den Wagen aufzubrechen versuchen wollte, wird mit ganz anderen Abwehrmöglichkeiten konfrontiert. Bei einer Einreise in die USA wird diese Dame darüber Auskunft geben müssen, weshalb sie den Wagen berührt hatte. Fremdes Eigentum soll man in Ruhe lassen.«

Jean gab sich damit nicht zufrieden. Er wollte Details wissen. Elli winkte ab.

»Zuviel Wissen bereitet Kopfzerbrechen. Wir versuchen unsere Arbeit durchzuführen. Ganz ohne Schutz sind wir nicht. Das können sie der Dame ausrichten. Auch die Polizei hält sich vom Wagen fern. Vielleicht dürfen die Kinder einmal in den Wagen klettern. Aber bis dahin sollen sie sich friedlich verhalten und darüber nicht zu anderen Personen sprechen. Es ist kein Geheimnis, aber etwas, das nicht allen bekannt werden sollte.«

Jean wollte noch etwas sagen. Thibaud kam zur Tür herein und steuerte sofort zum Tisch der Damen. Seine Neugierde war deutlich zu erkennen.

Schlüssel und Magnetkarten waren von der Firma aus Deutschland mitgenommen worden. Die Halle und die unmittelbare Umgebung zum militärischen Sperrgebiet erklärt worden. Jeder, der ohne Sondererlaubnis dort eindringen wollte, sollte sofort erschossen werden. Solche Verhältnisse hatte es seit dem Ende des zweiten Weltkrieges nicht mehr gegeben. Flugzeuge, die bisher im Landeanflug darüber geflogen waren, wurden umgeleitet und mussten auf einer anderen Piste landen. Das Personal im Tower bekam viel zu tun.

Diese kurze Information erweckten ein nie erwartetes Erstaunen.

»Die Schweizer Behörden haben für absolute Sicherheit garantiert. Sie konnten diese aber nicht einhalten. Uns hat man die nicht ungefährliche Aufgabe übertragen, die Umstände des einfachen Eindringens zu finden. Daran arbeiten wir. Viel Unterstützung haben wir bisher weder bei den Französischen noch bei den Schweizer Behörden bekommen. Daraus ergibt sich eine härtere Gangart. Ob sich die Regierungen der beiden Länder der kritischen Situation bewusst sind, wissen wir nicht. Dazu kommt die Geheimhaltung.

Zusammenfassend sind zwei Männer tot. Ein dritter, der in der Höhle überlebt hat, wird in den kommenden Wochen sterben. Ob Annecy oder Genf dem Erdboden gleichgemacht werden soll, ist auch nicht bekannt. Dazu kommt, mit dem entwendeten Material ist es möglich kleinere Atombomben zu bauen. Wo diese gebaut werden, wissen wir nicht. Der Pilot des Hubschraubers wird, wenn er darüber Näheres erzählen wird, sicherlich keine Kenntnisse haben. «

Jean war daneben gestanden. Die Kommunikation im rasch gesprochenen amerikanischen Englisch hatte er nicht verstanden. Beide

Damen saßen ohne Regung am Tisch und nahmen weiterhin ihr Frühstück ein. Thibaud fragte, was nun unmittelbar geschehen könnte.

»Wenn unsere Vorstellungen zutreffen, wird man mit den Original-karten weiteres Material stehlen wollen.« kam es süffisant von Patricia.

»Wir können uns diplomatisches Personal vorstellen, das mit gefälschten Diplomatenpass sowie gefälschten Autokennzeichen vorfährt. Eine sofortige Tötung ist somit auszuschließen. Die Pässe und die Kennzeichen auf Echtheit zu prüfen ist in kurzer Zeit nicht möglich. Darum haben wir etwas einfallen lassen. Wir werden sie höflich einer Sonderbehandlung zuführen.«

»Wann könnte das geschehen?«

»Wir warten es ab. Weder die Russen noch die Amerikaner sind an dem gestohlenen Material interessiert. Warum man aber in die Halle vordringen konnte, bedarf einer Aufklärung. Kein Alarm war ausgelöst worden. Welche Organisation Schlüssel und Magnetkarten herstellen konnte, die auch mit Lupen vom Original nicht zu unterscheiden sind, interessiert nicht nur die USA. Das wird vermutet und in Deutschland untersucht. Sollten unsere Vermutungen stimmen, sind auch Banken in Gefahr. Dieses Wissen dürfen sie derzeit ihrer Regierung nicht bekanntgeben. Man wird ihnen keinen Glauben schenken und sie der Lächerlichkeit preisgeben. Bis zur restlosen Aufklärung wird es noch einige Tote geben.

Thibaud wurde zum Telefon gerufen. Nach einiger Zeit kam er zum Tisch von Elli zurück. Seiner Miene nach war etwas Ungewöhnliches eingetreten. Er erzählte von einer Bank in Genf, die bisher keine Schwierigkeiten gehabt hatte, war von unbekannten Tätern besucht worden. Einige Schließfächer hatten sie in Ruhe geleert. Die zugehörigen Schlüssel und Magnetkarten hatten es ermöglicht.

Ursprünglich wollten sie zu einem bestimmten Schließfach gehen. Das war nach Legitimierung und Begleitung erlaubt worden. Kaum war der Raum von der Begleitung abgeschlossen, öffneten sie andere Schließfächer und leerten den Inhalt in ihre kleinen Aktenkoffer. Gezielt haben sie jene Schließfächer vorgenommen, in denen sich Diamanten befanden, deren Wert auch nicht der Bank bekannt war. Ohne den geringsten Alarm auszulösen, meldeten sie ihre Rückkehr und verließen seelenruhig die Bank. Auf den Überwachungskameras konnte bei Vergrößerung eine mangelhaft befestigte Maske des einen Täters erkannt werden. Dem begleitenden Angestellten der Bank war aber nichts aufgefallen. Dieser Raub war noch an dem Tag, an dem die Amerikaner das radioaktive Material vermissten, durchgeführt worden.

Als Bankkunden ihre Schließfächer begutachten wollten, waren diese leer. Zuerst vermuteten sie, daß die Bank die Wertsachen anderswo gelagert hatte. Die Aufregung war groß. Die Höhe des Schadens konnte noch nicht ermittelt werden. Seitens der Bank vermutete man eine Schadenshöhe In Milliarden. Offiziell gibt es noch keine Stellungnahme. Der Bankkunde, der eines der Schließfächer auf unbestimmte Zeit gemietet hatte, hat seinen Wohnsitz in Genf und meldet sich nicht. Ein Vorstandsmitglied der Bank habe ihn angerufen und um Hilfe gebeten. In Paris hat man diesem Mitglied mitgeteilt, wo er zu finden wäre. Man hat ihm erklärt, er würde hier in Frankreich Urlaub machen.

»Nie kümmern sich Menschen um ihre Schätze. Kaum sind sie verschwunden, erwarten sie Hilfe von der Polizei. Die Zeitungen werden nun ausverkauft sein und die Bank verliert ihren guten Ruf. Auch andere Banken werden Ähnliches erleben.«

»Welchen Rat soll ich diesen Mann geben?«

»Keinen.«

»Sie haben eine Firma gefunden, die ihnen behilflich ist.«

»Uns ja, aber sie haben kein Interesse an weiteren Aufklärungen zu arbeiten.«

»Weshalb nicht?«

»Sie arbeiten an einer Forschung, die ihnen sehr wichtig erscheint.«

»Wieso ist es ihnen gelungen, diese Firma von der Notwendigkeit einer Untersuchung zu überzeugen?«

»Es ist eine persönliche uralte Verbindung, der wir diese Ausnahme zu verdanken haben.«

Thibaud war still geworden. Er konnte es nicht verstehen.

»Darf ich sie fragen, wie es zu dieser Verbindung gekommen ist?«

»Der eine Angestellte, sein Name ist Andreas, hat mir das Leben gerettet und dazu beigetragen einen Krieg in Mitteleuropa im Keim zu ersticken. Das können sie sofort vergessen, wenn ihnen ihr Leben etwas bedeutet.«

Thibaud sagte nichts mehr. Das Gespräch hatte unwillkürlich eine härtere Gangart eingeschlagen. Diese Elli war nicht die hübsche kleine Dame, wie sie ihm erschienen war. Das war eine hartgesottene Agentin der CIA und die hatte eine Vergangenheit, von der sie nicht sprach. Das war nahezu unfassbar. Er glaubte es nicht. Eine Verbindung über Jahre, die sich über Staatsinteressen hinwegsetzte.

»Dazu kommt, meine Tante hat Andreas eine Schulausbildung ermöglicht, die seine eigenen Eltern nicht bezahlen konnten. Wenn er jemals in Not ist, wird sich die CIA für ihn einsetzen. Auch dann, wenn ich selbst nicht mehr am Leben bin. Nun kennen sie die näheren Umstände, weshalb ich die Möglichkeit habe, ihn um einen Gefallen zu bitten. Millionen von Dollar haben weder für ihn noch für seine Kollegen einen Wert. Auch die CIA hatte um eine Verlegung dieser Firma in die USA angeklopft. Das musste auch Washington begreifen.

Die Schweiz hat mit großem Widerwillen eine amerikanische Militärmaschine, ausgerüstet mit einfachen Werkzeugen, nach Genf fliegen lassen. Dies war nur unter der Androhung geschehen, Genf könnte dem Erdboden gleichgemacht werden. Die Schweiz ist ein Land wie viele andere Länder auf dieser Erde. Dieses Land wird einen Weg finden müssen, der nicht mit Gold und Diamanten zu bezahlen ist.«

»Das ist aber eine sehr harte Entscheidung.«

»Schon möglich.«

»Verhinderung eines Kriegsausbruches in Mitteleuropa, wann war das?«

»Vor zwanzig Jahren.«

»Davon ist nie etwas bekannt geworden.«

»Das ist auch nicht notwendig.«

»Mir ist klar geworden, mit dem letzten Regen sind sie nicht vom Himmel gefallen. Was sie hinter sich haben, das scheint unglaubwürdig zu sein und doch muss es wahr sein. Darum sitzen sie ruhig am Tisch und warten ab. Ich muss das alles noch überdenken.«

Die Mutter war mit den Kindern gekommen, die den Campingcar berührt hatten. Sie lugten neugierig zu dem Tisch, an dem Elli, Patricia und Thibaud in ein Gespräch vertieft waren.

»Wollen sie Monsieur Thibaud mit uns zum Platz kommen, wo der Pilot seine Stunden in der Finsternis verbringt?«

»Sehr gern.«

»Wo und wie sie ihn vorfinden, darüber brauchen sie keine Meldung an ihre Vorgesetzen weitergeben.«

Thibaud nickte. Das Frühstück war zu Ende. Als sie weggingen, nickten sie den Kindern und der Mutter zu und begaben sich zum Auto. Die Fahrt zum Keller dauerte nur kurz. Ein Lämpchen leuchtete auf. Das bedeutete eine Botschaft auf dem versteckten Display. Elli hielt deswegen nicht an.

Thibaud fragte Patricia nach der Bedeutung dieses Lämpchens.

»Wir werden es erfahren, wenn wir anhalten.«

Auf der Zufahrt zum Keller standen die Kameraden von Elli und Patricia. Sie erkannten den Wagen salutierten und der Wagen rollte bis zum großen Tor.

Beim Aussteigen war der Gestank, der aus dem Keller drang, deutlich zu spüren. Die Torwache, die außerhalb des Tores ihren Platz hatte, wurde mit Thibaud bekannt gemacht. Die Wache meinte, innerhalb des Tores ist führ ihn ein Aufenthalt nicht zumutbar. Elli nickte. Nach Öffnung der zweiten großen Tür konnte man am Boden im Schein der Stablampen eine Figur erkennen. Nur schwer konnte sich Thibaud an das Aussehen dieser Figur gewöhnen. Diese Figur lebte. Gierig zog sie an der ihr zugeführten Wasserflasche. Thibaud hatte in seinem Leben schon viel gesehen. Was er zu Gesicht bekam, übertraf alle seine Erwartungen. Die Figur wurde von den Damen von seinen Fesseln befreit und zum Ausgang geschliffen. Der kalte Wasserstrahl erweckte die Figur zum Leben. Befreit von seinen Kleidern entfernte das Wasser seinen Kot und Urin. Hätte Elli den Piloten nicht am Rücken gestützt, er wäre zu Boden gefallen. Das Wasser ergoss sich über seinen ganzen Körper. Nach einiger Zeit durfte er sich auf ein kleines Fass setzen. Patricia säuberte seine Kleidungsstücke mit einem Wasserstrahl. Der Blick der Damen verhieß nichts Gutes. Noch während Patricia den Boden im hinteren Bereich des Kellers in Angriff nahm und allen Schmutz zu entfernen versuchte, begann eine Befragung. Noch vor kurzem als ihn der Strahl ins Gesicht getroffen hatte, den er mit seinen Händen nicht gänzlich abwehren konnte. Zu Schreien hatte er begonnen:

»Ich will reden.«

Zitternd zog er sich seine nasse Hose an.

»Bitte nicht wieder in dieses Verlies, ich will alles erzählen.«

Aus dem mitgebrachten Korb bot man ihm einen Espresso und eine Kleinigkeit zum Essen an. Man ließ ihm Zeit.

Der Pilot begann stockend von einem Anruf zu erzählen. Eine unbekannte Stimme bot ihm 5000.—Dollar für einen Transport von zwei Männern. Er sollte sie auf einer kleinen Straße nahe der Grenze abholen und zum Flughafen in der Nähe von Annecy bringen. Die unglücklichen Wetterbedingungen, sowie der Streit der beiden Männer endete in einer Katastrophe.

Beide Männer verließen unkontrolliert die Maschine und nur unter großer Mühe konnte er einem crash an einem plötzlich auftauchenden Berghang entgehen und die Maschine am Flughafen landen. Dann hat er seinen längst fälligen Urlaub angetreten. Über das Aussehen der beiden Männer konnte er keine zufriedenstellende Auskunft geben. Er hatte auch keine Zeit gehabt, seinen Kontostand zu überprüfen. Was ihn verwunderte, wie rasch man ihn gefunden hatte und die Behandlung dieser beiden Damen.

»Er soll darüber froh sein, von uns in unsere Fittiche aufgenommen worden zu sein. Was er erzählt hat, deckt sich mit unserem Wissen. Er wird am Leben bleiben, wenn er sich bereit erklärt bei weiteren Recherchen mitzuwirken.«

Thibaud wollte wissen, von wem sie eine solche Behandlung gelernt haben.

»Von dem , der in Vietnam zusammen mit Schlangen in einem Käfig leben musste und der in Mitteleuropa einen Kriegsausbruch unterbinden konnte.«

Thibaud kam nicht zum Nachdenken.

»Die beiden Männer, die wir bei Sandrine gefunden haben und die sich nun erholt haben, müssen ebenfalls in diesen Keller. Nachher werden sie zum Kooperieren bereit sein. Vorerst aber die Nachricht lesen.«

Elli ging zur Wache und bat sie noch einige Tage auszuharren. Es kommen neue Besucher. Der weggeschwemmte Unrat wird einen weniger starken Geruch erlauben. Anschließend ging sie zum Campingcar und lass die Botschaft. Sie kam von Andreas.

»Drei Schlüssel sowie alle Generalkarten sind gefälscht.«

Elli bestätigte den Empfang und löschte die Nachricht. Dann kam sie zu Patricia und Thibaud und berichtete. Sie holte Thibaud zur Seite.

»Haben sie in irgendeinem Banksafe wichtige Dokumente oder Wertsachen deponiert?«

»Warum«

»Bitte beantworten sie meine persönliche Frage.«

»Nein«

»Eben habe ich erfahren, daß drei Schlüssel und alle Generalkarten gefälscht sind. Sie wissen, was dies bedeutet?«

»Darf ich bitte ihr System benützen? Ich möchte meinen Präsidenten verständigen.«

»Das dürfen sie. Gegen sie liegt nichts vor. Davon haben wir uns schon überzeugt.«

Thibaud kletterte in den Wagen. Nach Verschließung der Türen verdunkelten sich die Fenster. Das Display wurde ausgefahren. Nach Eintippen einer Codierung durfte Thibaud weitere Informationen hinzufügen. Nach deren Beendigung:

»Bitte drücken sie auf Senden.«

»Sie wird dreimal verschlüsselt. Soll diese Nachricht gespeichert werden?«

»Nein«

»Geben sie folgende Zeichen ein. Damit wird die Nachricht, sowie alle Metadaten gelöscht.«

»Sie haben mich überprüfen lassen?«

»Logisch, hätte ich ihnen ohne Überprüfung von meiner Vergangenheit erzählt? Washington ist sicherlich schon von Andreas unterrichtet worden. Andreas ist derjenige, der mit seinen Kollegen die Schlüssel und die Computerkarten untersucht hat. Wir werden abwarten, was uns Washington vorschlägt. Wer nun ohne unsere Erlaubnis in diese Halle vordringen will, wird kaltgestellt. Es geht nicht mehr darum, nukleares Material zu entwenden. Jemand oder eine uns unbekannte Organisation kann Karten in einer Form fälschen, die mit einfachen Hilfsmitteln nicht erkannt werden können. Das hat Auswirkungen, die sich über die Grenzen aller Nationen erstrecken.«

»Was soll mit dem Piloten geschehen?«

»Das überlassen wir den Franzosen, wer sich in einem Schneesturm zurecht findet, kann sicherlich viel mehr. Diejenigen, die wir bei Sandrine gefunden haben, die werden wir befragen. Man hat ihnen genug Zeit gegeben, sich zu erholen. Der Keller ist nun gesäubert. Wenn sie dort Quartier beziehen, werden sie nach Tagen bereit sein, darüber zu berichten, wie sie zu der Verstrahlung gekommen sind. Vielleicht auch wofür sie das Material gebrauchen wollten.«

»Die Übergabe der beiden Männer kann ich ihnen nicht versprechen.«

»Versuchen sie es doch.«

»Den Piloten übergeben wir ihnen und die anderen holen wir vom Krankenhaus ab, bevor sie uns entwischen.«

Der Pilot war zufrieden den beiden Schwestern entronnen zu sein. Lieber wollte er in einem anderen Gefängnis auf seine Verurteilung warten, als nochmals in den Keller.

Man fuhr zum Krankenhaus. Dort wusste man nichts von verstrahlten Personen, die vor Tagen eingeliefert worden waren. Die beiden Damen fanden den Weg zum Direktor. Eingekleidet in Ärztemäntel konnte man zwischen ihnen und dem Personal keine Unterschiede erkennen. Auch der Direktor wusste nichts von verstrahlten Personen. Den Colt im Nacken und die Wahrscheinlichkeit die Sonne nie wieder zu sehen, gab er sofort darüber Auskunft, in welchem Trakt und Zimmer die beiden Männer untergebracht waren. Unter seiner Begleitung gelangten sie zum Zimmer. Die Männer erweckten einen gesunden Eindruck. Es wurde ihnen eine Verlegung in ein anderes Gebäude angeboten, in dem sie sich noch wohler fühlen werden. Dem konnten sie zustimmen. Im Stillen hofften sie auf ein unauffälliges Entkommen.

Willig folgten sie zum Campingcar. Auch der Direktor durfte mitfahren. Außerhalb des Krankenhauses hielt Elli auf einem Parkplatz an. Der Direktor bekam eine Übernahmebestätigung über seine Patienten. Sollten Zweifel über die Übernahmebestätigung auftreten, wäre eine Direktmeldung an die Zentrale der CIA in Washington nützlich.

Dann durfte er den Campingcar verlassen. Ab nun ging es ohne Unterbrechung zum Keller. Die Betäubungsspritze verhinderte nicht nur die Flucht, sie beeinträchtigte auch das Denkvermögen und machte es unmöglich, sich die Fahrtrichtung einzuprägen. Gebunden und wieder am Boden fixiert wurden sie im Dunkeln ihrem Schicksal überlassen.

Thibaud wurde von dem Transport verständigt. Verwundert war er über die Bereitwilligkeit des Direktors.

»Wir konnten ihn überreden.« bekam er als Antwort.

»Von verstrahlten Personen war offiziell ohnehin nichts bekannt.«

Thibaud dachte sich seinen Teil. Diese beiden ladies führen im Handumdrehen Aktionen aus, die der Exekutive nicht erlaubt sind.

Der Pilot im neuen Gefängnis glaubte nun Ansprüche stellen zu können. Er verlangte nach einem Anwalt und Entschädigung. Man verwies auf die beiden Schwestern. Das beruhigte ihn sofort. Thibaud machte ihm klar, sein illegaler Transport wird Folgen haben. Bis dahin müsste er sich in Geduld fassen.

Der Direktor des Krankenhauses war geschockt und völlig verschwitzt zurückgekehrt. Kurz darauf meldete man ihm die Ankunft der französischen Abwehr.

Thibaud kam und erkundigte sich nach zwei Personen, die angeblich verstrahlt in diesem Krankenhaus eingeliefert worden waren.

Er bekam zur Antwort, daß darüber nichts bekannt war. Thibaud meinte daraufhin, er Bitte um Entschuldigung seines Vordringens. Vermutlich waren sie anderswo eingeliefert worden.

»Offiziell waren sie nie eingeliefert worden. Wer soll nun die Kosten übernehmen?«

»Wenn sie nie offiziell eingeliefert worden waren, wie sind dann Kosten entstanden?«

Der Direktor hielt ihm den Wisch unter die Nase, den er von Elli und Patricia unterzeichnet bekommen hatte.

Thibaud setzte sich umständlich die Lesebrille auf, die er nicht benötigte. Er studierte den Wisch. Die klare zierliche Schrift von Elli amüsierte Thibaud. Deutlich war auch das Emblem der CIA zu erkennen.

»Es ist eine Übernahmebestätigung der CIA. Man wird an den beiden Männern Interesse haben. Wenn Kosten entstanden sind, wenden sie sich an Washington. Natürlich nicht offiziell.«

Dem Direktor platzte der Kragen. Laut schrie er »Merde«. Das konnte man auch am Gang noch hören. Thibaud blieb ruhig.

»Die USA wir sicherlich Interesse an der Aufklärung haben. Über die entstandenen Kosten soll er sich keine Gedanken machen. Waren die Damen nett zu ihnen?«

»Wenn man einen entsicherten Colt im Rücken spürt, davon einen Schock bekommt, kann man es als nett empfinden.«

»Bitte übergeben sie mir eine Kopie dieser Übernahmebestätigung. Mein Büro wird darüber Interesse zeigen.«

Kapitel 8

Die beiden Männer, eben noch in einem Zimmer eines französischen Krankenhauses, hatten lange nicht begriffen, wohin sie die Damen bringen wollten. Erst als sie sich Stunden später in einem völlig dunklen Raum wiederfanden, begann ein mühseliges Zurechtfinden. Sie waren gebunden und am Boden festgemacht worden. Die bei ihnen stehende Wasserflasche konnten sie nicht erkennen. An eine Befreiung war nicht zu denken. Die Erinnerung an das weiche Bett, das helle Zimmer und die Betreuung der hübschen Krankenschwestern half nicht den Druck des harten Bodens zu mindern. Auch die Kommunikation und der Gedankenaustausch über ihre Zukunft brachte keine Erleichterung. Es gab keinen Lichtschimmer, der durch irgendwelche Ritzen der Tür drang. In der absolute Stille konnten sie ihren Herzschlag nahezu hören. Die letzte Mahlzeit war lange vorüber. Einen Blick auf die Armbanduhren zu werfen, war nicht möglich. Nach vergeblichen Bemühen sich aufzurichten, blieben sie am Boden liegen. Das Aufbäumen war sinnlos gewesen, hatte viel Energie gekostet und ein Erschöpfungszustand war eingetreten. Als bei einem der beiden der Druck der Blase unerträglich wurde, ergoss sich die Flüssigkeit in seine Unterhose. Dem anderen widerfuhr ein ähnliches Schicksal. Ausgesprochene Verwünschungen und Fluchen führte zu einem trockenen Mund.

Die beiden Männer waren absichtlich weit genug voneinander am Boden montiert worden. Gegenseitig konnten sie sich nicht helfen oder befreien. Von einer Bewachung im vorderen Teil des Kellers hatten sie keine Ahnung. Den Wachen war aufgetragen worden, sie mindestens sechs Stunden liegen zu lassen. Dann erst Nachschau zu halten und ihnen ein wenig Wasser zu geben. Daraufhin weitere Stunden liegen zu lassen.

Nach zwei Tagen ein kleines Stück Fleisch zum Essen anzubieten. Sollten sie es ausschlagen und ausspucken, kein weiteres Wasser verabreichen und sie am Boden liegen lassen. Erst nach weiteren drei Stunden Wasser anbieten. Der Gestank wird zunehmen, aber wenn sie nicht verreckt sind, werden sie das Wasser gierig zu trinken versuchen. Verrecken werden sie nicht, ihre körperliche Konstitution lässt es nicht zu.

Eindringlich hatten Elli und Patricia den Wachen Verhaltensmaßnahmen aufgetragen. Im Falle eines wirklichen Notfalles sollten sie aber am Campingcar eine Mitteilung senden. Dafür bekamen sie einen Code.

Es war eine unscheinbare, aber sehr wirksame Methode auch einem furchtlosen Mann Verzweiflung keimen zu lassen. Sie sind zu zweit, liegen seitlich, können am Erbrochenen nicht ersticken und bekommen den eigenen Gestank sowie den des anderen zu spüren. Dazu die Verwünschungen des anderen zu hören, sein eventuelles Jammern und seine völlig sinnlos und nutzlos ausgesprochenen Gedankengänge.

Für die Wachen war diese Art neu. Sie wollten von Elli wissen, welche Umstände beigetragen haben, Gefangene so zu behandeln.

»Der Vietnamkrieg und die Behandlung der abgeschossenen Piloten, die nach einigen Wochen verrückt geworden sind. Man wollte sie auch nicht töten. Ihre eigene Psyche verwandelte sie in ein Wrack. Solange sie noch denken konnten, verdammten sie sich selbst, bedenkenlos ein armseliges Land zu bombardieren. Allmählich wurde ihr Geist gebrochen. Auch die Erinnerung an ihre Familie und an Menschen, die sie einst lieb gehabt hatten, verschwand. Derjenige, der mich eingeschult hatte, war diesem Irrsinn nur knapp entkommen. Er hat mir erzählt, manche seiner Kameraden haben um ihren Tod gebeten. Dies hat man ihnen verweigert. Soweit werden wir es aber nicht treiben. Sie sollen einen Vorgeschmack bekommen und lückenlos erzählen, warum sie verstrahlt worden sind. Auch über ihre Auftraggeber zu reden werden sie bereit sein. Bis dahin müssen sie in absoluter Finsternis verbleiben. Kein Lichtschimmer darf bis zum hintersten Kellerbereich vordringen. Darauf ist bei ihrem Aufsuchen zu achten.«

Sie wussten nicht wie viele Stunden schon verstrichen waren, als sie Wasser trinken durften. Ihre Ungeschicklichkeit und ihre Gier verschüttete einen Teil des Wassers. Sie bekamen kein weiteres Wasser. Der eine hustete beim Versuch aus der Flasche zu trinken. Der andere erwachte aus seinem Dämmerschlaf. Als die Flasche zu seinem Mund geführt wurde, erging es ihm nicht anders. Ein Teil des Wassers landete am Boden. Es half kein Fluchen. Die Person verschwand lautlos. Die Erkenntnis beim Trinken achtsam umzugehen, kam zu spät.

Ihre Erinnerung an das Telefongespräch, in dem ein Mann eine beachtliche Summe bot, eine Box aus einem kleinen Wagen zu entfernen, fiel ihnen ein. Unter Zuhilfenahme von zwei LKW sollte ein Kleinwagen gestoppt, die Insassen bedroht und die Box entwendet werden. Die Straße war eng und kurvenreich. Es schien eine Kleinigkeit zu sein. Es war auch gelungen. Die Insassen mussten aussteigen, sich von ihrem Auto entfernen und die beiden LKW waren mit der Box entkommen. Die Neugierde über den Inhalt siegte und beide ergriffen mit bloßen Händen den Inhalt. Er schien unscheinbar und nicht gefährlich zu sein. Dieses Behältnis händigten sie einem dritten Mann aus und kehrten zum Hotel zurück, das für sie gebucht worden war. Im Gedächtnis blieben die Schmerzen und der Transport in einem Spezialtransporter. Klare Gedanken zu fassen war nicht möglich. Beide versanken wieder in einen Dämmerschlaf.

Thibaud, die Amerikanerinnen und die Russen berieten sich über ein weiteres Vorgehen. Patricia schlug vor, auf weitere Besucher in

Genf zu warten. Vielleicht kommen sie nur zu zweit oder zu dritt in einem eleganten Wagen mit Diplomatenkennzeichen. Man möge ihnen Eintritt gewähren lassen und sich nach ihren Wünschen erkundigen. Sollten sie die Auskunft verweigern oder Abwehrmaßnahmen ergreifen, kampfunfähig schießen und fesseln. Vielleicht kommen sie mit den Originalkarten. Die Wachen sollen sich nicht auf Nahkampf einlassen. Diesen würden die Besucher viel besser beherrschen. Ihre Diplomatenausweise müssten genauestens kontrolliert werden. Andreas sollte in die Untersuchung eingebunden werden.

»Das wird zu diplomatischen Verwicklungen führen.« meinte einer der Russen.

»Dieses Risiko werden wir akzeptieren. Bei gefälschten Ausweisen wird es keine Folgen geben. Auch die Nummerntafeln der Autos müssen geprüft werden. Man muss auch ein vorzeitiges Ableben der Inhaftierten vermeiden. Diese Detailuntersuchung soll von der CIA durchgeführt werden.«

Der Zufall führte einen Schritt weiter. Niemand kam zu den bewachten Hallen. Die Schweizer Autobahnpolizei stoppte einen PKW Fahrer. Befragt, weshalb er die vorgeschriebene Höchstgeschwindigkeit nicht eingehalten hatte, beantwortete er mit dem Hinweis auf einen eiligst abzuliefernden Transport. Diesen Transport wollten die Beamten kennenlernen. Es war ein Metallkoffer, versperrt und versiegelt. Darüber wollten sie eine genaue Auskunft haben. Ob es sich um wichtige medizinische Unterlagen handeln würde, die mit einem nicht näher gekennzeichneten Auto transportiert werden. Dazu kam der Umstand, daß der Fahrer immer nervöser wurde. Woher der Koffer stammte und wo er abgeliefert werden sollte, darüber schwieg er sich aus. Die Folge war eine Überprüfung der Wagenpapiere und des Führerscheines. Die Wagenpapiere waren in Ordnung. Ob der Führerschein eine Fälschung war, konnten die Beamten aber nicht feststellen. Man schlug ihm vor, mit dem Wagen den Polizisten zu folgen. Brav folgte er dem Polizeiwagen. Nach einigen hundert Metern brach er aber aus und entfernte sich mit hoher Geschwindigkeit. Weit kam er nicht. Die Autobahn war mit größeren Polizeiwagen dicht gemacht worden. Er ließ den Wagen stehen und rannte über die angrenzenden Felder davon. Hinter ihm die Polizeihunde, die in den größeren Wagen der Polizei dem Kommando ihrer Hundeführer folgten. Nur nach wenigen Metern wurde er von den Hunden zu Boden gerissen. Die Wolfhunde kannten kein Erbarmen. Einer hatte ihn am Hals gepackt. Der andere hatte sein rechtes Bein zwischen den Zähnen. Die Beamten kümmerten sich vorerst nicht um den Flüchtling. Der war gut aufgehoben. Sie öffneten den Koffer, die erwarteten Drogen und das Geld war nicht gefunden worden. Dafür eine Unzahl von Schlüssel, die alle zum Öffnen von Schließfächern oder Safes gehörten. Extra in Plastiksäckchen eingepackt, Karten, die mit einem Chip versehen waren. Ob diese Karten gefälscht oder echt und gestohlen waren, konnten die Beamten nicht erkennen. Es gab auch kein Begleitschreiben, das auf die Herkunft der Karten und die Schlüssel bezugnahm.

Innerhalb weniger Minuten hatte sich ein langer Rückstau gebildet. Verstärkung wurde angefordert. Die Verstärkung sollte Stichproben bei den im Stau wartenden Lenkern vornehmen. Diejenigen, die sich nicht zurückhalten konnten und ihre Unmutsäußerungen sehr laut zum Ausdruck brachten, wurden die Fahrzeugpapiere abgenommen. Sie durften am Straßenrand ihre Fahrzeuge abstellen. Sie würden die Papiere wieder bekommen, wenn sie sich beruhigt hatten. Aufgeregte Personen hinter einem Lenkrad würden sicherlich einen Unfall herbeiführen.

Der Flüchtling wurde von den Hunden befreit und bedeckt mit Folien, die ein Erkennen unkenntlich machten, zu einem der Polizeiwagen geführt. Die Beamten waren darauf vorbereitet, daß dieser Mann nicht fotografiert werden sollte. Viele die im Stau warten mussten, waren bereit mit ihren Teleobjektiven den Polizeieinsatz festzuhalten.

Im Kommissariat fand man in den Schuhen des Angehaltenen Geld und Reisepässe. Im Stillen verdammte er seine Ungeschicklichkeit und sein Verhalten. Etwas anderes zu erzählen und eine Entschuldigung hätte eine Anzeige zu Folge gehabt und er hätte weiterfahren dürfen. Die Polizeihaft fürchtete er weniger. Aber die Organisation wird ihn sicherlich honorieren. Sein PKW wurde zerlegt. In den Hohlräumen erschnüffelten die auf Drogen spezialisierten Hunde Hinweise auf transportierte Drogen.

Thibaud bekam darüber eine Mitteilung. Der Wagen führte französisches Kennzeichen. Die Nummern waren echt. Montiert waren sie einst auf einen Wagen, der nach einem Unfall nicht mehr fahrtüchtig war. Er stand in einer Garage in der Schweiz.

Die Schweizer Polizei untersuchte die Garage und das dazugehörige Wohnhaus. Sie konnte aber außer den gestohlenen Fahrzeugnummern nichts Verdächtiges feststellen. Das Haus war unbewohnt. Ein längerer Zeitraum war vergangen, seit sich Menschen in dem Haus aufgehalten hatten. Das Wasser war abgedreht worden. Überall in den Räumen lagerte der Staub auf den Möbeln.

Die aufgefundenen Plastikkarten und die Schlüssel hatten höhere Polizeidienststellen in Unruhe versetzt. Die leeren Schließfächer einer Großbank waren bekannt geworden.

Thibaud war zu einer Lagebesprechung mit anderen höheren Beamten eingeladen worden. Dabei ließ er durchblicken, er wüsste einen Weg, wenn die Schweizer Behörden mit ihren Verhörmethoden keine Erfolge erzielen würden. Neugierig geworden, sollte er davon berichten. Er verwies auf den Umstand, daß davon niemand etwas erfahren dürfte. Auch nicht engste Angehörige oder Freunde. Es ist nicht geheim, es ist absolut tödlich. Daraufhin entschieden sich einige den Saal zu verlassen. Die anderen harrten der Dinge.

Thibaud berichtete über den Diebstahl im Genfer Flughafen und dessen Folgen. Die CIA sind an einer Aufklärung interessiert, warum man in ein streng gesichertes Terrain eindringen konnte. Man wollte weitere Details. Er erwähnte auch den KGB, der nun mit der CIA zusammenarbeiten würde. Er erzählte auch von zwei Agentinnen der CIA, die mit ihren ausgeklügelten Methoden die bisher Verhafteten zum Reden gebracht haben. Er schlug vor, den Kurier, wie er ihn bezeichnete gegen Kaution freizustellen. Die Kaution von 100 000 Franken würde ausreichen, daß er vorerst aus dem Gefängnis entlassen wird. In weiterer Folge würde er von der CIA verhört werden.

»Wer sollte die Kaution stellen?

»Die Bank, die bisher leere Schließfächer vorgefunden hat, in denen sich ungeschliffene Diamanten, Rubine und Gold in einem ungeheuren Wert in Milliardenhöhe befunden haben sollen.«

»Das gibt es nicht.«

»Es ist noch nicht öffentlich bekannt geworden. Man muss nur der Bank zu verstehen geben, daß der Kurier sich vielleicht das Leben selbst nehmen würde oder von einem Mithäftling, der erst kürzlich eingetroffen ist, auf eine Reise ohne Wiederkehr geschickt wird. Eine heiße Spur zu einer uns unbekannten Organisation würde dadurch vernichtet werden. Dagegen bei einem Freigang würde er sich Spezialisten anvertrauen müssen. Er würde am Leben bleiben. Solange er am Leben bleibt, wird er eher früher als später erzählen, wie er zu den Schlüsseln und Karten gekommen ist und wohin er sie liefern sollte.«

»Das ist Phantasie.«

»Die Bank wird kein Interesse haben, daß das Missgeschick weltweit bekannt wird.«

»Wer soll nun den Vorschlag über die Kaution der Bank überbringen?«

»Zwei Agentinnen der CIA. Sie legen aber keinen Wert darauf erkannt zu werden. Einkleiden muss man sie auch. In der Bank müssen sie zu den kompetenten Leuten durchgeschleust werden. Fotografische Aufnahmen jeglicher Art, darauf müsste die Bank verzichten. Beim geringsten Fehler würden nicht vorhersehbare Folgen für die Bank und deren Leitung entstehen.«

»Woher wissen sie das?«

»Wer in der Tiefsee nach Wasserstoffbomben sucht, deren Zünder scharf geschalten worden war. Wer einen ausbrechenden Krieg in Mitteleuropa im Keim ersticken konnte, hat kein Interesse auf den Titelblättern von internationalen Zeitungen zu erscheinen.«

»Das ist unglaublich.«

»Wenn sie weiterhin zögern, wird die CIA die beiden Agentinnen anderswo einsetzen. Sie sind viel zu wertvoll, um für eine solche Bagatelle zu erscheinen. Die Chance, daß eine Atombombe fertiggestellt und in Genf zum Einsatz kommen könnte, wird mit jeder Minute größer.«

»Monsieur Thibaud, sie sind erstaunlich gut informiert.«

»Ja, ich arbeite mit diesen beiden Damen zusammen an einer Lösung. Verehrte Herren, bitte vergessen sie eines nicht. Dieses Wissen ist nicht geheim. Sollte ein Bruchteil durchsickern, ist es für den Betroffenen absolut tödlich.«

Nach dieser unfassbaren Offenbarung war Schweigen eingetreten. Thibaud gab den Anwesenden noch einen Tipp, bevor sie den Raum verlassen wollten. Sie sollen sich eventuelle Antworten ausdenken, wenn sie von Kollegen, Vorgesetzten, besten Freunden und Familienangehörigen über das hier stattgefundene Gespräch gefragt werden. Versuchen sie an etwas zu denken, worüber sie auch nach Wochen noch mit anderen Worten erzählen können. Seien sie nie überrascht, wenn man in Freundeskreisen plötzlich auf etwas zu sprechen kommt, worüber sie stillschweigen müssen. Die Agentinnen, die vielleicht zum Einsatz kommen, haben es in ihrer Grundausbildung lernen müssen. Das liegt Jahrzehnte zurück. Darum gehören sie zu einer Spezialeinheit, über die auch in der CIA wenig bekannt ist.«

»Wie sind sie mit ihnen in Kontakt getreten?«

»Darüber muss ich nicht sprechen. Ich werde sie nun verlassen. Wenn sie sich geeinigt haben und mit mir in Verbindung treten wollen, rufen sie bitte bei Jean in La Balme-de-Sillingy an. Noch etwas, unter dem code »Rotkäppchen sucht den Wolf«. Es ist ein Märchen von den Brüdern Grimm. Wer nun folgen will, wird seinen Spaß erleben. Wir möchten aber ebenfalls Spaß haben. Nach dem Motto »Wer zuletzt lacht, lacht am besten«. Das findet man in jeder Sprache. Auf Französisch klingt es »Rira bien qui rira le denier.««

»Ist das nicht ein wenig kindisch?«

»Sicherlich. Bankkarten zu fälschen und Zutrittskarten in einer Form zu fälschen, daß man sie nicht von echten unterscheiden kann und zu glauben, man würde den oder die Täter nie finden, ist kindisch und sehr dumm. Schönen Nachmittag.«

Thibaud erhob sich und verließ den Raum.

Worüber Thibaud gesprochen hatte, war nahezu unbekannt. Es schien unglaubwürdig zu sen. Die von den Amerikanern gemietete Halle wurde nun von Sondereinheiten der amerikanischen Armee bewacht. Was dort vorgefallen war, war nicht bekannt, auch nicht, warum nun Sondereinheiten des amerikanischen Militärs das Sagen hatte.

Der Einbruch bei einer Schweizer Bank war nicht allen bekannt. Warum hatte Washington Agentinnen geschickt und was sollten diese aufklären. Bankkarten, die das Betreten von Depot ermöglichten und vermutlich Zutritt zu anderen Schließfächern zuließen, waren ebenfalls ein Rätsel. Nach Beratung kam man zu der Erkenntnis, es ging nicht mehr um gefälschte Bankkarten. Es muss etwas sein, daß die Fälschung von Zutrittskarten zustande brachte. Zutrittskarten, die mit einfachen Mitteln nicht von den Originalkarten zu unterscheiden waren. Damit konnte ein Täter in aller Ruhe überall eindringen. Die CIA hat sicherlich nicht Topagentinnen geschickt, die sich um die falschen Karten kümmern sollen. Sie sollen die Produktionsfirma ausfindig machen. Im Depot der Amerikaner lagert ein Material, das sehr gefährlich ist. Vermutlich war den Amerikanern einiges gestohlen worden. Und nun hatte ein Wettlauf gegen die Zeit begonnen. In den letzten Wochen hatte es keinen kleinsten Bericht über einen Diebstahl bei den Amerikanern gegeben. In einem medizinischen Magazin wurde von der Verstrahlung einer Person berichtet, die in eine Klinik in Genf eingeliefert worden war. Sie stammte aus einem Dorf in Frankreich in der Nähe der Grenze.

»Verstrahlte Person. Hatte man etwas aus dem Depot der Amerikaner entwendet? Wie war das möglich? Der Schweizer Sicherheitsfirma war die Obhut entzogen worden. Seither patrouillieren schwer bewaffnete Soldaten um das Gebäude. Es war als militärisches Sperrgebiet erklärt worden. Auch ein Überfliegen war nicht mehr möglich. Verspätungen im Flugverkehr zählten zur Tagesordnung. Man sollte nicht Nachforschen, was den Amerikanern abhanden gekommen ist, aber den Transporteur mit oder ohne Kaution der CIA überlassen, solange es nicht zu spät ist.«

»Wie ergeht es eigentlich dem Transporteur?«

»Er schweigt und hofft auf Entlastung. Bis jetzt hatte er zwei Besuche von Anwälten.«

»Wurden diese angehalten?«

»Dafür gab es keinen Grund.«

»Das sollte man der CIA überlassen. Thibaud verständigen und bei weiteren Besuchern, diese festhalten.«

Thibaud wurde verständigt und er kam mit den Russen und den beiden Damen zum Gefängnis. Als man den Transporteur übergeben wollte, war aber dieser nicht mehr in seiner Zelle. Angeblich wollte er länger schlafen. Er war bis über den Kopf zugedeckt. Bei Nachschau fand man unter der Decke nur alte Kleidungsstücke. Der Aufseher, der die Nachtwache übernommen hatte, war ebenfalls verschwunden. Das Depot, in dem sich der kleine Koffer mit den Bankkarten befunden hatte, war geleert worden und ordnungsgemäß verschlossen. Nun war man schlauer. Die lange Verzögerung hatte ein Entkommen des Transporteurs ermöglicht. Im Zimmer des Direktors gab es daraufhin eine Besprechung.

»Wie sicher ist dieser Raum?« fragte Elli. Verwunderung beim Direktor war deutlich zu erkennen. Elli holte einen Wanzendetektor aus ihrer Tasche. Eine Kamera und zwei Abhörwanzen waren bald gefunden. Patricia und Sergej holten die Wanzen aus ihrem Versteck.

»Keineswegs modern aber nützlich. Wir werden nun die Speichergeräte suchen.«

Der Russe und Thibaud nahm den Direktor in ihre Mitte. In einem Nebenraum, der selten betreten wurde, konnte man das Empfangsgerät neben den Akten entdecken.

»Mit ihrer Erlaubnis werden wir dieses sowie ein anderes, das wir noch finden müssen entnehmen. Im oberen Stockwerk wurde das zweite in einem verstaubten Raum gefunden. Der Direktor zu Beginn der Untersuchung noch entrüstet, war nun am Boden zerstört. Elli verlangte für alle einen starken Espresso. Man begab sich wieder in das Zimmer des Direktors.

»Vielleicht hat man während unserer Abwesenheit wieder Wanzen versteckt.«

Die Suche begann neu. Gefunden wurde nichts.

»Man hat sie sicherlich nicht über diese Wanzen informiert. Wir haben nicht die Zeit die Täter zu suchen. Aber wir werden von unseren Kameraden andere Geräte an den Stellen anbringen lassen, an denen wir diese Wanzen entdeckt haben. Auch passende Auf-zeichnungsgeräte müssen genau wieder dort versteckt werden, wo wir die alten entfernt haben. Besonders überrascht sind wir nicht. Es besteht sicherlich ein Zusammenhang zwischen dem Entkom-men des Häftlings und der Montage der Abhörgeräte und der Ka-mera. Wir möchten sie bitten, darüber zu niemanden zu sprechen.«

»Worum geht es nun wirklich?« waren die ersten Worte des Direk-tors , der den Schock überwunden hatte.

»Die Schweizer führen ein sehr bequemes Leben. Überall gibt es die höchste Sicherheit. Keine Banküberfälle oder andere Bedro-hungen. Sie sind von ihrer Sicherheit derartig überzeugt, daß ihnen eine Bedrohung durch eine Bombe mit nuklearem Sprengstoff als Unsinn erscheint.« mischte sich Sergej ins Gespräch.

Nun war der Ofen aus. Man hatte im Sergej als Mitarbeiter des KGB, Thibaud von der französischen Abwehr und die Damen als Agenten der CIA vorgestellt.

»Darf ich bitte rauchen?«

Das gestand man ihm zu. Man ließ ihm auch Zeit das Vernommene zu verarbeiten. Zwei Jahre vor seiner Pension und einem bevorste-henden angenehmen Lebensabend im besten Viertel von Genf, war dieses Ereignis wie ein Alptraum. Seine zu erwartenden Wünsche kamen ihm dagegen als lächerlich vor. Mühsam hatte er sich in den vielen Jahren der Duldung und Demütigungen zum Direktor empor-gearbeitet. Was nun eingetreten war, konnte er nicht glauben. Doch die Anwesenheit des KGB, die Agentinnen des CIA und der Mann der französischen Abwehr, die zusammenarbeiteten, boten ein ande-res Bild. Die Zigarette war halb geraucht. Er dämpfte sie aus.

»Ich werde ihnen helfen.« Mehr war nicht zu sagen.

»Wir müssen nun alle zum Campingcar. Eine Mitteilung geht nach Washington und eine nach Moskau. Meine Kameraden werde ich ebenfalls verständigen. Sie werden kommen und andere Produkte installieren. Die alten Geräte werde sie mitnehmen und auswerten. Bis das alles erledigt ist bleiben wir bei ihnen hier im Zimmer. Nachher in ein Restaurant zum Abendessen.«

Die Wachen waren erstaunt als die Besucher mit dem Direktor zum Campingcar marschierten. Viel Zeit ließ man dem Direktor zur Orientierung nicht. Nie noch war er in einem solchen Wagen gesessen. Die Fenster verdunkelten sich. Von außen war nun nicht zu erkennen, was im Wagen geschah. Das Display erschien und Elli tippte ihren Code ein. Dann schickte sie ihre message.

Sie drückte auf Senden und bald darauf erschien bunny. Das bedeutete, die dreifache Verschlüsselung hatte funktioniert und das Display war bereit für eine neue Nachricht. Sergej wurde aufgefordert seinen Teil nach Moskau zu senden. Elli rückte zur Seite nachdem sie die russische Schrift aufgerufen hatte. Für Sergej war es ein Vergnügen. Langsam tippte er seinen Code ein. Nach dreißig Sekunden durfte er weiterschreiben. Er schrieb seine Mitteilung und drückte auf Senden. Es dauerte etwas länger bis bunny erschien. Elli schickte eine weitere Nachricht an die Funkstation in den Vogesen.

»Vermutlich werden nun ihre Kollegen die Lage der Funkstation finden, sofern sie diese noch nicht registriert haben.«

»Ich war erstaunt, die russische Schrift vorzufinden. Mehr noch wie rasch eine Kommunikation zustande kam.«

Das Display meldete einen Empfang. Die Russen bedankten sich für die Mitteilung in Englisch. Bald darauf kam die Bestätigung des Empfanges aus Washington.

»Wir können nun alle wieder zum Zimmer des Direktors aufbrechen. Wenn die neuen Geräte montiert sind, gibt es Abendessen.«

Zwei Stunden später kamen die Kameraden von Elli und Patricia. Der Inhalt der vorgefundenen Speichergeräte wurde registriert, gelöscht und wieder dort aufgestellt, wo man sie gefunden hatte.

Nachher besuchte man gemeinsam ein Restaurant. Der Direktor wurde nochmals darauf hingewiesen, über den Tagesablauf keineswegs die Schweizer Polizei zu informieren. Dort wird es zu viele undichte Stellen geben.

»Wenn sie in Zukunft von höheren Dienststellen befragt werden, sagen sie die Wahrheit. Wir werden die gespeicherten Aufzeichnungen durchgehen. Vielleicht kann man daraus die richtigen Schlüsse ziehen. Solange keine Forderungen an die Schweiz gestellt werden, kann man davon ausgehen, daß die Bombe noch nicht fertig ist.«

Die Besucher waren gegangen. In Ruhe konnte er über die vergangenen Stunden nachdenken. Erstaunt war er über das Aussehen der Agenten gewesen. Er hatte sich diese immer anders vorgestellt. Gekleidet waren sie auch wie einfache Leute. Ihre Reaktionen waren nüchtern gewesen. In ein Fahrzeug steigen zu dürfen, das sicherlich mit Hightech ausgestattet war, sich von einem Campingbus für Normalbürger kaum unterschied, hatte ihm gefallen. Mit seiner Arbeit Schluss zu machen und unter Begleitung dieser Damen auf Reisen zu gehen, davon begann er zu träumen.

Ob sie ihn mitnehmen würden? Jung war er nicht mehr. Dieser Campingcar, ausgestattet mit Küche, Bad, Toilette und Liegeflächen, sowie einem umfangreichen Proviant, hatte es ihm angetan. Er begann zu lachen. Die Anspannung der letzten Stunden verschwand vollständig. Er überlegte sich, ob diese Damen ebenfalls unter größter Anspannung ihrer Arbeit nachgingen. Das war sicher der Fall. Anzumerken war es ihnen nicht. Der Campingcar war eine Notunterkunft mit Komfort. Das war kein Fahrzeug, um damit eine Vergnügungstour zu unternehmen. Vermutlich waren sie auch auf einen Angriff vorbereitet. Nur zu gerne würde er sie wiedersehen, um mehr über ihre Tätigkeit zu erfahren. Erfahren würde er nichts. Es war sicherlich nicht ihr erster Einsatz. Mit ihren Kameraden hatten sie nahezu nicht gesprochen. Ein Blickkontakt genügte. Es gab keine Begrüßung und keinen Abschied. Wer hatte das Kommando? Der Russe verstand sich mit beiden Damen ausgezeichnet. Dem Direktor war die von dem Russen erbrachte Hochachtung nicht entgangen. Wie gibt es so etwas? Einmal in meinem bescheidenen Leben habe ich etwas erleben dürfen und ich darf darüber mit niemanden sprechen. Das hat sicherlich auch einen Grund. Niemand würde mir Glauben schenken. Dem Gespött der Leute wäre ich für die restliche Zeit meines Lebens ausgesetzt. Und die Damen sitzen auf einem Pulverfass, das jederzeit in die Luft fliegen könnte. Es erschien mir, daß sie es nicht besonders gefährlich erachten. Vermutlich haben sie schon Schlimmeres hinter sich.

Kapitel 9

Eingedenk der Realität und seiner Lage, begann er seinen Schreibtisch zu ordnen. Er notierte sich, wo und wie er seine Schreibutensilien abgelegt hatte. Sah seine Schubladen durch und machte sich darüber Notizen. Er sperrte alles ab und legte den Schlüssel unter die große Schreibtischunterlage, dessen Platz er ebenfalls mit Notizen festhielt. Dann versperrte er die Zimmertüre und ging nach Hause.

Am Genfer Flughafen war bei den Hallen eine elegante Limousine mit Diplomatenkennzeichen vorgefahren. Das Fahrzeug wurde gestoppt. Die drohende Haltung des Wachpostens mit der entsicherten Maschinenpistole, der die beiden Insassen aufforderte, den Wagen zu verlassen, hatten sie nicht erwartet. Sie stiegen aus und verzichteten auf verdächtig erscheinende Bewegungen. Nach Kontrolle des Kofferraumes, in der sich kein weiteres menschliches Wesen befand, durften sie langsam bis zu einem Tor vorfahren. Das Tor wurde geöffnet und der Wagen fuhr hinein. Das Tor wurde geschlossen. Das war lange vorher schon mit der neuen Bewachung besprochen worden. Wer nun mit Teleobjektiv von diesem Gelände Videoaufnahmen machte, konnte kein widersinniges Verhalten festhalten. Der Wagen war kontrolliert worden, das war selbstverständlich und er durfte weiterfahren. Was weiterhin geschah, das sollte verborgen bleiben.
Im Inneren der Halle wurden den beiden Besuchern ihre Pässe und Waffen abgenommen. Auch die vorgezeigten Schlüssel und Plastikkarten, die für einen bestimmten Bereich vorgesehen waren, halfen nicht weiter. Sofort wurde der Wagen untersucht, ob ein technischer Einbau seinen nunmehrigen Platz und das Geschehen dokumentierten und weiterleiten konnte. Gefunden wurde nichts. Ob

nun die Schlüssel und Plastikkarten echt oder gefälscht waren, konnte man nicht feststellen. Die beiden Personen wollten mit ihrer Botschaft sprechen. Das wurde nicht zugelassen. Sie wurden in einen größeren Raum gebracht, der neben Tisch und Betten über sanitäre Einrichtungen verfügte. Man konnte auch nicht feststellen, ob ihre Diplomatenpässe gefälscht und ob die Kennzeichentafeln echt waren. Eingesperrt in dem Raum mussten sie sich den Gegebenheiten beugen.

Es geschah an dem Tag nach dem Besuch des Gefängnisses, in dem der Transporteur entkommen war. Elli war beim Mittagstisch bei Jean über das Sprechfunkgerät informiert worden. Sie sollte zum Wagen kommen. Noch müde vom Vortag, hatte sie keine Lust sofort hinauszustürzen. Auch Patricia gab ihr Recht. Nach dem Espresso gingen beide zum Campingcar. In der Mitteilung war von zwei Personen die Rede, die nun in der Halle festgehalten wurden. Elli schrieb zurück, man möge eruieren, wo und von wem sie die beiden Schlüssel und Plastikkarten übernommen haben.

Sie verlangte eine genaue Personenbeschreibung und die Auskunft über Schlüssel und Plastikkarten sollte von den Personen auf einem Blatt Papier festgehalten werden. Als Deadline wurde eine Stunde vorgeschlagen.

»Vermutlich werden wir heute wieder nach Genf fahren müssen. Dieses Mal direkt zu den Hallen. Wir werden Sergej mitnehmen.«

Die Stunde war verstrichen. In der Korrespondenz hatten die Wachen die Personen beschrieben, wie sie sich verhielten. Der eine lag im Bett, starrte zur Decke und der andere saß mit dem Rücken zur Türe seitenverkehrt auf dem Stuhl. Aufzeichnungen auf dem Papier gab es keine. Elli rief die Russen an und gab Bescheid. Sergej erklärte sich bereit nach Genf mitzukommen. Der andere hatte vorerst von der schwierigen Aufklärung genug. Es war drei Uhr am Nachmittag als Elli und Patricia losfuhren, den Russen abzuholen.

Die Fahrt am späteren Nachmittag nach Genf dauerte länger als erwartet. Als man bei den Gefangenen Nachschau hielt, lagen diese nebeneinander am Boden und lebten. Das Papier war nicht ausgefüllt worden. Es lag am Tisch, wie sie es bekommen hatten. Daraufhin wurde die Tür wieder verschlossen. Mangel an Wasser hatten sie nicht. Es gab die Toilette mit einem kleinen Waschbecken. Nun hieß es wiederum warten. Nach einer weiteren Stunde wurde wieder Nachschau gehalten. Der eine hatte ein Kabel um seinen Hals geschlungen und hatte sich erhängt. Der andere hatte seine Pulsadern aufgeschnitten und war ebenfalls tot. Das Hany nahm man ihnen ab. Der Akku war leer. Mit wem sie Verbindung aufgenommen hatten, musste man Spezialisten überlassen. Nach einer kurzen Besprechung wurden die beiden in das Auto geschleppt, mit dem sie angekommen waren. Unter Begleitung brachte man das Auto auf eine Landstraße in der Nähe von Genf. Derjenige, der sich erhängt hatte nahm den Fahrersitz ein und der andere wurde als Beifahrer abgelegt. Das Auto stand auf einem kleinen Parkplatz, der als Pannenbucht bezeichnet wurde. Einig war man sich darüber, daß auch die Schweizer Polizei arbeiten sollte. Alle Reisepässe und Ausrüstungsgegenstände, die ein rasches Auffinden und zu einer Zugehörigkeit der Leichen führen würde, waren entfernt worden. Der Starterschlüssel steckte, der erste Gang war eingelegt und die Handbremse sorgfältig angezogen. Ärgerlich war nur ihr Verhalten. Man hatte nun Schlüssel, die ähnlich den Schlüssel waren, die manche Türen in der Halle öffneten und Plastikkarten. Ob Schlüssel und Plastikkarten echt oder gefälscht waren, davon hatte man keine Kenntnisse. Man hoffte auf die Auswertung des Handys. Sie kehrten zur Halle zurück. Man instruierte die Bewachungsmannschaft bei ähnlichen Vorfällen ähnlich vorzugehen.
»Es wird langsam dunkel, wir werden hier eine Kleinigkeit zu uns nehmen. Die Vorräte müssen aufgebraucht werden.«

Sie suchten sich einen Platz in der Nähe, an dem sie sich sicher und ungestört fühlten.

»Es ist hier enger als seinerzeit im U-Boot.« konnte sich Patricia nicht zurückhalten.

»Dafür ist die Speisenauswahl besser. Glücklicherweise hat man auf die Angebote aus Frankreich Rücksicht genommen.«

Auch Sergej konnte ein Schmunzeln nicht unterdrücken.

»Wodka habe ich keinen gefunden, auch keinen Champagner. Das Mineralwasser muss genügen. Vermutlich hat man die Flüssigkeit auf einen nicht vorgesehen Stopp abgestimmt und die Fahrerin sollte keinen Alkohol zu sich nehmen. Dafür gibt es Espresso. «

Sergej war zufrieden.

»Wenn ich wieder einen Einsatz im Westen habe, dann nur mit euch.«

»Danke, wir haben uns nie träumen lassen einmal mit KGB im Campingcar einen gemeinsamen Imbiss einzunehmen.«

»Patricia hat die richtige Gefährtin gefunden.»

Anschließend brachten sie Sergej zu seinem Quartier und fuhren nach Hause. Der Nachmittag war lang gewesen. Ein Ergebnis hatte er nicht gebracht. Die Betten wurden aufgesucht.

Am nächsten Tag beim Frühstück holte Jean Elli zum Telefon.

Andreas wollte wissen, ob es etwas Neues gab und wie sie mit dem Ergebnis zurechtkommen. Elli erwähnte die von der Schweizer Polizei gefundenen Plastikkarten und Schlüssel, sowie das Abhandenkommen. Sie erwähnte auch die unbemerkte Flucht des Transporteurs. Wie das alles möglich war, wird derzeit untersucht.

»Washington hat unsere Forderungen erfüllt. Gleichzeit bekamen wir wieder ein Angebot in den Staaten zu arbeiten. Mangelnde Sprachkenntnisse und starke familiäre Bindungen bewirken ein Verbleiben in Europa.«

Elli kehrte zum Tisch zurück und berichtete über das Gespräch.

»Ich werde Washington einen Bericht schicken. Mit Andreas und seinen Kollegen haben wir ohnehin präzise arbeitende Leute im Boot.«

Nach dem Frühstück machte sich Elli Notizen über den Bericht, den sie senden wollte. Der wurde wenig später weitergeleitet.

»Ich werde Andreas verständigen, die Reisepässe, die Plastikkarten und Schlüssel der beiden Männer zu untersuchen, die in die Hallen vordringen wollten. Man wird diese Objekte aber zu Andreas bringen müssen. Vorerst abwarten, was uns Washington vorschlägt. Unsere Inhaftierten müssen wir auch besuchen.«

Damit war der Tagesablauf vorgegeben.

Beim Keller angekommen, konnten sie von Weitem den Gestank riechen. Die Inhaftierten konnten sich nicht auf ihren Beinen halten. Sie wurden von Patricia mit dem kalten Wasser zum Leben erweckt. Die versauten Beinkleider mit dem Wasserstrahl gesäubert und zum Anziehen angeboten. Zurück wollten sie nicht. Nach einem Espresso und hartem Brot waren sie bereit, vieles zu erzählen. Aber sie brachten keine wesentlichen Neuigkeiten vor. Sie wurden der Police nationale übergeben.

Anrufe über ein Handy, dessen Akku schon lange nicht aufgeladen worden war, darüber machte sich Elli wenig Hoffnung den Anrufer ausfindig zu machen. Ihr Kollegen bekamen das Handy. Es wurde eine Firma in der Schweiz gefunden, von der einige Anrufe durchgeführt worden waren. Der Anrufer selbst hatte seinen Namen nicht genannt. Thibaud und Sergej wurden informiert. Man beschloss der Firma einen Besuch abzustatten. Somit ging es wieder in die Schweiz.

Man wollte nach St-Genis-Pouilly. Das war aber nicht in der Schweiz, diese Ortschaft befand sich hart an der Grenze aber auf französischem Gebiet. Man benützte die Autobahn Richtung Genf und nahm anschließend D 984 F. Eine Straße, die Richtung Jura führte. Die Firma existierte und der Anrufer konnte gefunden werden. Sein Erstaunen war groß, als ihn sein Chef rufen ließ. Im Büro fand er außer seinem Chef und Sekretärin auch die Besucher vor. Die Besucher, die sich beim Chef ausgewiesen hatten, verteilten sich im Zimmer in der Form, daß ein Entkommen nicht möglich war. Der Mann konnte sich an ein lange zurückliegendes Gespräch erinnern. Es betraf ein Treffen zum Fliegenfischen. Man wollte sich an einem der zahlreichen Gewässer des Juragebirges treffen. Da er das Gebiet besser kannte, hat man ihn auserkoren einen Platz zu finden. Man wollte einen schönen Tag miteinander verbringen. Da diese Firma viele Ausrüstungsgegenstände, die zum Fischen notwendig waren, handelte, war es für ihn selbstverständlich die beiden bei ihrer Leidenschaft zu unterstützen. Sein Erstaunen war aber groß gewesen, weshalb sich nun diese Besucher für das Gespräch interessierten. Er wusste noch nichts von dem Beruf der Besucher.

Von Thibaud und Sergej wurde er genau beobachtet. Patricia hatte ihr Aufnahmegerät eingeschaltet und die gewechselten Worte mitgeschnitten. Es schien alles harmlos zu sein. Man fragte sich schon, war dieser Besuch wieder ein Schlag ins Wasser. (Neben dem Misserfolg bezeichnet der Schlag ins Wasser auch eine sinnlose Handlung oder Aktion). Elli spürte aber die keimende Nervosität des Befragten. Auf seiner Stirn bildeten sich Schweißperlen. Sie fragte den Mann, ob er bereit wäre, ihnen zu helfen. Sie stellte sich als Agentin der CIA vor, die eingeflogen worden war, um etwas sehr Heikles aufzuklären.

»Da sie mich gefunden haben, werden sie sicherlich auch andere Details finden. Die Firma, in der ich arbeite, liefert ihre Produkte weltweit. Wir sind ein kleines Unternehmen, versuchen aber mit Genauigkeit und Präzision unsere Produkte am Weltmarkt konkurrenzfähig zu machen. Wir übernehmen auch Reparaturen, wenn der

Kunde einst bei uns eingekauft hat. Mit dem Zoll haben wir keine Schwierigkeiten. Das führt natürlich auch zu Anfragen, die nicht unser Geschäftsmodell betreffen.

Jemand, der alle möglichen Aufträge annimmt, ist in einem Diebstahl verwickelt. Er hat aus einem Armeedepot einen Bestandteil stehlen lassen, der nicht für die Allgemeinheit bestimmt war. Wie das überhaupt zustande gekommen ist, davon habe ich keine Ahnung. Dieser Bestandteil ist aber nie auf dem Flughafen neben Annecy angekommen. Die Maschine aus Irak musste ohne diesem Bestandteil abfliegen. In einem kleinen Dorf war aber dieser Bestandteil gefunden worden. Er wurde von der Polizei übernommen und abtransportiert. Die beiden Fliegenfischer haben den Auftrag bekommen, diesen Bestandteil an sich zu nehmen und ihn weiterzuleiten. Bis heute weiß ich nicht, was aus ihm geworden ist. «

»Sie sprechen darüber mit einer überzeugenden Offenheit.«

»Stellen sie sich vor ein Schlagbolzen einer alten Waffe wäre notwendig , um eine Kanone wieder einsatzfähig zu machen. Da sie längst nicht mehr erzeugt wird, gibt es auch keine Ersatzteile. Solche Schlagbolzen können sie bei uns bestellen. Die Munition müssen sie sich aber anderswo organisieren.«

»Wissen sie auch um welches entwendete Bestandteil es sich handeln sollte?«

»Genaues weiß ich nicht, seit dem Diebstahl ist es für die Schweizer Behörde schwieriger geworden, den Luftverkehr zu regeln. Es soll ein Überflugverbot existieren.«

»Welche Produkte kann man bei ihnen noch erhalten. Können sie Plastikkarten erstellen, die den Zutrittsverbot ermöglichen?«

»Soweit sind wir noch nicht. Die Herstellung von gut gefälschten Plastikkarten erfordert eine präzise Ausrüstung und gut geschultes Personal. Man soll sie schließlich nicht von den Originalkarten unterscheiden können. Auch nicht mit hochauflösenden Mikroskopen. Es gibt aber Firmen, die daran arbeiten. Es ist ein Milliarden-geschäft.«

»Wenn wir schon so weit sind, darf ich ihnen verraten, was entwendet wurde. Es ist ein strahlendes Material das zur Herstellung von kleineren Bomben dient, die Genf auslöschen könnten.«

Nach einigen Sekunden meinte er: »Das ist aber auch für unser Geschäft schlecht.«

Alle hatten ruhig zugehört und nichts gesagt.

»Vermutlich sind sie nicht wegen des strahlenden Materials gekommen, eher deswegen, wieso man in ein solch gesichertes Gebäude eindringen konnte. Auch wenn sie mir ein Vermögen anbieten würden, ein Unternehmen, das heimlich an diesen falschen Plastikkarten arbeitet, kenne ich nicht. Man würde den Mitarbeitern deren Zungen herausschneiden, wenn sie davon nur eine Andeutung machen würden. Es sind Menschen wie sie und ich. Wenn man ihnen begegnet, unterscheiden sie sich nicht von anderen. Aber sie begehen sicherlich auch Fehler.

Und über diese Fehler wird man früher oder später die Hersteller finden können.«

»Wenn sie Ersatzteile herstellen können, die es nicht mehr gibt, werden sie bald ein Angebot aus Washington bekommen.«

»Wir leben hier sehr friedlich. Glücklicherweise schmeckt hier das Essen besser als in der Schweiz. Darum sind die Mittagstische oft auch von Besuchern aus der Schweiz besetzt. Persönlich möchte ich eher hier bleiben, als in die USA auswandern. Aber ich kann nicht für meine Kollegen sprechen. Wieweit konnte ich ihnen behilflich sein?«

»Wenn sie einen Windhauch verspüren, der uns nützen könnte, sind wir hier.«

»Sie werden auf einen auffälligen Campingcar, der sicher viel Komfort und technisches Gerät beinhaltet, verzichten müssen, wenn sie wiederkommen. Diese Ortschaft ist nicht sehr groß. Hier kennt jeder jeden. Von unser Firma kennt man nur unsere zum Fischen notwendigen Produkte. Und dabei sollte es auch bleiben.«

»Zum Abschluss, wer ist nun der Chef?«

»Er steht neben ihnen. Die Fragen waren aber immer an mich gerichtet. Darum habe ich mich bemüht, sie zu beantworten.«

»Die Deutschen haben hier mit den Franzosen viel Freude gehabt.«

»Vermutlich, auch die alten Stollen gibt es noch.«

»Wie können wir mit ihnen in Verbindung treten und vor allem wie lautet ihr Name?«

»Théo. Ich werde ihnen meine Karte geben. Sie können mich dann immer anrufen, wenn es ihnen beliebt. Beim Absuchen der alten Stollen und Höhlen möchte ich keineswegs dabei sein.«

»Wir möchten uns für ihre Offenheit herzlich bedanken.« meinte Sergej.

»Wenn der KGB auch mitmacht, möchte ich nicht in der Haut derer stecken, die sich zu große Schuhe angezogen haben.«

»Wie kommen sie auf den KGB?

»Lange bevor ich hier einen Arbeitsplatz gefunden habe, waren meine Lebensumstände in der DDR. Meine Eltern habe ich verloren. Durch einen Tunnel bin ich entkommen. Die ersten Jahre im Westen waren hart. Meine Kenntnisse in der Elektronik halfen mir zu Überleben. Es entwickelten sich Freundschaften zu den Amerikanern. Fallweise besuchten mich auch Agenten aus dem weiteren Osten. Sie konnten mich aber nicht überzeugen, wieder zurückzukehren. Versprochen hat man mir sehr viel. In einem Café lernte ich eine Französin kennen. Sie können sich denken, wie und warum ich hierher gelangt bin. Als sie sich als eine Agentin der CIA vorstellten, musste ich an Berlin denken. Ich lebte nach der Flucht im Westen, aber ich fühlte mich niemals sicher. Das lag an meiner ehemaligen Arbeit in Osten. Töten wollte man mich sicher nicht. Dazu waren meine Fachkenntnisse in der Elektronik zu groß, aber nach Ostberlin zurückgebracht zu werden, davor hatte ich Angst.

Sie haben die gefälschten Plastikkarten erwähnt. Dank der Technik haben sich die Fälschungsmethoden sicherlich verfeinert. Auch mit einer Lupe ist ein echtes Ausweispapier von einem gefälschten nicht zu unterscheiden. Dazu benötigt man Kontrollmechanismen, die teuer sind.«

»Meinen Namen habe ich nie erwähnt. Ich nenne mich Elli. Ich werde über unsere Unterhaltung Washington berichten.«

»Das kann ich mir denken. Über mich wissen sie nun sehr viel. Ich dagegen wenig über sie, außer, daß sie die deutsche Sprache sprechen. Es ist eher die Sprache, die in Österreich gesprochen wird. Bevor sie Agentin der CIA geworden sind, haben sie sicherlich einen langen Leidensweg erlebt.«

Elli gab ihm ihre Hand. Das taten auch ihre Begleiter. Damit war der Besuch zu Ende.

Auf der Rückfahrt wollte Elli von ihren Begleitern wissen, was sie von Théo hielten.

»Er weiß mehr, als er uns verraten hat.« kam es von Patricia.

»Die Firma hält sich aber aus allen Geschäften heraus, die sie in die Mühlen des Gesetzes bringen könnte. Théo kennt vielleicht den Platz, wo die von uns gesuchten Plastikkarten hergestellt werden. Er wird das aber nicht verraten. Seine ehemalige Arbeit in Berlin hat er nicht vergessen. Vielleicht hat er in Ostberlin an Fälschungen mitgewirkt. Das werde ich in Moskau nachfragen. Ich ersuche wieder das Display benützen zu dürfen.«

Elli hielt das Auto an. Sergej wechselte mit Patricia den Platz. Das Display wurde auf Empfang gestellt und Sergej tippte seinen Code ein. Nachher seine Anfrage in russischer Schrift. Anschließend setzten sie die Fahrt nach Hause fort.

»Ein Glück für uns, daß sie mitgefahren sind.«

»Théo hat mich indirekt angesprochen. Erinnern kann ich mich an ihn nicht. In Ostberlin gab es eine Firma, die zu diesem Zeitpunkt an Fälschungen hoher Qualität gearbeitet hat. Nach dem Zusammenbruch der Mauer haben die Mitarbeiter das Weite gesucht. Im Westen konnten sie nicht unter »Professioneller Geldfälscher sucht nach Zusammenbruch der Mauer Arbeit« Inserate in den Tageszeitungen aufgeben. Man würde es nicht glauben und weshalb sollten sie sich in der neu gefundenen Freiheit in Gefahr begeben.«

»Gab es nicht auch Werkstätten im Westen, die ähnliche Produkte mit den neuesten technischen Geräten herstellten?«

»Sicherlich, aber die Produkte im Osten kosteten die Hälfte und dienten demselben Zweck.«

»Was könnte aus diesen Leuten geworden sein?«

»Eine Organisation oder eine kleine Gruppe, die sich durch Fortbildung und Investition mit Fälschungen von Plastikkarten beschäftigt, die von Originalen nicht zu unterscheiden sind.«

»Wie könnte man diese Leute finden?«

»Wir werden ein Inserat in einer Schweizer Zeitung einschalten müssen. Nur den geeigneten Wortlaut kann ich nicht finden.«

»Patricia, du hast immer gute Ideen. Warum sind wir nicht schon früher darauf gekommen.«

»Wie wäre es mit »Zugangskontrollsysteme der allerneuesten Technologie gesucht.« Wir werden uns ein Büro mieten müssen. Das wird teuer werden. Es müsste in einem teuren Viertel liegen und mit sehr elegant gekleideten Damen und Herren ausgestattet sein.«

Dem konnte auch Sergej zustimmen.

»Wir werden einige Herren aus der CIA einladen, dort zu arbeiten. Das Risiko eines frühzeitigen Erkennens sollte durch prof. Maskenbildner gemindert werden. Das Büro müsste die Möglichkeit bieten, Tag und Nacht besetzt zu bleiben. Auch auf einen Einbruch zu einer unerwarteten Stunde sollten die Herren vorbereitet sein. Ob dem Washington zustimmen wird, das weiß ich nicht.«

»Das Büro sollte aber bereits eine Zugangsmöglichkeit mit Karten anbieten. Interessierte sollen den Eindruck gewinnen, man strebe eine Verbesserung an. Ob allerdings auch diejenigen kommen werden, die bereits in der Halle zugeschlagen haben, ist ungewiss. In der Branche sollte der Eindruck entstehen, es würde etwas sehr Kostbares in einem der Tresore lagern. Demgegenüber steht der Zeitdruck, dem wir ausgesetzt sind.«

»Wir sind bisher von ganz anderen Überlegungen ausgegangen. Aus den Hallen war radioaktives Material gestohlen worden, das angeblich für den Irak bestimmt war. Aus der Bank Diamanten und andere Steine. Es dürfte sich um zwei verschiedene Interessensgruppen handeln, die ein Unternehmen gefunden haben, die Zugangskontrollen fälschen können. Diese Kartenfälscher bieten der Industriespionage weltweiten Zutritt. Das ist sicherlich nur ein Bruchteil ihrer Aufträge. Wir haben bereits einige Tote und sind keinen Schritt weitergekommen.

Die eine Frage ist, wie können wir mit jemanden in Kontakt treten, der falsche Karten anfertigen lässt und der auch über genügend Geld verfügt, diese Karten zu bezahlen.

Die zweite Frage ist, was soll im Tresor gelagert werden, das einen derartigen Wert einnimmt, um eine Milliardenschwere Industrie zu vernichten.«

»Wir sind nahezu in Genf, überall sieht man Schlote rauchen. Nicht so stark wie in Basel, wegzudenken sind diese Schlote nicht. Der Pharmazeutischen Industrie mit einer kürzlich erforschten Substanz einen Schlag zu versetzen, aus der sie sich nicht erholen kann, wird auf die zweite Frage passen.«

»Was könnte das sein?«

»Ein Heilmittel gegen wuchernde Krebszellen. Ein Mittel, welches Menschen jeglichen Geschlechts und Alters vertragen. Ein Mittel, welches in der Herstellung nicht teuer ist. Um es glaubhaft zu machen, bedarf es einen Aktenordner, der nicht zu dick ist. Einen Datenstick, der bei Aktivierung sofort die CIA verständigt und einen Datenträger, der nicht mehr als 100 Gigabyt Information anbietet. Diese Unterlagen in kurzer Zeit zu kopieren, wird einige Zeit notwendig sein. Der Datenträger sollte mit dem Tresor verschraubt werden. Der Datenstick müßte in einer Metallschachtel lagern, die nicht leicht zu entfernen ist. Ein Hinweis auf einen Datenstick muss vorhanden sein.«

»Um dies glaubhaft zu machen, dürfen die anwesenden Personen nicht zu elegant gekleidet erscheinen. Auch ein Zugang zu einem angrenzenden Labor sollte unaufdringlich zu erkennen sein.«

»Das könnte teuer werden.«

»Wir brauchen aber auch einen Chemiker, den müssen wir einfliegen lassen. Ein Versuch wäre es wert.«

»Das alles deutet darauf hin, daß in einer Firma, die sich mit Zugangskontrollen beschäftigt, ein schwarzes Schaf geheime Daten an illegale Unternehmen weiterleitet. Eine solche Firma zu finden, das wird nicht einfach werden.«

»Vergesst nicht, in der Branche wird manches weitergegeben, was eigentlich geheim bleiben sollte. Das sind keine ausgekochten Agenten. Das sind einfache Menschen, die wohlgenährt sich besonders gescheit und geschickt vorkommen.«

»Wir könnten es Washington vorschlagen, bis zu einer Antwort aber ein geeignetes Gebäude suchen.«

»Diejenigen, die dort arbeiten sollen, müssen aber an das gefundene Ergebnis glauben. Es würde einiges erleichtern.«

»Wenn Washington einsteigt, wird es notwendig sein, Laboranten einzustellen, die bereits Berufserfahrung haben und dadurch dazu gebracht werden könnten, an einen Durchbruch zu glauben. Sie werden ihren Mund nicht halten können. Im Safe lagere bereits ein grobes Ergebnis, das aber verfeinert werden sollte. Vielleicht steigt auch die Presse ein. Unser Ziel ist es aber nicht an der Erforschung der Krebszellen teilzuhaben, sondern echte Zugangskarten fälschen zu lassen.«

Mit diesen Überlegungen war man nahezu in La Balme-de-Sillingy angekommen. Sergej wurde zu seinem Hotel gebracht.

»Wie wäre es mit einem schmackhaften Abendessen? Warum sollen wir nach einem langen Tag wieder bei Jean die einfache Küche einnehmen.«

Es folgte Zustimmung. Sie mussten sich gedulden. Ohne Anmeldung einen Tisch zu bekommen, war in diesem Restaurant nicht möglich.

Man erbarmte sich und ein Tisch wurde eingeschoben. Beim Aperitif brachte Patricia eine Idee vor.

»Wir sollten den Gefängnisdirektor überreden, uns für das Vorhaben ein geeignetes Gebäude ausfindig zu machen. Wenn er selbst dazu keine Zeit hat, wird er sicherlich Firmen kennen die sich damit beschäftigen. Voraussetzung, Washington würde zustimmen.

»In dem folgenden Bericht werde ich das ebenfalls erwähnen.«

»Der Gefängnisdirektor sollte sich aber auch mit der Gewerbebehörde einigen. Das zu eröffnende Labor muss nach außen hin alle Auflagen erfüllen können. Ein Forschungslabor, das bereits vorliegende Ergebnisse verfeinern will, bevor man an die Öffentlichkeit gehen will. Das wird nicht geheim bleiben. Man muss ihm nicht alles erzählen.«

Thibaud verabschiedete sich bald nach dem Dessert. Lange noch blieben die die Damen mit Sergej zusammen. Dann kehrten auch sie in ihre Behausung zurück.

Kapitel 10

Der nächste Tag mit einem grauverhangenen Himmel und 12 Grad bot keine Einladung das Bett zu verlassen. Die Fensterläden waren geöffnet worden und frische Luft strömte in das Zimmer. Rasch kroch Elli wieder unter die Bettdecke. Sie dachte an den Bericht, den sie schreiben sollte. Ihre Gedanken schweiften zurück zu Théo und seinen Erzählungen. Es kamen ihr Zweifel an der Idee ein Forschungslabor in Genf einzurichten. Das Handfunkgerät meldete eine Nachricht am Display des Autos. Sie kleidete sich oberflächlich an und ging zum Campingcar. In der Mitteilung wurde auf das abgenommene Handy Bezug genommen. Nach Ladung des Akkus konnte man ein Gespräch mit China finden. Die gespeicherten Gespräche ergaben auch eine Verbindung mit China. Man bedankte sich für die Großformatkamera Sinar und für das Gitzostativ. Die Produkte waren gut angekommen. Das Stativ hat den Transport der verlangten Produkte ermöglicht. Mr. Roof sollte nochmals eine Sinar und ein ähnliches Stativ senden. Die ausgefallene Idee in den Rohren des Stativs etwas zu transportieren hat Gefallen gefunden. Mr. Roof mit seinem kleinen Laden in Genf, in dem er viele nützliche Reparaturen durchführt, hat besonderen Dank verdient. Hoffentlich gelingt es auch dieses Mal die Produkte zu beschaffen. Mit den in der Schweiz installierten Sicherheitssystemen muss man leben lernen.

Offensichtlich hat man keine Scheu offen über einen Transport zu berichten. Damit ergibt sich, wohin die beiden Stäbe transportiert worden waren. Die beiden angeblichen Diplomaten sollten nun wieder zuschlagen. Diese Mitteilung ist nach den Lesen zu löschen. Washington wurde in Kenntnis gesetzt.

Elli löschte und kehrte zu Patricia zurück, die mit der Morgengymnastik begonnen hatte. Sie informierte Patricia.

»Das ist sicher eine ausgezeichnete Idee gewesen. Warum haben sich die beiden angeblichen Diplomaten umgebracht?«

»Vielleicht wollten sie den zu erwartenden Verteidigern, die sie im Gefängnis besucht hätten, zuvorkommen.«

»Es ist gut organisiert. Bei einer eventuellen Anhaltung und Einlieferung in das Gefängnis, kommen Advokaten.«

»Was wir noch nicht wissen, ob die Pässe und die Plastikkarten echt oder gefälscht sind. Das müssen wir Andreas überlassen. Vorerst zum Frühstückstisch.«

Zum Frühstückstisch kam auch Thibaud. Man teilte ihm mit, was man im Handy gefunden hatte.

»Es könnte auch eine falsche Fährte sein. Man wird Mr.Roof und seinen Laden finden müssen. Im Telefonbuch wird er sicherlich nicht mit seinen Namen aufscheinen. Vielleicht handelt er mit Uhren und Schmuck und repariert Uhren. Nebenbei hilft er auch Gegenstände in Stative einzubauen. Bevor wir dieser Spur nachgehen, sollten wir prüfen ob ein Einbau in einem Gitzostativ möglich ist. «

Jean wurde gefragt, ob er zufälligerweise ein Branchenverzeichnis von Genf irgendwo liegen hätte. Das konnte er nicht bestätigen, machte sich aber auf die Suche. Als er zurückkam brachte er ein solches mit.

»Es war vorbereitet, um die Holzscheiter zu entflammen. Es ist zwei Jahre alt.«

Man bedankte sich und begann darin zu blättern. Alle Adressen, die auf Uhren- und Fotohandel hinwiesen wurden notiert. Geschäfte, die auf Reparaturen aller Art hinwiesen ebenfalls. Am Ende ergab es dreißig Adressen.

»Das wird sehr mühsam werden, wenn wir alle besuchen.«

»Wir werden ein normales Auto nehmen, der Campingcar ist zu auffällig.«

Der Vorschlag, eingebracht von Thibaud, fand Zustimmung.

»Im Dorf gibt es Werkstätten, sicherlich keinen Verleih der unseren Ansprüchen gerecht wird. Wir müssen uns in Annecy umsehen.«

Sergej kam mit seinem Kameraden zur Tür herein. Man erzählte ihm die Neuigkeit.

»Wenn die Damen meinen Fahrkünsten vertrauen, nehmen wir unseren Wagen.«

Und mit diesen fuhr man nach Genf. Drei Herren in Damenbegleitung fanden bald ein Fotogeschäft, dessen Auslage teure Fotoartikel enthielt. Die Frage nach einem Gitzostativ wurde mit Zurückhaltung und einem Hinweis auf bessere Stative beantwortet. Man wollte ein Gitzostativ. Dem Wunsch kam man nach, verwies aber auf das Gewicht. Elli wollte wissen, wie man die Stativbeine verlängern konnte. Auch das wurde erklärt. Der Verkäufer wurde nach größeren Kleinbildkameras gefragt, die die Russen in Augenschein nahmen. Währenddessen zerlegte Elli das Stativ in aller Ruhe. Bald hatte sie gefunden, wonach sie suchte. Im Stativrohr konnte man tatsächlich etwas verstecken, woran sie nicht geglaubt hatte. Sie nahm das Maß des Innendurchmessers und stellte sich beim Zusammenbau ungeschickt an. Während sie noch versuchte die Stativbeine wieder in Ordnung zu bringen, kam der Verkäufer und nahm ihr die Arbeit ab.

Er verwies auf den außen angebrachten Teil, der durch Drehen die Verlängerung und anschließend durch Festziehen die gewünschte Höhe herbeiführte. Über einen bestimmten angebrachten Punkt sollte man nie diesem Bauteil die Komplettöffnung erlauben. Elli bedankte sich, notierte sich die Fabrikationsnummer und fragte ob auch Fachkameras von Sinar angeboten werden. Wenn sie genug Zeit hätten, würde ein Kollege ihnen eine Sinar vorführen. Sie müssten sich aber in den Keller begeben. Sie wollten bleiben.

Über eine Treppe kamen sie zu einer starken Türe. Nach Codeeingabe gelangten sie in einen geräumigen Raum. In diesem Raum konnte man den Straßenlärm nur gedämpft wahrnehmen. Sie wurden mit einem älteren Herrn bekanntgemacht. Man wollte wissen, ob ihnen das System dieser Fotografie bekannt war. Das wurde verneint. Er erklärte nur ein 4 x 5« Gerät zur Vorführung bereit zu haben und begann die Einstellung zu erklären. Den Russen war dieses System geläufig und es bereitete ihnen Vergnügen. Die Damen bewunderten die gebotenen Möglichkeiten. Nach einiger Zeit wollte man auch wissen, ob auch eventuelle Reparaturen durchgeführt werden.

»Kleinigkeiten, etwa Bauteile zu tauschen, das wäre möglich. Wirkliche Reparaturen nach ungeschickter Handhabung aber nur im Werk.«

Man bedankte sich, bekam genügend Prospektmaterial und suchte das nächste Geschäft auf. Dort erfuhr man, Sinar würde nur ein Geschäft in Genf anbieten, man erwähnte jenes, wo sie bereits gewesen waren. Dort könnte man auch Reparaturen von Kleinbildkameras vornehmen lassen. Ähnlich erging es ihnen auch in anderen Geschäften. Unter Nennung der Type der Kamera, der Optik und weiterer Bestandteile würde man gerne eine Bestellung durchführen. Von einer Vorführung würde man aber Abstand nehmen. Eine Kamera für Puristen oder für Menschen, die sich nicht scheuen wahre Kunstwerke zu schaffen und dafür Zeit opfern. Diese Kamera bedienen zu lernen erfordere viel Feingefühl und Begeisterung für die Fotografie. Die Russen konnten dieser Aussage nur zustimmen. Sie selbst hatten nie das Glück gehabt mit Sinar zu arbeiten.

Eines hatte aber der Vormittag bestätigt, dieser Mr. Roof wird vermutlich derjenige gewesen sein, dem sie an diesem Tag begegnet waren.

»Irgendwo werden wir zu Mittag essen. Egal wie das Essen schmeckt, wir müssen uns auch etwas gönnen. Wir werden auch beraten, wer in Zukunft nach Mr. Roof fragt. Vielleicht ist das nur ein Code, den die Besucher der Hallen verwendet haben. Mr. Roof lebt hier in Genf oder Umgebung unter einem anderen Namen.«

Sergej meinte, man soll es direkt mit der Nachfrage nach Mr. Roof versuchen. Roof oder einer Variation, über die wir uns einigen sollten. Somit begann die Suche nach einem geeigneten Lokal. In den Geschäftsstraßen gab es zahlreiche.

Nach Durchsicht der Speisekarte ging man von einem zum anderen. Die Preise waren keineswegs überzeugend und die angebotenen Speisen auch nicht.

»Wir sind nicht in Trégastel, wo sich die Restaurantbesitzer überbieten.«konnte sich Patricia nicht enthalten.

»Trégastel«entfuhr es Sergej. »Die Bretagne hat auch im Winter ihre Vorzüge.«

»Wieso kennen sie Trégastel?«wollte Elli wissen.

»Ein wenig wollten wir aber doch wissen, was sie nahezu am Ende ihres Einsatzes vorhatten.«

»Schau, Schau uns ist das aber nicht aufgefallen.«

»Um so besser, unsere jüngsten Mitarbeiter haben sich angestrengt. Von ihnen zu hören, sie haben sie nicht erkannt, darf ich als Kompliment annehmen.«

»Wir dürfen ihnen verraten, wir waren sich nicht sicher, ob wir auf das U-Boot zurückkehren sollten. Die Desinformation aus Washington hat uns sehr verärgert. Man hätte uns weltweit gejagt. Später haben wir über Insider erfahren, sie hätten uns gejagt, aber nie gefunden.«

»Was hat sie bewogen doch zurückzukehren?«

»Die Erinnerung an Matthew.«

»Matthew und John, ein Gespann wie es nur selten gibt.«

»Lasst diese alten Geschichten, wir suchen ein Restaurant, versuchen wir es hier.«

Das Haus war alt, keine Verzierungen an der Hausmauer und nach den Betreten war es zum Bersten voll.

»Hier sind wir richtig. Ob wir einen Platz bekommen, das bezweifle ich.« kam es wieder von Patricia.

Sie warteten an der Türe.

»Vermutlich nicht reserviert.«

Elli nickte.

»Sie werden sich ein wenig gedulden müssen. Es gibt einen langen Tisch neben der Küche. Die Herren sind beim Zahlen.«

Nachdem sie Platz genommen hatten, bekam jeder eine Speisekarte. Schon nach oberflächlichen Blättern wurde der Appetit größer.

»Kein Wunder, daß sich hier die Menschen einfinden. Was hier angeboten wird, übertrifft das bisheriges Angebot bei Sandrine. Leider können wir nicht jeden Tag zum Mittagessen kommen.«

»Am Abend haben wir eine andere Karte. Hoffentlich sind sie mit dem Mittagstisch zufrieden.«

»Welchen Champagne nehmen wir als Aperitif?«fragte Elli. Ein Blick in die Runde und nach kurzer Verzögerung einigte man sich auf eine Flasche Veuve Clicquot Ponsardin. Die Flasche wurde gebracht. Nach dem Einschenken und den ersten Schlückchen stieg die Stimmung.

»Jetzt müssen wir nur noch einen Namen finden, der so ähnlich wie roof klingt.«

»Hoof, poof, woof, was gibt es noch?«

»Vielleicht doof oder schwoof?

»Man sollte es mit poof probieren.«

Es kam eine kleine Speise, bekannt als mise en bouche. Zum Geschmack des Champagners passte sie. Da sich nicht jeder dieselbe Vorspeise genommen hatte, konnten sie von den Variationen, die sie austauschten, ebenfalls Gebrauch machen. Zur Hauptspeise hatten sie aber keinen Wein bestellt. Sie wollten gesund nach Hause kommen.

Das Mittagessen dauerte länger, als es geplant war. Man war sich einig, bei Gelegenheit wieder vorbeizukommen. Nach der Bezahlung fragte man sie, ob man ihnen noch in irgendeiner Form behilflich sein könnte.

»Gibt es in Genf oder Umgebung ein Fotogeschäft, dem man bedenkenlos seine alte Kamera zur Reparatur des Verschlusses überlassen könnte?

Die Servierin bat um Geduld. Kurze Zeit später erschien sie mit einem älteren Herrn.

»Wenn es sich um eine nicht zu alte Kleinbildkamera handeln würde, sollten sie zu einem der wenigen Fachgeschäfte gehen.«

Er nannte den Namen. Es war jenes, wo sie schon zu Beginn gewesen waren.

»Verlangen sie nach Mr. Shatterproof, vielleicht kann er ihnen helfen.«

Sie bekamen die Adresse, bedankten sich und fuhren zu dem Fotogeschäft. Thibaud bekam den Auftrag nach Mr.Shatterproof zu fragen. Dieser hatte einen freien Nachmittag und war erst wieder am kommenden Tag zu sprechen. Somit fuhren sie nach Hause.

»Hoffentlich lebt er dann noch.« konnte sich Sergej nicht enthalten.

Die Damen lieferten die Russen ab und kehrten zu Jean zurück. Zu einem Abendessen hatten sie keine Lust. Bald waren sie im Bett.

Drei hochradioaktive kleine rohrähnliche Produkte waren aus den Hallen gestohlen worden. Eines war beschädigt und im Gewahrsam der Police nationale. Zwei waren nach China versendet worden. Jemand hatte in China den Empfang bestätigt und wollte weitere Produkte. Umständliche Recherchen hatten dies bestätigt. Es waren kleine zylinderförmige Gegenstände, die man vielfältig einsetzen konnte. Der Bau einer Atombombe und deren Einsetzung in Genf oder Annecy war vorerst vom Tisch.

Noch vor dem Einschlafen beschloss man die Reisepässe, die Schlüssel und die Plastikkarten mit einem gesicherten Transport zu Andreas zu schicken. Dazu benötigten sie die genaue Adresse und die Einwilligung von Andreas eine Überprüfung vorzunehmen. Das war das Wichtigste am nächsten Tag. Völlig offen war nach wie vor, wer oder welche Organisation Fälschungen ermöglichte.

Die Schweizer Polizei hatte den Wagen mit den Leichen gefunden. Der Wagen gehörte einem Verleihunternehmen und war gestohlen worden. Die ehemals montierten Nummern waren durch andere ersetzt worden. Unerklärlich waren nicht nur fehlende Fahrzeugpapiere, sondern auch mangelnde Hinweise auf die Toten.

Nach der Bestandsaufnahme wurde die Interpol eingeschaltet.

Der Transporteur und dessen Koffer konnte man ebenso wenig finden, wie den Wärter, der mit ihm verschwunden war.

Die Aufzeichnungen aus dem Zimmer des Gefängnisdirektors ergaben nur die Stimmen seiner Sekretärin und einiger Kollegen. Das wurde auch von der Kamera bestätigt. Die sogenannten Anwälte waren kaum oder unzureichend aufgezeichnet worden. Vermutlich hatten sie bei er Installation der Geräte mitgewirkt. Wo sie ihre Kanzleien gehabt haben oder wo sie als Angestellte fungierten, konnte man ebenfalls nicht finden. Im Nachhinein bezweifelte man auch ihre Tätigkeit als Anwälte.

Der Hinweis auf Zugangskontrollen, von denen man nicht wusste, ob sie echt waren, war lediglich der Überheblichkeit des Transporteurs zu verdanken. Sein Wagen stand immer noch im Hof der Polizeidirektion.

Als die Damen und Thibaud am anderen Tag zum Fotogeschäft gekommen waren, bedauerte man die Abwesenheit von Mr.Shatterproof. Er hatte sich krank gemeldet. Das musste man zur Kenntnis nehmen.

»Wir werden zum Kommissariat fahren. Die Schweizer Kollegen sollten mir bei der Bekanntgabe seines Wohnsitzes behilflich sein.« So war es aber nicht. Auch sein Ausweis half nicht weiter. Er kam zum Wagen zurück.

Elli stieg aus und betrat das Kommissariat. Als sie eintrat konnte sie deutlich den Empfang und das Hinweisschild erkennen, zögerte ein wenig und wurde von einer Beamtin angesprochen. Elli zeigte ihren Pass.

»Zusammen mit meiner Kollegin wurden ich direkt von Washington geschickt, um ungeklärte Einbrüche in den von der amerikanischen Regierung gemieteten Hallen am Genfer Flughafen aufzuklären. Bis jetzt gab es einige Todesfälle. Nun haben wir eine Spur gefunden. Wenn es uns nicht gelingt rasch zu handeln, wird es wieder eine Leiche geben. Gekommen bin ich, um eine Adresse eines Mannes zu erfahren, der heute nicht an seinem Arbeitsplatz erschienen ist.«

»Bitte folgen sie mir.«

Die Schweizer Polizistin führte Elli zum Chef. Dort musste Elli ihre Geschichte wiederholen. Sie ließ auch durchblicken, daß man in China einen weiteren Versand aus einem Fotogeschäft in Genf erwarten würde. Konkret ging es um die Adresse von Mr. Shatterproof.

»Wir können ihnen einen Beamten mitgeben. Er wird sie begleiten.«

»Seien sie aber nicht überrascht, wenn Mr. Shatterproof nicht mehr am Leben ist.«

Mit dem Beamten im Schlepptau fuhr man zu der angegebenen Adresse. Es war ein ruhiges Viertel. Nach Betätigung der Klingel gab es nicht den geringsten Hinweis auf ein Geräusch. Geöffnet wurde nicht.

»Meine Dienststelle muss verständigt werden. Sie müssen jemanden schicken, der mit der Türöffnung vertraut ist.«

Es dauerte eine weitere Stunde, bis die Eingangstüre offen war. Die Wohnung schien leer zu sein. Alles war ordentlich aufgeräumt. Im Schlafzimmer entdeckte man Mr. Shatterproof. Er schien zu schlafen. Nach Kontrolle seines Pulses, stand es fest. Er war tot. Da keine Hinweise auf Gewaltanwendung gefunden werden konnte, wurde eine Obduktion angeordnet. Elli und ihre Begleitung wurden gebeten auf das Kommissariat zu kommen.

Mr. Shatterproof hatte an dieser Adresse alleine gelebt. Im Kommissariat gab es keinerlei Hinweise auf ein Verhalten, das in irgendeinem Zusammenhang mit krimineller Tätigkeit gestanden wäre.

Thibaud, Elli und Patricia wurden im Kommissariat um Unterstützung ersucht. Elli verwies im Voraus auf eine heikle und geheime Aussage, die bei Unvorsichtigkeit einem Angehörigen der Schweizer Polizei das Leben kosten könnte.

Daraufhin schloss der Chef sofort die gepolsterten Doppeltüren seines Arbeitszimmers. Zu seinem Entsetzen holte Elli das Wanzendetektorgerät aus ihrer Tasche und untersuchte gewissenhaft das Zimmer.

»Bis jetzt gibt es hier keine Wanzen.« bemerkte sie süffisant und nahm wieder Platz.

Der Chef wollte die ganze Wahrheit.

»Das wird einige Zeit in Anspruch nehmen. Bitte starken Espresso und nachher keine Störung, außer daß Washington durchgestellt wird.«

Der Chef musste durchatmen. Der Espresso kam, der Chef gab seine Anweisung und Patricia begann mit einem Bericht. Nahezu lückenlos wurden die einzelnen Abschnitte der bisherigen Ereignisse dargestellt. Fallweise gab es Ergänzungen von Thibaud und Elli.

Worüber der Chef am meisten erstaunt war, betraf den Schmuggel der entwendeten Bauteile in einem Stativ. Einen Vorgang, den er schwer verstehen konnte.

»Den Gefängnisdirektor hat es auch schwer erwischt.« war sein einziger Kommentar nach etwa zwei Stunden.

Bei der Obduktion von Mr. Shatterproof war man auf einen eingepflanzten Chip gestoßen. Doch davon wussten die Agenten noch nichts. Als die Türen wieder geöffnet wurden, kam die Nachricht über den Chip. Den wollten die Agentinnen haben. Die Todesursache war ihnen weniger wichtig. Es war Herzversagen festgestellt worden.

Der Chef hatte viel erfahren. Der Verhörmethode der Amerikanerinnen konnte er zustimmen, auch wenn es in der Schweiz und in den anderen Ländern dazu keine gesetzliche Bewilligung gab. Der Tod von Mr. Shatterproof verwischte eine heiße Spur. Im Laufe der vergangenen Stunden war dem Chef auch klargeworden, weshalb Elli den Wanzendetektor eingesetzt hatte. Für ihn war das alles neu. Sie saßen alle friedlich vor ihm und warteten auf den Chip.

»Wie lange werden sie für die Dekodierung brauchen?«

»Das wissen wir nicht. Wer hat von diesem Chip Kenntnis?«

»Nur der Arzt und wir. Er hat den Chip selbst gebracht.«

»Wir müssen ihn über die Gefährlichkeit der Kenntnis dieses so wichtigen Materials aufklären. Bitte ersuchen sie ihn, zu uns zu kommen.«

Der Arzt kam. Er wurde mit den Anwesenden bekannt gemacht. Man wollte wissen, ob außer ihm noch jemand von diesem Chip wusste. Er verneinte. Daraufhin wurde ihm von Elli eindringlich geraten, davon nie zu sprechen. Egal, wen es immer betreffen würde.

»Das habe ich mir schon vorgenommen. Eine Beratung hinter verschlossenen Türen gibt es in diesem Kommissariat nicht allzu oft.«

Sie bekamen den Chip in einer Kunststofffolie verschweißt ausgehändigt.

Sie bedankten sich und wollten gehen. Es gab eine Information über einen schweren Autounfall. Eine Asiatin, in einem Kleinwagen war von einem größeren Wagen in einer Kollision nahezu erdrückt worden. Das Wrack des Kleinwagens stand nun im Hof. Sie selbst hatte man ins Krankenhaus gebracht, wo sie im Tiefschlaf um ihr Leben kämpft. Ein Metallkoffer im Kleinwagen war unversehrt geblieben und der befand sich nun in der Polizeidirektion.

»Man möge achtgeben, daß dieser Koffer nicht entwendet wird.« hörte der Kommissar von Elli.

»Über vieles bin ich heute unterrichtet worden. Versprechen kann ich nichts, dennoch werde ich versuchen den Koffer sorgfältig aufzubewahren.«

Das Telefon läutete. Eine schnarrende Stimme sprach in einem unverständlichen Dialekt. Später wurden die Anwesenden aufgeklärt. Gesprochen wurde in rätoromanisch. Eine Sprache, die nur wenige beherrschten.

»Wenn sie schon mit der CIA verhandeln und auch einen Agenten der französischen Abwehr bei sich haben, bekommen sie sicher Einblick, weshalb am Flughafen noch immer ein militärisches Sperrgebiet den Flugverkehr beeinträchtigt. Ich schicke ihnen einen Metallkoffer. Vermutlich mit brisanten Inhalt. Dieses Gespräch wird vermutlich niemand verstehen. Schönen Abend.«

Ein Klicken. Er wendete sich an Elli.

»Wenn wir schon so weit sind, mein Name ist Diego. Mein Gesprächspartner sitzt in der Direktion. Beide beherrschen wir die rätoromanische Sprache. Wenn wir ein Verstehen durch Mithörer vermeiden wollen, sprechen wir diese Sprache. Der Koffer wird zu meinen Händen geschickt werden.«

»Geben sie acht, daß die Verletzte am Leben bleibt.«

»Wie soll ich das verstehen?«

»Der Unfall war sicherlich absichtlich herbeigeführt worden. Mit dem Überleben der Fahrerin hat man nicht gerechnet. Wir werden Washington verständigen müssen. Die Lenkerin muss sofort von zuverlässigen Leuten rund um die Uhr bewacht werden. Zuverlässig bedeutet, unerwünschte Eindringlinge auch zu töten.«

»Wie kommen sie darauf?«

»Das ist lange her, damals war ich noch nicht bei der CIA und es gab eine ähnliche Situation in einem Krankenhaus. Thibaud soll die beiden KGB Agenten holen. Er hat uns mit seinen Wagen nach Genf gebracht. Der Campingcar wäre zu auffällig gewesen.«

»Sie sind die Damen mit dem Campingcar?«

»Ja«

»Das erklärt vieles. Am Anfang habe ich nichts geglaubt. Den Reisepass habe ich gesehen. Ihre Erzählung hat aber Dinge preisgegeben, die nahezu niemand wusste. Die Aufforderung keinerlei Störung, außer wenn Washington durchgeschaltet wird, hat mich irritiert. Ich werde sie mit einem zuverlässigen Kollegen ins Krankenhaus bringen lassen. Sie wissen, was ihnen bevorsteht.«

»Wir möchten uns aus dem Wagen von Thibaud nur unsere Ersatzmagazine holen, dann kann es losgehen. Danke für ihre Hilfe.«

Diego telefonierte mit dem Krankenhaus. Dann rief er einen Kollegen. Thibaud wurde es überlassen die Russen zu verständigen und sie abzuholen.

Elli und Patricia fuhren mit einem neutralen Wagen unter Begleitung in das Krankenhaus, wo die Schwerverletzte eingeliefert worden war. Sie wurden in die Tracht von Krankenschwestern eingekleidet und ihr Begleiter bekam die Rolle eines Arztes. Sein Name war Nico.

Nico wurde noch während der Fahrt auf die Gefährlichkeit des Unternehmens verwiesen. Da man im Krankenhaus niemanden vertrauen konnte, wird es nicht leicht werden. Die Verletzte musste nicht nur gesund werden, sie sollte am Leben bleiben. Wenn es stimmte, was Elli vermutete, daß sich im Koffer wieder gefälschte Zugangskarten befanden, würde die Organisation alles unternehmen, um dies zu verhindern.

Kapitel 11

Nico war ein Polizist mit Leib und Seele. Endlich konnte er beweisen, was er sich schon lange vorgenommen hatte. Diese beiden Damen, das waren alte Hasen, das hatte er bald begriffen. Er würde sich nach ihren Anordnungen richten, darauf musste sein Chef nicht noch extra hinweisen. Mit CIA Agentinnen arbeiten zu dürfen, hatte er sich oft gewünscht.

Am späten Nachmittag kamen sie zum Spital. Das Auto wurde in der Tiefgarage geparkt und man ging zum Empfang. Sie wurden erwartet. Weitergeleitet befanden sich die Damen in der Schwesterntracht und Nico im Arztmantel. Nico war unbewaffnet. Elli und Patricia trugen ihre Colts mit den Reservemagazinen versteckt unter der Schwesterntracht.

Die Verletzte lag alleine in einem Zimmer. Ein zweites Bett hatte man hineingeschoben. Im Nebenzimmer wurde ebenfalls ein zweites Bett eingerichtet. Zur ersten Wache wurde Patricia bei der Verletzten eingeteilt. Noch vor Erreichen des Krankenhauses war die Einteilung der Wache erfolgt. Man wollte sich alle zwei Stunden ablösen.

Da das Mittagessen ausgefallen war, bekam Patricia ein Abendessen bevor sie ihren Dienst antrat. Während dieser Zeit blieb Elli bei der Asiatin.

Sie überlegte sich, wie sie mit Washington in Verbindung treten könnte. Sie sollen mit dem Campingcar kommen, dachte sie sich. Bei Jean gibt es einen alten Seesack. In diesen befindet sich die Deaktivierung und der Zündschlüssel. Sergej wird sich schon zurechtfinden. Als Patricia kam und Elli ablöste, teilte sie ihr den Entschluss mit. Dann ging Elli zum Telefon in der reception und rief Sergej an. Dieser war beim Abendessen. Doch Elli ließ nicht locker. Als Sergej kam erzählte sie ihm die neue Situation und bat ihn mit Alexej im Campingcar nach Genf zu kommen. Die Adresse des Krankenhauses gab sie durch. Sergej versprach zu kommen.

Nach guten zwei Stunden waren die Herren im Krankenhaus. Der Campingcar stand nun abgeschirmt hinter zwei Lastwagen im hinteren Bereich des Parkplatzes und war aktiviert worden.

»Verdammt angenehmes Fahrzeug. Das sollten wir in Russland auch haben.«

Sergej war gefahren. Man besprach den weiteren Einsatz. Anschließend ging Elli zum Campingcar und gab die neue Situation nach Washington durch. Auch die Russen und Thibaud wurden eingekleidet.

»Bewaffnet sind wir nicht und auf Nahkampf werden wir verzichten.« bekamen die Damen zu hören.

»Es soll auch nicht in Kampfhandlungen ausarten.«

»Unter den gegebenen Umständen werden wir dennoch vorsichtig sein müssen. Besser jeweils zwei wachende Personen als eine allein. Besonders in den frühen Morgenstunden, in der ein eventueller Angriff nicht auszuschließen ist.«

»Meine Kollegen wurden von mir unterrichtet. Sie werden ebenfalls Unterstützung schicken. Die Asiatin ist bisher diejenige, die uns nach all den Fehlschlägen vielleicht weiterhelfen kann.«

In das Zimmer dieser wichtigen Patientin wurde ein zweites Bett hineingeschoben. Vor der Türe wachten nun Patricia und Alexej. Im Zimmer Elli und Sergej. Sergej wollte das Bett benützen. Bald war er eingeschlafen und Elli war sich selbst überlassen.

Es war acht Uhr am Abend, als es an der Tür klopfte. Dan betraten zwei Männer das Krankenzimmer. Sergej hatte einen leichten Schlaf. Sofort war er munter und aus dem Bett. Elli erkannte einen der Männer. Es war ein Kollege. Stationiert in der Funkstation in den Bergen. Sie begrüßten sich und Elli und Sergej wurden miteinander bekanntgemacht. Die beiden CIA Agenten waren über die bisherigen Ereignisse bestens informiert. Verwundert waren sie über die Überwachung. Schon vor der Türe waren sie von Patricia angehalten worden. Elli bat sie vor die Türe. Sergej blieb im Zimmer.

»Ohne zu wissen, ob die Verletzte absichtlich in einen Unfall verwickelt worden war, ist sie vielleicht das einzige Glied, das uns weiterhelfen könnte. Über den Inhalt des Koffers weiß ich noch nicht Bescheid.«

»Es sind Zugangskarten. In einem Maß, das auch uns verwunderte. Monsieur Diego hat uns davon in Kenntnis gesetzt. Echt oder gefälscht konnte in der kurzen Zeitspanne nicht eruiert werden. Monsieur Diego steht eine unruhige Nacht bevor. Was im Gefängnis passiert ist, das will er vermeiden. Der Koffer steht in seinem Zimmer und zwei Beamte hat er zur Bewachung angefordert. Zu ihm vorzudringen war schwierig genug. Die Erwähnung, daß wir Elli und Patricia unterstellt sind, hat nach Vorweisung unserer Pässe einen Kontakt ermöglicht.«

»Die Überprüfung dieser Zugangskarten sollten wir Andreas und seinen Kollegen überlassen. Wie und wann das stattfinden soll, muss morgen besprochen werden. Die Ablösung der Personen, die die Asiatin bewachen, sollte reibungslos erfolgen. Sie hängt an medizinischen Geräten und bekommt ein Infusion. Leider ist meine Ausbildung auf diesem Gebiet unzureichend.«

»Dafür kann mein Begleiter aushelfen. Er ist auch unser Arzt. In Washington hat man von vornherein auch daran gedacht. Nun liegt es an ihm das der Infusion zu überwachen. In der Funkstation war man über ihre Anforderung von Unterstützung überrascht gewesen. Bisher beschränkte sich ihre Tätigkeit auf ganz andere Gebiete. Wie heißt es doch »Man lernt nie aus. Ein Leben lang gibt es immer wieder etwas Neues.«

Wir haben Washington von der neuen heiklen Situation noch vor unserem Aufbruch informiert.«

»Ihr Kollege soll mit mir im Zimmer verbleiben. Sergej mag im Nebenzimmer bis zu Ablösung von Alexej schlafen. Sie selbst können Patricia ablösen. Sie wird dringenden Schlaf benötigen. Die Infusion muss bald erneuert werden. Über die korrekte Durchführung mache ich mir keine Gedanken. Nachher werde ich unter die Decke kriechen. Mit einem Überraschungsangriff rechne ich in den späten Morgenstunden.«

»Sie haben das schon erlebt, das sagt mir meine Erfahrung. Wir sind unbewaffnet. Im Notfall muss ein Skalpell herhalten.«

Elli war zufrieden. Sie kannte noch nicht seinen Namen, seine Entschlossenheit konnte sie akzeptieren.

Die Nachtschwester kam und wollte die Infusion tauschen. Der neue Arzt untersuchte den Behälter und vertraute auf den Aufkleber. Der Verschluss war noch nicht zerstört worden und somit stimmte er zu. Er wollte nur wissen, wann sie wieder kommen werde.

»In etwa zwei Stunden.«

Er drückte auf seine Stoppuhr. Er wollte beim neuerlichen Tausch munter sein. Elli lag bereits im Bett und war bald eingeschlafen. Bis Mitternacht gab es keine weitere Störung. Später war munter geworden.

»In einer Viertelstunde wird wieder die Infusion getauscht.«

Elli schlug die Decke zurück und setzte sich auf das Bett. Die Zeit verging und ein Mann in einem Arztkittel kam mit einer neuen Infusion. Er wollte den Tausch vornehmen wurde aber von dem neuen Arzt daran gehindert. Elli war auf ihren Beinen. Die beiden Männer rangen miteinander. Elli zögerte nicht und schoss dem neu Eingetretenen in beide Knie. Er lag am Boden und konnte sich nicht erheben. Der neue Infusionsbehälter hatte mit dem angehängten nichts gemein. Die Türe wurde aufgerissen und die beiden Wachhabenden stürmten herein. Rasch klärte sich die Situation. Die Schüsse waren auch in der Rezeption gehört worden. Nur Minuten vergingen bis weiteres Krankenhauspersonal eintraf. Man war über den Vorgang entsetzt. Derjenige, der die Infusion tauschen sollte, gehörte nicht zum Personal. Nur wenige Minuten später traf die Polizei ein. Kommissar Diego führte die Truppe an. Ein derart hartes Vorgehen seitens der CIA hatte er nicht erwartet.

Mittlerweile hatte der Arzt der CIA eine neue Infusion angefordert. Man fand die Krankenschwester am Boden liegend gebunden. Sie war unverletzt, stand unter Schock. Man brachte die Infusion, sie wurde überprüft. Die Patientin hatte bis zu diesem Zeitpunkt nichts mitbekommen. Sie wurde an die neue Infusion angehängt.

»Der Täter kann ruhig am Boden liegenbleiben. Er muss nur gefesselt werden. Wir werden uns seiner annehmen.«

Dem stimmten auch die Russen zu.

»Benötigen sie noch unsere Hilfe?« fragte der Kommissar.

»Die nächsten Stunden hoffentlich nicht. Außer mir hat nur Patricia ihren Colt mit. Wir setzen ihn nur in äußerster Lebensgefahr ein. Der Täter hat sich mit unserem Arzt in eine Kampfhandlung eingelassen, die ich unterbrochen habe. Schreiben sie bitte in ihren Bericht, was immer sie wollen, nur nicht die Wahrheit.«

Der Kommissar untersuchte den am Boden gefesselten Attentäter.

»Sehr präzise Einschüsse. Das sollten auch meine Kollegen üben.«

Der Kommissar verabschiedete sich und winkte seinen Leuten. Wenn die Patientin nicht wieder aufwacht, dann haben sie nun einen anderen Ganoven, dachte sich der Kommissar.

Elli wollte nach diesen aufregenden Stunden nur mehr ins Bett. Sie ging in das Nebenzimmer und ohne sich auszukleiden legte sie sich in das bereitgestellte Bett und fiel in einen tiefen Schlaf. Die bereitgestellten Nahrungsmittel blieben unberührt. Nach Mitternacht wurde sie von unruhigen Träumen geplagt, an die sie sich nach dem Aufwachen nicht erinnern konnte. Ein Blick auf die Uhr zeigte ihr fünf Uhr in der Früh. Allmählich setzte sie sich auf. Sie musste aufstehen und sich um ihre Begleitung kümmern. Ein Espresso wäre nun ein guter Beginn. Alles war still. Jetzt einen Espresso zu bekommen, das konnte sie vergessen. Schlaftrunken verließ sie das Zimmer. Vor dem anderen Zimmer fand sie Patricia und Alexej.

»Kommst du mich ablösen?« fragte Patricia.

»Wie lange bis du nun schon hier?«

»Seit ein Uhr in der Früh.«

»Gehe zu Bett, warum hast du mich nicht geweckt?«

»Das habe ich vergeblich versucht.«

»Dann musst du sofort ins Bett.«

Ohne ein weiteres Wort erhob sich Patricia von dem unbequemen Sessel und verschwand im Nebenzimmer. Elli fragte, ob es noch eine weitere Störung gegeben habe. Das konnte Alexej verneinen.

»Die Asiatin ist noch nicht aufgewacht. Die Infusion konnte nach Überprüfung durch den Arzt der CIA immer wieder erneuert werden.«

»Vielleicht wird es Tage dauern, bis wir die Patientin einvernehmen können. Diego hat die Verhaftung des LKW Chauffeurs bekanntgegeben. Im Kommissariat wird er scharf bewacht. Eine vorzeitige Exekution durch die Organisation wird nicht möglich sein.«

»Auch er soll in den Keller. Er wird nachher mit größerer Bereitwilligkeit zu offenen Fragen Stellung nehmen.«

»Dann hätten wir drei Personen, die weiterhelfen würden. Derjenige mit den zertrümmerten Knien, den LKW Chauffeur und die Asiatin. Wo befindet sich derjenige, der von mir angeschossen wurde?

»In einem Nebenzimmer. Nach oberflächlicher Ersthilfe wurde er gefesselt und am Boden festgemacht. Er kann nicht entfliehen und kann auch nicht ersticken. Immer wieder habe ich mich davon überzeugt. Seinen Verwünschungen habe ich standgehalten.«

»Somit haben seine Verletzungen seiner Konstitution nicht geschadet.«

»Das Krankenhauspersonal wollte ihn auf ein Bett legen. Das zu Verhindern ist mir gelungen. An das schwere Bett habe ich ihn mit seinem Rücken gefesselt.«

Die Zeiger der Uhr rückten weiter. Elli hatte lange nichts gegessen. Das Verlangen nach einem Frühstück wurde stärker. Der Wind rüttelte an den Fenstern. Der Regen wurde gegen die Scheiben gepresst. Sie saßen auf unbequemen Stühlen . Vor ihnen befanden sich die Gangfenster. Außer dem Geräusch des Schlagregens hörte man in dem kalten Gang keinen Ton. Sergej hatte Alexej einiges über Elli erzählt. Er wollte aber Details kennenlernen. Direkt zu fragen, schien ihm nicht der richtige Weg zu sein. Solange sie nicht bereit war von sich aus über ihre Vergangenheit zu sprechen, wäre ein nicht ganz geschlossenes Tor zugeschlagen worden. Ein Seitenblick auf ihr Gesicht zeigte ihm den Ausdruck tiefster Verzweiflung. Das hatte er nicht erwartet. Ruhig blieb er sitzen und wagte keine Bewegung.

»Wenn wir nicht bald eine Spur finden können, wird man es in Washington nicht verstehen können. Die Folgen für Patricia und mich möchte ich mir nicht vor Augen führen. Wer in einem gut temperierten Raum vor dem Schreibtisch sitzt und nie an irgendeiner Front um sein Leben gerungen hat, kennt nicht die Wirklichkeit. Einfluss und Geld erweisen sich machtlos gegen eine verschworene Gemeinschaft, die willens ist auch die eigenen Leute in den Tod zu schicken. Unsere bisherigen Erfolge haben wir nicht ausschließlich der mitgegebenen Ausrüstung zu verdanken. Es waren Zufälle, die uns weitergeholfen haben. Das hatte zur Folge, daß man geglaubt hatte, wir könnten alles erledigen. Was man aber nicht zur Kenntnis nehmen will, auch unsere Gegner haben sehr geschickte Leute mit Erfahrung und der Bereitschaft notfalls den Tod nicht zu scheuen. In der DDR hat man geglaubt, ein Mauerbau würde alle vor einer Flucht abschrecken. Viele sind durch einen mühselig gegrabenen Tunnel entkommen, haben ihre Angehörigen zurückgelassen und hatten nichts außer dem, was sie am Leibe trugen. Er Mensch ist nicht nur in der Not fähig einen neuen Weg zu finden. Wo befindet sich der Platz, an dem die falschen Zugangskarten hergestellt werden? Es muss ein Platz sein, der durch Gegebenheiten ein derartiges Arbeiten in Ruhe ermöglicht. Womöglich ein Platz, der durch die Sicherheitskräfte eines Staates ein derartiges Arbeiten fördert, wo sich niemand darum kümmert und der in einem Viertel einer Stadt liegt, in der sich Banken, Juweliere und teure Geschäfte befinden. Dort wo die Infrastruktur den Mitwirkenden ihren Zugang mit Verkehrsmitteln und Restaurants zur Seite steht. Sicherlich nicht in irgendeinem alten Tunnel in den Vogesen, dessen Zugang der Landbevölkerung bekannt ist und wo jegliche Bewegung registriert wird.

In St.-Genis-Pouilly wurden wir auf gut erhaltene Stollen verwiesen. Wenn das auf das Bergmassiv der Jura deuten soll, können wir lange suchen. Es muss ein Bürogebäude in einer Stadt sein. Die Infrastruktur ist erschlossen. Über eine Tiefgarage hat man die nötige Ausrüstung transportieren können. Der Gewerbebörde wurde eine neue Firma genannt, die wurde bewilligt. Neben irgendeiner Tätigkeit werden die Zugangskarten und Schlüssel aller Art hergestellt. Auch auf eine eventuelle unangemeldeten Kontrolle wurde schon zu Beginn geachtet. Nach außen hin ein seriöses Unternehmen. Alleine schon deswegen, weil andere nützliche Sachen hergestellt werden. Fallweise ein wenig Lärm ist selbstverständlich. An Sonn- und Feiertagen wird nicht gearbeitet und jeden Freitag ist früher Schluss. Die Angestellten mischen sich unter die anderen

Leute, die zu den Bürozeiten ihre Arbeitsplätze aufsuchen. Wem kümmert es ,was in den oberen Etagen geschieht. Fragt man nach einer Firma, wissen die Bediensteten nicht, ob diese Firma im Nebengebäude tätig ist. Und die Polizei konzentriert sich ausschließlich auf Autofahrer, die die vorgeschriebene Geschwindigkeit überschreiten. «

»Sollten die Zugangskarten in einem solchen Gebäude gefertigt werden, benötigt man keine aufwendigen Sicherheitsmaßnahmen. Dafür sorgt der Staat.«

Elli musste nun lachen. Sie war auf andere Gedanken gekommen.

»Womöglich werden diese Karten in den oberen Geschoßen jener Gebäude produziert, wo im Straßenniveau die Neonreklame der Bank die Straßenbeleuchtung überstrahlt.«

Ihre Gedanken brachte ihr die ausgefallene Idee, daß man die Bank im Straßenniveau mit den neu produzierten Karten bestohlen hatte. Einfach ein Probegalopp bevor man in Serienfertigung überging. Sie teilte es Alexej mit. Er fand diese Idee keineswegs absurd. Wenn diese Annahme tatsächlich zutraf, hatten es die Täter einfach.

»Wir sollten diese Bürogebäude und die in der Nähe errichteten unbedingt prüfen.«

Das Frühstück kam und damit der lang ersehnte Espresso. Die Stimmung stieg. Die Wachen wurden neu eingeteilt.

Der Kommissar kam und teilte den Anwesenden mit, daß der LKW Chauffeur sauber war. Ein Bremsversagen, herbeigeführt durch einen Materialbruch, hatte den Kleinwagen der Betroffenen auf einen anderen LKW gedrückt. Sie war mit ihrem Leben davongekommen. Der Kleinwagen, schwer in Mitleidenschaft gebracht, hatte einen Verkehrsstau in einem unvorstellbaren Ausmaß herbeigeführt. Im Metallkoffer, der unversehrt geblieben war, entdeckte man Bank- und Zugangskarten. Ob diese gefälscht oder echt waren, konnte man zur Stunde nicht sagen. In den Morgenzeitungen gab es

Fotos und einen Bericht über einen Unfall zur Hauptverkehrszeit. Auch darüber, daß die Lenkerin des Kleinwagens überlebt hatte. Es wurde auch das Krankenhaus erwähnt.

Man beriet sich mit dem Kommissar. Ein Materialbruch in der Bremsanlage war kein Grund den Fahrer länger festzuhalten. Es galt die Unschuldsvermutung. Dem gegenüber stand die Verabreichung der Infusion. Warum wollte ein Mann in einem Arztkittel eine andere Infusion anhängen? Es war mehr Glück und Zufall, daß ein Agent der CIA, der tatsächlich ein Arzt war, zum Zeitpunkt des Austausches des Behälters die Wache übernommen hatte. Sein Interesse galt der Infusion, die neu angehängt werden sollte. Es kam zu einer Debatte, in der Fortsetzung zu einer Schlägerei, die Elli durch zwei Schüsse ein Ende setze. Die Flüssigkeit, die man als vermeintliche Infusion einsetzen wollte, war einem Labor übergeben worden. Darüber fehlte zum Zeitpunkt noch der Bericht. »Wird man den Chauffeur wieder finden können?«

»Nach Aufnahme seiner Daten wurde er freigelassen. Ein Materialfehler in der vor kurzem überprüften Bremsanlage entlastete ihn.«

Nach einiger Zeit kam Elli auf ihre eigene Unzufriedenheit über die bisher geleistete Arbeit zusprechen. Auch auf ihr Schlafbedürfnis und entschuldigte sich dafür. Nicht unerwähnt blieb ihre Überlegung über die Produktionsstätte. Während darüber die Diskussion noch nicht beendet war, meldete das Handfunkgerät eine Mitteilung am Display. Elli ging zum Campingcar und begann zu decodieren. Es betraf Mr. Shatterproof.

Er war Schweizer gewesen. Er besaß das Schweizer Bürgerrecht. Der aufgefundene Chip war ihm vor vielen Jahren von der CIA eingepflanzt worden. Wer seine Kontaktpersonen gewesen waren, hatte man noch nicht feststellen können..

Elli löschte die Daten und kehrte zurück. Alles erzählte sie nicht. Sein Pass war echt. Er lebte zurückgezogen. Ob er dadurch seinen

Geschäften nachgehen konnte, war ein Rätsel. Auch der Kommissar konnte nicht weiterhelfen. Im Fotogeschäft war er unter Mr. Shatterproof bekannt. Im Pass stand ein anderer Name. Während seines zehnjährigen Aufenthaltes in Genf, war er nie auffällig geworden. Im Meldeverzeichnis war er unter dem Namen, der ihn im Pass auswies, verzeichnet. Elli kam auf den Chip zu sprechen. Patricia wollte es nicht glauben.

»Es ist also möglich, sich zurückzuziehen. Er muss ein sehr geschickter Mitarbeiter gewesen sein. Was mag er in all diesen Jahren in Genf getrieben haben? Seine Wohnung und sein sicherlich aufwendiger Lebensstil konnte er von dem mageren Gehalt eines Angestellten in einem Fotogeschäft nicht finanziert haben.«

»Auch wenn wir die Wohnung mit unseren Methoden untersuchen, finden werden wir dort nichts. Solange Washington keinen weiteren Hinweis gibt, können wir diese Spur vergessen.«

Noch während der Unterhaltung traf das Untersuchungsergebnis aus dem Labor ein.

Der abgefangene Behälter mit der angeblichen Fusion enthielt auch einen Wirkstoff, der bei Einnahme zu einer Beeinträchtigung des Herzens führen konnte. Ein Herzinfarkt wäre die Folge. Mit der Flüssigkeit der Originalinfusion hatte er wenig gemein.

Hätte man den Anschluss dieser Flüssigkeit nicht verhindert, wäre der Tod im Laufe der Morgenstunden eingetreten. Man war sich einig. Die Asiatin sollte nach einem fingierten Unfall spätestens im Krankenhaus sterben.

Der Kommissar veranlasste den LKW Chauffeur zu verhaften und ihn sicher zu verwahren. Das war auch notwendig gewesen. Das Desaster, das dem Gefängnisdirektor zugestoßen war, musste vermieden werden. Die neuerliche Verhaftung hatte bei seinem Chef ein Kopfschütteln hervorgerufen. Noch während er für eine weitere

Fahrt die notwendigen Papiere durchsah, war die Polizei gekommen und hatte ihn mitgenommen.

Es dauerte nicht lange und zwei Anwälte kamen zum Kommissariat.

Man bat sie zu warten. Der Kommissar würde sich ihrer Annehmen, hatte man ihnen zu verstehen gegeben.

Diego war von Elli lückenlos über alle Vorfälle unterrichtet worden.

Daraufhin hatte er alle nur erdenklichen Maßnahmen ergriffen und sich Unterstützung aus der Polizeidirektion geholt. Telefonisch war er daraufhin verwiesen worden, sich nach den Agenten zu richten. Man habe nicht umsonst Amerikaner und Russen geschickt. Die könnten auch anders. Die würden aber nicht sofort zu ungewöhnlichen Mitteln greifen, die der Polizei verboten sind. Ihre Geduld wird aber nicht ewig anhalten.

Der eine Anwalt hatte bei seinem Auftreten stolz seinen amerikanischen Pass vorgewiesen und zu verstehen gegeben, der Kommissar wird sicherlich mit sich Reden lassen. Der Schweizer Beamte wusste schon, was diesem blühte. Er blieb höflich und konnte ihn in ein Zimmer geleiten, das mit Komfort ausgestattet war. Er bekam seinen verlangten Kaffee und wurde alleine gelassen. Vorsichtshalber hatte man nachher die Türe leise verschlossen. Auch die Fenster auf die Straßenseite waren vergittert. Die Zeit wurde ihm lang. Die vergitterten Fenster fielen ihm erst später auf.

Der andere kam von einer bekannten Züricher Anwaltskanzlei. Diese hatte auch in Genf eine Niederlassung. Nach Aufnahme der Daten nahm er in Sichtweite des Beamten, der beim Empfang seinen Dienst versah, seinen Platz ein und blätterte gelangweilt in den Zeitungen, die vor ihm auf dem kleinen Tisch lagen. Nach einiger Zeit kam er zum Pult, erwähnte ein Rendezvous mit einem Klienten und sagte er werde wiederkommen. Dafür zeigte man Verständnis. Er ging und kam nicht wieder. Darüber waren sowohl die Amerikaner wie Russen unterrichtet worden.

Nach einer weiteren Einteilung der Wachen, entschieden sich Elli und Patricia den notdürftig Verarzteten von seinen Fesseln zu befreien und mitzunehmen.

Wohin die Fahrt ging, verrieten sie ihm nicht. Beim Kommissariat durfte auch der Anwalt, der sich als Amerikaner ausgewiesen hatte, in den Campingcar steigen. Die Begegnung mit zwei zierlichen Damen hatte er noch begrüßt, eine Weiterfahrt ins Ungewisse abgelehnt. Er wurde von den Damen in die Mitte genommen. Seine Hände wollte er nicht weiterhin weiterer Schmerzen aussetzen und bestieg den Wagen. Darinnen bekam er eine Spritze, die ihm die Sinne raubte. Den weiteren Mitfahrer, der gebunden im rückwärtigen Teil des Wagens am Boden lag, hatte er nicht bemerkt. Dieser konnte auch keinen Laut von sich geben. Dafür hatten die Damen gesorgt. Sergej und Thibaud waren mit an Bord. Man vermied Teile der Autobahn und die Staatsgrenze direkt anzufahren. Sie nahmen die ihnen bekannte Route über die kleine Straße in den Vogesen. Es ging zum Keller. Dort wurden sie gefesselt, am Boden festgemacht und ihrem Schicksal überlassen. Vom Anwalt erhofften sich die Damen auch Auskunft über die Vorfälle im Zimmer des Gefängnisdirektors.

Das Unfallopfer, die Asiatin, war ursprünglich wie jede andere Person ins Krankenhaus eingeliefert worden. Doch nach dem Bericht von Patricia im Kommissariat, der auch der Polizeidirektion weitergeleitet wurde, war man sich über die Bedeutsamkeit das Leben der Asiatin zu retten bewusst. Sofort wurde auch die Direktion des Krankenhauses auf spezielle Sicherheitsmaßnahmen hingewiesen. Die Asiatin wurde in einen Bereich des Krankenhauses verlegt, der nur einen Zugang hatte. Als die Agenten eintrafen, untersuchten sie die Möglichkeit eines überraschenden Angriffs auf die Patientin und riegelten alles ab, was zu diesem Zeitpunkt möglich war. Das weitere Eintreffen von Amerikanern setzte die Leitung unter Druck. Das hatte es nie gegeben. Später kamen weitere Amerikaner in Zivil. Alle waren schwer bewaffnet. Nun war eine reibungslose Überwachung der Patientin gewährleistet. Das ständige Kommen des Kommissars und die strenge Abgeschiedenheit der Patientin bedeutete für das Personal Stress. Die abgegebenen Schüsse von Elli überzeugte auch diejenigen von der Ernst der Situation. Das Krankenhauspersonal, der die Betreuung der Asiatin übertragen worden war, war vom Direktor auf eine absolute Verschwiegenheit hingewiesen worden. Frei heraus hatte er bekannte, daß bereits einige Personen ihr Leben lassen mussten. Das Personal gewöhnte sich an die Überwachung. Auch an den Campingcar. Insgeheim rätselte man, welche Bewandtnis und Rolle dieses Auto spielte. Der Direktion war aber auch wichtig, wer für die Kosten aufkommen würde. Sie wurde von Elli beruhigt. Die CIA würde die Kosten übernehmen. Nun war die Katze aus dem Sack. Von CIA Agenten hatte man zu diesem Zeitpunkt noch nichts gewusst. Sie verwies auch auf die Hilfe des KGB. Das brachte das Fass zum Überlaufen. Ob es zwischen den beiden Mächten zu Kampfhandlungen kommen könnte, wurde von Elli verneint.

»Wir arbeiten zusammen.«

Diese Aussage bewirkte ein wenig Ruhe. Die Situation blieb dennoch angespannt.

Alexej war alleine zurückgeblieben. Auf ungewöhnliche Vorfälle würde er richtig reagieren. Ewig wollte man ihn aber nicht alleine lassen. Nach Ablieferung der Ganoven wäre Elli gerne zu Jean gefahren. Sie entschied sich aber nach Genf ins Krankenhaus zurückzukehren.

Der Lastwagenfahrer wurde streng bewacht im Kommissariat festgehalten. Falls der andere Rechtsanwalt zurückkommen würde, wollte Diego die beiden gegenüberstellen. Aufnahmegeräte für Video wurden vorbereitet.

Mr. Shatterproof war im Meldeverzeichnis und im Reisepass unter Tommaso Schmid zu finden. Diego veranlasste zwei Mitarbeiter alles zusammenzutragen, im dem Tommaso Schmid in den vergangenen Jahren eine Rolle gespielt hatte. Er war einige Male umgezogen, immer als Verkäufer von elektronischen Gerätschaften und Fotoartikeln aufgetreten und hatte ein zurückgezogenes Leben geführt. Keine Verkehrsunfälle und Verkehrsstrafen. Zum Zeitpunkt seines Todes auch kein Auto. Das war zwei Jahre vorher abgemeldet worden. Zu seinen Wochenendfahrten hatte er sich immer wieder ein Mittelklassefahrzeug ausgeliehen. Es war immer dasselbe Verleihunternehmen gewesen. Mit dem Jaguar wurden regelmäßig ungefähr dreihundert Kilometer zurückgelegt. Das Fahrzeug wurde immer ohne jeglichen Kratzer zurückgestellt. Nahezu alle Ausgaben wurden bar bezahlt. Mehr konnte man vorerst nicht feststellen. Immer dieselbe Marke und Farbe für Wochenendausflüge zu benützen, war auch der Verleihfirma aufgefallen. An Wochenenden mit starkem Verkehrsaufkommen war er nie unterwegs gewesen. Man kam auch zu der Erkenntnis, er war nicht immer mit der erlaubten Geschwindigkeit unterwegs gewesen. Dort, wo ein Radar installiert gewesen war, hielt er die Geschwindigkeit ein. Vielleicht hatte er ein technisches Gerät mit sich gehabt, das auch Zivilstreifen ortete. Seine Wohnung wurde mehrfach durchsucht. Finden konnte man nichts. An einen Herzinfarkt begann man zu zweifeln. Sein Leichnam war noch nicht freigegeben worden. Wären Elli und Patricia nicht zu Diego gekommen, es hätte im Zusammenhang mit Mr. Shatterproof viel weniger Arbeit gegeben. Man war auf Dinge gestoßen, die jeden Kriminalisten zum Weiterarbeiten gezwungen hätte. Allein der Chip hatte bereits zum Nachdenken geführt. Eine weitere Obduktion brachte Details. Man fand im Darm Reste einer

Substanz, die einen Hertzinfarkt herbeiführen konnte. Diego konnte nicht umhin, diese Erkenntnis den Agenten bekanntzugeben. Er konnte sich erinnern, daß ihn Elli darauf bei ihrer ersten Begegnung hingewiesen hatte, eine Leiche vorzufinden. Die Todesursache und die Begleitumstände herauszufinden, wird keineswegs leicht werden. Darüber machten sich aber weder Elli noch Patricia Gedanken.

Kapitel 12

Die Asiatin erwachte man aus dem Tiefschlaf. Geduldig wartete man auf ihre weiteren Reaktionen. Sie drehte ihren Körper von der einen Seite auf die andere. Der Arzt der CIA war zu diesem Zeitpunkt anwesend. Als sie begann ihre Lippen zu bewege hielt er ihr sofort ein Aufnahmegerät in deren Nähe. Was sie gesprochen hatte , war nicht verständlich und sehr leise gewesen. Nur wenige Minuten später schlug sie ihre Augen auf. Doch bald versank sie wieder in einen unruhigen Schlaf. Die gesprochenen Worte mussten Spezialisten weitergeleitet werden. Kollegen übernahmen das Band und transportierten es nach Ramstein. Eine Militärmaschine wurde nach Washington in Bewegung gesetzt. Man hoffte diese geringe Spur weiterverfolgen zu können.

Im Krankenhaus hatte der CIA Arzt ein neues Band eingelegt und sich neben dem Bett niedergelassen. Doch ein stundenlanges Warten wurde nicht belohnt.

Unabhängig davon bekam Andreas die Reisepässe der in den Hallen verstorbenen Diplomaten, die Schlüssel und ihre Zugangskarten. Ebenso die im Koffer der Asiatin aufgefundenen Bankkarten. Russen wie Amerikaner mussten sich mit den bescheidenen Ergebnissen zufriedengeben. Die Asiatin schlief und konnte nicht einvernommen werden. Nach wenigen Tagen meldete das Handfunkgerät eine Nachricht am Display. Elli ging zum Wagen und begann zu decodieren.

»Die Sprache ist ein Dialekt, der in China gesprochen wird. Es wird ein Hochhaus erwähnt, in dem sich eine internationale Bank befindet. Die Person spricht bei Grün aus der Tiefgarage nach links abgebogen zu sein. Nach einigen hundert Meter von einem Lastwagen gegen das vor ihr fahrende Auto gestoßen …«

Mehr war nicht zu entschlüsseln. Nach Empfangsbestätigung löschen. Das führte Elli durch.

Sofort wurde Diego informiert. Dieser forderte die Bänder der Überwachungskameras an. Das kleine Fahrzeug und auch die Tiefgarage konnten gefunden werden. Damit hatte man auch das Bürogebäude. Die Geheimhaltung wird weniger einfach werden, dachte sich der Kommissar.

In diesem Bürogebäude befinden sich bis zum Dachgeschoss seriöse Firmen. Darüber ein lizensierter Hubschrauberlandeplatz. Diese Straße, in der der Verkehrsunfall nur wenige Tage zurücklag, hatte einen Autobahnzubringer. Neben der Tiefgarage gab es weitere Geschäfte und einen kleinen Einkaufsladen, der auch spät am Abend unterschiedliche Nahrungsmittel und Getränke anbot.

Der Aufwand, der mit der Einlieferung der Asiatin ins Krankenhaus begonnen hatte, stand zu keinem völlig offenen Erfolg. Man wollte diejenigen registrieren, die die Bank und das Bürogebäude betraten. Auf der gegenüberliegenden Straßenseite wurde eine Wohnung gefunden, aus der dies durchgeführt werden konnte.

Sehr zum Erstaunen der Beamten war immer wieder eine Gruppe gutgekleideter junger Herren mit dabei, die zur Zeit der Bankstunden das Gebäude betrat und es erst spät am Abend wieder zur Bushaltestelle ging. Die Gesichter konnten am Morgen nicht festgehalten werden und am Abend durch die Dunkelheit noch weniger.

»Wir werden einen Einsatzplan ausarbeiten. Die Tiefgarage wird sicher nicht Räumlichkeiten aufweisen, die für eine Produktionsstätte geeignet wären. Eine solche wird eher in den oberen Geschossen zu finden sein. Der Hubschrauberlandeplatz bietet eine Anlieferung. Eine Weiterleitung in die Tiefgarage könnte möglich sein. «

Bei Überprüfung des Gebäudes hatte die Bank in den oberen Bereich ebenfalls Räumlichkeiten gemietet. Darüber gab es eine Kanzlei eines Rechtsanwaltes, die sich über die gesamte Etage erstreckte. Einen Stock höher befand sich eine Firma, die Reparaturen an diversen elektrischen Geräten durchführte. Die Firma befand sich im Branchenbuch. Über diese Firma war nichts negatives bekannt. Diese Firma hatte über ihr Räumlichkeiten, die sie als Lager benützte.

Die Bank und der Rechtsanwalt wurde als Produktionsstätte nicht in Betracht gezogen. Wohin gingen diese jungen Männer? Patricia wurde beauftragt ihnen zu folgen. Sie fuhr mit ihnen im Aufzug mit. Im Obergeschoß, in dem die Bank ebenfalls Räumlichkeiten angemietet hatte, stiegen sie aus. Da Patricia scheinbar zur Firma darüber wollte, fiel das nicht weiter auf. Sie kehrte zurück und berichtete.

Wie gelangten die Angestellten zu dieser Firma? Es gab nur den Zugang neben der Tiefgarage? Man achtete auf die ein- und ausfahrenden Autos. Mehrere Fahrzeuge konnten gefunden werden, die an den Türen mit auffallenden Farben auf diese Firma und ihre Betriebsstätte aufmerksam machten.

Wie gelangten die anderen Mitarbeiter in diese Firma? Ohne Details zu kennen, schätzte man auf etwa fünfzehn Personen. Es gab zu diesem Bürogebäude einen weiteren Zugang. Über diesen gelangte man in alle Etagen. Nicht nur in die Tiefgarage. Man besprach sich mit Diego, wie dieser Zugang beobachtet werden konnte.

»Sicherlich weniger bequem, wie der andere. Man müsste alle Personen von einem kleinen Raum illegal aufzeichnen. Der Raum ist nicht immer besetzt, dient einem Bediensteten der Garagengesellschaft als Aufenthalt, um Kunden zu helfen, die ihre Einfahrtskarte verloren hatten oder mit der Bezahlung nicht zu rechtkamen. Ein Aufzeichnungsgerät könnte man sicherlich montieren. Die Garagengesellschaft dürfte davon auf Grund der Geheimhaltung keineswegs Kenntnis haben. Bei einer nicht vorgesehenen Demontage müsste die CIA eingreifen. Auch ein nicht vorhergesehener Polizei-einsatz könnte eintreten. Meine Wenigkeit weiß davon nichts. Auch die Polizeidirektion wird davon nicht verständigt. Über Gerätschaften, die in diesem Raum montiert werden, interessiert sich der Bedienstete nicht. Er ist Rentner und verdient sich ein Zubrot. Beim Austausch der Bänder muss der oder diejenige Geschick und Unverfrorenheit nebst technischem Wissen haben.«

Die Aussage war klar.

»Wir könnten uns an die Firma wenden, die wir überwachen wollen. Vielleicht werden sie uns weiterhelfen.«

»Ist das nicht eine nicht zu überbietende Kühnheit?«

»Mehr als Ablehnen können sie nicht. Sie soll uns ein Angebot erstellen. Damit haben wir auch Gelegenheit, ihre Räumlichkeiten zu betreten.«

Sergej und Alexej brachten ihre Vorschläge ein. Patricia sollte regelmäßig die Bänder tauschen und auf die Betriebsfähigkeit achten. Die Montage wollte man auch dieser Firma überlassen. Damit konnte man auch herausfinden, ob diese Firma nicht mit illegalen Geschäften ihr Geld verdiente. Über die eingebauten Überwachungsgeräte war man sich bald einig. Man ging einen Schritt weiter. Die Erwähnung der CIA und des KGB könnte zum Nutzen sein. Man war auf der Suche eines lang gesuchten Doppelspions, der nun auch nach Genf seinen Wohnsitz verlegt hatte.

Tags darauf besuchten Elli, Sergej und Alexej die Firma. Als sie läuteten, dauerte es einige Zeit, bis man nach ihren Wünschen fragte. Elli erschien beim Fenster und ersuchte um Beratung. Wieder vergingen Minuten, dann öffnete man die Türe. Alle wurden eingelassen und gewissermaßen untersucht. Elli hatte ihren Colt nicht bei sich. Man geleitete sie in einen luxuriösen Empfangsraum und bat sie zu warten. Die Überwachungskameras waren nicht zu übersehen. Elli stoppte die Zeit, bis jemand kam.

Sergej wies seinen Pass vor und erwähnte sein Anliegen. Geduldig hörte man zu. Der junge Mann begann mit einer Skizze, erwähnte einige technische Details und die Kamera. Elli verlangte ein anderes Modell und nannte den Namen. Die Augen des Mannes verengten sich nur kurz. Elli zeigte daraufhin ihren Pass.

»Wir meinen es ernst.«

Seine Mundwinkel zuckten. Russen und Amerikaner in einem Gespann? Davon wollte er seinen Chef unterrichten. Nach einiger Zeit erschien der Chef.

»Wir könnten das zusammenbauen. Die Kamera haben wir nicht auf Lager, die müssen wir einfliegen lassen. Ob sie durch den Zoll kommt, kann ich aber nicht versprechen.«

»Wir könnten ihnen behilflich sein.« meinte Elli.

KGB und CIA als Kunden, das hatte er nicht erwartet. Er wollte wissen, wie sie auf diese Firma gestoßen sind.

»Ein Bürogebäude im Zentrum, eine internationale Bank im Erdgeschoss und ein Hubschrauberplatz am Dach.«

»Bis wann sollte dieses Überwachungsgerät montiert sein.«

»So rasch wie möglich.«

»In ein zwei Tagen. Wenn sie mir die Kamera besorgen können, könnten wir sie später tauschen.«

»Wie hoch könnte der Gesamtpreis sein?«

»Ich werde einen Kostenvoranschlag rechnen lassen.«

Er verschwand. Nach einiger Zeit kam derjenige wieder, den sie schon kannten.

»Mit der Montage und der provisorisch eingesetzten Kamera und ohne Mehrwertsteuer würden sie mit 1500.—Dollar rechnen.«

»Dabei sind aber die Bänder, die 24 Stunden aufzeichnen?«

»Das muss ich nachfragen«

Er kam wieder.

»Drei Bänder sind dabei. Notfalls können sie Bänder nachkaufen.«

»Wir benötigen nur eine einfache Aufstellung. Wenn uns jemand zur Bank begleitet, bekommt er ein Drittel. Dafür möchten wir eine Bestätigung.«

Er war schon wieder verschwunden, kam wieder und wollte sie begleiten. Die Firma bekam ihr Geld und die Agenten kehrten zurück.

Die Asiatin im Krankenhaus stellte sich als Schweizerin heraus. Sie hatte auf eine Annonce geantwortet, die eine junge gutaussehende Person für Zustelldienste suchte. Bedingung war eine Schulausbildung, die einer Sekretärin in einer Anwaltskanzlei gerecht wurde. Sie stellte sich vor, bekam einen Vertrag und wurde für Botendienste eingesetzt. Das kleine Auto ermöglichte die Zustellung von Dokumenten, die man der Post nicht anvertrauen wollte. Sie fragte, warum man die Dokumente nicht einem Paketdienst anvertrauen wollte. Darüber bekam sie keine Antwort. Vielleicht dauerte es dem Anwalt zu lange oder man wollte es keinem Paketdienst anvertrauen. Sie war bei diesem erwähnten Anwalt angestellt. Zuletzt bekam sie den Koffer mit dem brisanten Inhalt. Er sollte zum Flughafen gebracht werden. Es gab eine Adresse in Paris. Auf ihre Frage, was mit diesem Koffer und ihrer Handtasche geworden ist, versicherte man ihr, diese wären im Kommissariat unter Verschluss. Das beruhigte sie.

In der folgenden Beratung der Agenten mit Diego, war man sicher, daß sie als Botin eingesetzt wurde. Den Inhalt der ihr anvertrauten Gepäcksstücke kannte sie nicht. Aber warum wollte man sie aus dem Weg schaffen? Das völlig demolierte Auto war genauestens ohne Erfolg untersucht worden. Wieso man die Verletzte sofort gefunden hatte, war auf eine Publikation in einem Boulevardblatt zurückzuführen. Der Unfall sowie das Krankenhaus war erwähnt worden. Man einigte sich, die Anwaltskanzlei und die darüber befindliche Firma zu untersuchen.

Vorher wollte man dem Keller und den Inhaftierten einen Besuch abstatten.

Im Keller hatte sich der ursprünglich besser Gekleidete ungestüm beschwert. Er versucht es in mehreren Sprachen. Er hatte keinen Erfolg. Er bekam Wasser und seit einigen Tagen ein kaltes Fleischstück und wurde wie der andere alleine gelassen. Wer ihm das Wasser brachte konnte er nicht feststellen. Die absolute Dunkelheit, das ewige Liegen auf einer Seite sowie seine Abgabe des Urins und der unverdauten Speisereste in die Beinkleider hatten schon bei widerstandsfähigeren Personen Grauen erweckt. Dem scheinbaren Anwalt wurde allmählich bewusst, man wird ihn nicht sterben lassen aber sein weiteres Dahindämmern könnte ihm den Verstand rauben. Sein Gefährte, von dem er nichts wusste, stöhnte seit Stunden und war zu keiner Antwort bereit. Das konnte er auch nicht. Sein Mund war nur soweit offen geblieben, um Luft zu bekommen, nicht aber fähig einen Dialog zu führen. Der Anwalt sank in einen Erschöpfungsschlaf. Seine Träume führten ihm die Erlebnisse vor Augen, wie er im Zimmer des Gefängnisdirektors Wanzen versteckt hatte. Der Traum zeigte ihm auch den Transporteur, der mit dem Koffer in der rechten Hand entkommen war, er dagegen im Verließ zurückbleiben musste. Als er aufwachte konnte er keinen Zusammenhang mit dem Traum und seinen Zustand herbeiführen. Der Gestank war unerträglich. Eine Wasserflasche berührte seine Lippen. Jegliches Durstgefühl war ihm abhanden gekommen. Er wollte nicht trinken. Die Flasche wurde entfernt. Die Person entfernte sich in der Dunkelheit. Seine Augen versuchten die Dunkelheit zu durchdringen. Seine Augen brannten. Er sah unzählige Sterne in der Dunkelheit. Er konnte die tränenden Augen mit seinen Händen nicht berühren und über seine Wange tropfte die Tränenflüssigkeit. Das Wasser hätte ich nehmen sollen, schoss es ihm ins Gedächtnis. Es wird sicher wieder Stunden dauern, bis jemand kommt. Plötzlich erinnerte sich an die beiden Damen. War es Traum oder Wirklichkeit. Wo bin ich nur hineingeraten. Wird man mich wieder der Organisation anvertrauen, oder ist dies bereits ein Vorspiel bevor man mich endgültig erledigt. Der Polizei habe ich dieses Verlies nicht zu verdanken. Wasser wäre nun das Beste. Egal in welcher Temperatur und egal welchen Geschmack es auch haben könnte.

Er versuchte sich aufzubäumen. Die Fesseln schnitten trotz seiner Kleidung in sein Fleisch. Es war sinnlos. Kurz darauf erlöste ihn ein weiterer dämmriger Schlaf.

Noch während Elli an einem zusammenhängenden Bericht schrieb, den sie senden wollte, erreichte sie ein Anruf auf ihrem Handy. Erstaunt meldete sie sich mit »Hallo«.

»Mit etwas Aufwand haben wir sie gefunden. Sie waren mit Begleitung bei uns und haben nach einem Überwachungssystem gebeten. Mit der angebotenen camera waren sie nicht einverstanden. Sie wollten eine andere vorbeibringen. Wenn sie einverstanden sind, würden wir eine camera einbauen, die derjenigen, die sie aus den USA anfordern wollten, sich in der Qualität durch nichts unterscheidet. Sie wird von der Konkurrenz erzeugt. Sie befindet sich seit gestern am Markt. Wenn ihr Kollege sein Auto in der Tiefgarage parkt, würden wir das Empfangsgerät für diese gesendeten Daten in seinem Auto in der Form einbauen, daß auch die Polizei nicht auf Anhieb das Gerät findet. Aber bei einem KGB Mitglied wird man sich sicherlich zurückhalten. Das könnten wir in zwei Tagen bewerkstelligen. Bitte um Rückruf. Sie finden uns im Branchenverzeichnis. Aber das wissen sie schon. Mein Name ist Lucas.«

Daraufhin ging Elli zu Sergej und erzählte ihm von den Anruf.

»Wir werden das Auto holen müssen.«

»Bei dieser Gelegenheit im Keller vorbeischauen und die Inhaftierten besuchen. Das werden wir morgen unternehmen.«

Ein neuer Überwachungsplan wurde besprochen. Anschließend ging Elli zum Campingcar und sendete einen Bericht. Der restliche Tag und die Nacht verlief ohne Störung.

Am anderen Tag fuhren die Damen und Sergej zu Jean und anschließend zu Sandrine. Auf beiden Plätzen waren sie schon lange nicht gesehen worden und man wollte die Ursachen kennenlernen. Sie sagten, sie müssten in Genf einen Unfall klären und waren deshalb dort geblieben. Ihre bestellten Zimmer möchten sie aber behalten. Das bekam auch Sandrine zu hören. Im Konvoi mit Sergej kamen sie nach einigen Stunden zurück. Auf Detailerzählungen haben sie verzichtet. Das Auto von Sergej bekam einen Dauerparkplatz in der Nähe der Stelle, wo das Überwachungsgerät montiert werden sollte. Man verständigte die Firma und der kommende Tag war zur Montage auserkoren worden. Die Montage der camera und des Aufnahmegerätes, das mit einem Display versehen worden war , entsprach den Vorstellungen von Sergej und den Damen.

»Wenn Schwierigkeiten entstehen sollten, werden sicherlich wir verständigt werden. Daran glauben wir aber nicht. Der Mann, der hier den Besuchern beim Bezahlen behilflich sein soll, ist uns bekannt. Eine Veränderung in dem Kämmerchen, das ihm als Aufenthalt dient, wird er, wenn überhaupt, als selbstverständlich hinnehmen. Wir waren hier schon öfter und haben Verschiedenes montiert. Heute war er nicht anwesend. Um so besser, er hat uns nicht gesehen. Sollte wirklich die Garagengesellschaft eine Veränderung feststellen oder missbilligen, sind sie unser erster Ansprechpartner. Wenn sie zufrieden sind, empfehlen sie uns in Washington.«

Beim letzten Satz musste er Lachen. Elli bekam noch eine detaillierte Beschreibung und Aufzählung der Produkte. In der Bank hob Elli die ausstehende Summe ab, übergab diese dem Mann im Aufzug und verlangte eine Bestätigung. Er bekam das Original und hatte zum ersten Mal ein Papier in den Händen, in dem deutlich das Emblem der CIA zu erkennen war.

»Wir werden das in unseren kleinen Safe lagern.«

»Woran sie arbeiten, das wissen wir zu Stunde nicht. Es muss etwas sein, das alles in seiner Größenordnung und Wichtigkeit übertrifft.«

»Dieses Wissen kann für alle, die davon erfahren absolut tödlich sein. Danke für ihre Hilfe.«

Das war deutlich genug. Es war keine Drohung , lediglich ein Hinweis. Elli lächelte ihn an. Dann gab sie ihm ihre Hand und verabschiedete sich.

Er ging zu seinen Chef, lieferte das Geld ab und berichtete über die letzten Worte von Elli.

»Das Unternehmen, das die Hallen am Genfer Flughafen überwachen sollte, befindet sich nun im Konkurs. Seit die Amerikaner ihre Zusammenarbeit gekündigt haben, bekommen sie keine Aufträge mehr. Warum das so ist, weiß ich selbst nicht. Es war ein seriöses Unternehmen. Hat ausgezeichnete Mitarbeiter beschäftigt und schlitterte in ein unvorstellbares Chaos. Die Angestellten und Techniker bekommen keine Arbeit. Wo immer sie nachfragen, behandelt man sie wie rohe Eier. Sie bekommen aber keine Arbeit. Gerne hätte ich einen oder den anderen genommen, möchte mir nicht die Finger verbrennen. Seither gibt es dort ein militärisches Sperrgebiet. Keinen Überflug und wer dort das Gebiet betreten will, kommt nach Ausweisleistung hinein aber als Leiche heraus. Das ist, was ich ihnen mitteilen wollte. Die Mitarbeiter wurden mehrmals von amerikanischen Spezialisten verhört. Man war höflich gewesen und hat die Aussage mit Bild und Ton aufgezeichnet. Warum uns Amerikaner und Russen aufgesucht haben, ist mir unklar. Der Hinweis auf eine camera, die bis zu einer Vergrößerung von 100 Prozent alles scharf aufzeichnen könnte, hat mich sehr überrascht. Die Aufzeichnung geht bis über 300 Prozent, ist aber deutlich unschärfer. Was und wem wollen sie aufzeichnen? Die Ausfahrt in die stark frequentierte Straße haben sie seit Tagen mit der

Polizei im Visier. Es muss mit der Bank und dem Anwalt zusammenhängen. Beide verfügen über große Büroflächen.«

»Die Amerikaner konnten wir ursprünglich von unseren Fähigkeiten nicht überzeugen. Weshalb sie eine andere Firma genommen haben, ist nicht bekannt geworden. Diese Firma hat vor einigen Wochen das Vertrauen verloren. Nun aber kommt die CIA zu uns. Das ist merkwürdig. Um so mehr, sie sind mit dem Russen im Schlepptau gekommen.«

Sei es, wie es sei. Details werden wir nicht erfahren. Wenn sie aber zuschlagen, wird es für die Betroffenen keine Gnade geben.«

Während die beiden darüber kein Ergebnis finden konnten und diejenigen, die den ganzen Tag die Garagenausfahrt überwachten und sich zu fadisieren begannen, begannen sie die Bänder des Gefängnisses mit den kürzlich aufgenommenen Bändern zu vergleichen. Sicher war man sich nicht, aber der entkommene Transporteur würde sicherlich seine Tätigkeit fortsetzen.

Und wie es oft ein Zufall oder ein Geschehnis ist, musste ein ausfahrendes Fahrzeug längere Zeit vor dem Gehsteig anhalten. Der Lenker war nur undeutlich zu erkennen, schien eine Ähnlichkeit mit dem Transporteur zu haben. Die Autonummer aus Luzern wurde sofort notiert. Diese erhielt Diego.

Andreas meldete sich wieder bei den Damen. Nach genauer Untersuchung waren zwei Schlüsseln und Karten echt. Die Reisepässe gefälscht. Im Begleitschreiben gab er der Hoffnung Ausdruck, daß man nicht aufgeben sollte. Die Täter werden auch in Zukunft zuschlagen. Wer immer mit einer Zugangskarte in einen Bereich einer Bank oder Firma eindringen wollte, dessen Zugang nicht für ihn vorgesehen war, sollte trotz seines Protestes sofort angehalten werden. Auch wenn die Person zu den Bank- oder Firmenangestellten zählte. Vielleicht müssen wir selbst ihre Hilfe in Anspruch nehmen, da nicht alle Beschäftigten alle Räumlichkeiten betreten dürfen. Wir hoffen aber sauber zu bleiben.

Als Elli dieses Schreiben zu Gesicht bekam, musste sie durchatmen. Sie zeigte es Patricia, den Russen und Thibaud. Wenig später bekam es auch Diego zu lesen.

»Den eigenen Kollegen nicht mehr zu vertrauen, werden nicht alle verstehen. Und wenn wir auf Unerlaubtes stoßen, können wir sie nicht töten.«

»Wir schon.«

Ellis Augen waren nahezu zu einem Schlitz geschlossen. Diego glaubte es nicht. Das war nicht die Dame, die ihm begegnet war. Sie öffnete wieder ihr Gesicht zu einem Lächeln. Doch den Ausdruck ihrer Augen konnte er wochenlang nicht vergessen.

Diego war gekommen, um über die Autonummer aus Luzern zu sprechen. Es war ein Firmenwagen gewesen. Eine Firma, die in der Verarbeitung von Kunststoffen im In- und Ausland bekannt war.

»Wir werden den Keller besuchen müssen. Vielleicht ist der angebliche Anwalt bereit darüber zu sprechen, was ihn so rasch bewogen hatte, das Kommissariat aufzusuchen. Dieses Mal werden wir Alexej mit unseren Verhörmethoden konfrontieren.«

»Darf ich auch mitkommen?« fragte Diego.

»Sehr gern, machen sie sich mit dem Schlimmsten vertraut. «

Am darauffolgenden Tag fuhren sie bei Sonnenschein und heftigem Wind zum Keller. Diegos Verwunderung war groß, als die Wache salutierte, während Elli langsam zum Tor rollte. Kaum war die Wagentüre einen Spalt offen traf alle der entsetzliche Gestank. Der Wind kam über den Hügel und trieb die Düfte in ihr Gesicht. War es außerhalb schon nahezu unerträglich, wurde der Gestank nach Toröffnung größer. Mutig schritt Diego neben Alexej. Die zweite Tür wurde geöffnet. Die beiden am Boden festgebundenen konnten sich kaum bewegen. Die Fesseln wurden entfernt. Man schliff sie in den vorderen Keller und Patricia säuberte den Unrat, der sich im hinteren Bereich angesammelt hatte. Die beiden Inhaftierten durften sich auszuziehen. Geblendet vom Licht traf sie der unerwartete Wasserstrahl des zweiten Schlauches, den Elli bediente. Alexej stützte den einen in dessen Rücken, während Elli ihn vom Kot säuberte. Tagelang in der Finsternis und wenig zum Essen, konnte er sich die Personen, die sich nun um ihn annahmen, nur undeutlich wahrnehmen. Es war der Anwalt.

»Bitte nicht wieder dort hinein.«

Diego hatte ihn aber anders im Gedächtnis gehabt, als er vor Jahren seine Bekanntschaft gemacht hatte.

Der andere konnte sich nicht erheben. Er kauerte am Boden. Das kalte Wasser brachte ihn zum Zittern. Patricia säuberte den Boden mit einem starken Wasserstrahl. Das Wasser gelangte zu einer im Boden liegenden Vertiefung in der das Wasser zum Tor hinausfloss. Als sie damit fertig war, untersuchte sie die verbundenen Knien.

»Man wird ihn operieren müssen. Vielleicht ist er nun bereit, weshalb er diese tödliche Flüssigkeit als Infusion vorgetäuscht und der Asiatin geben wollte. Wenn nicht, soll er hier verrecken. Bald wir ihn die Sepsis in ihren Krallen haben und nicht mehr loslassen.«

Diego überwand die aufkommende Übelkeit. Das hatte er noch nie in seinen Leben gesehen und nie geglaubt, daran teilhaben zu müssen. Neugierig war er mitgekommen und von der Brutalität überrumpelt worden. Gern wäre er an die frische Luft gegangen. Alexej stand regungslos neben ihm.

Als die Leiber abgeduscht waren, wurden die Hosen gesäubert. Der Unrat verließ in der Rinne den Keller. Die kalten Hosen durften sie anziehen. Den an seinem Knie Verletzten streifte man sie über. Sofort begann Elli mit der Einvernahme. Sie begann mit dem Verletzten. Er erzählte, als ehemaliger Angestellte in einem Krankenhaus hatte er die Anweisung übernommen, der Asiatin die Infusion zu tauschen. Die Möglichkeit eines Herzinfarktes hatte er gekannt. Ohne Einkommen und vor dem Verlust der Wohnung war ihm die

Arbeit als durchführbar erschienen. Er kannte nicht den Auftraggeber. Die Infusion war ihm vor der Wohnungstüre abgegeben worden. Die Übernahme musste er unterfertigen. Das Geld sollte er am darauffolgenden Tag erhalten. In den wenigen Stunden, die er hier verbracht hatte, war ihm seine Aussichtslosigkeit richtig bewusst geworden. Keine Chance Geld zu haben, um die Miete zu bezahlen, zwei verwundete Knien, die höllisch schmerzten und deren Ausheilung in weiter Ferne stand. Dazu eine unbekannte Macht, die sich von der, die ihm diesen Handel angeboten hatte, nur durch das Auftreten in der Öffentlichkeit unterschied. Dagegen die andere, die im Dunkeln arbeitete und vor nichts zurückschreckte.

»Sind sie zu einer Kooperation bereit?«

»Wenn ich nachher wieder normal gehen könnte und am Leben bleiben würde?«

»Ja oder nein, kein wenn und aber.«

»Ja ich bin bereit.«

Elli ging zum Campingcar und gab eine Meldung durch. Mit Kaffee und Esswaren kehrte sie zurück. Den Kaffee und die Esswaren bekamen die beiden Inhaftierten. Sie waren zufrieden am Boden sitzen zu dürfen nahmen das Dargebotene an. Einen Tisch und Sesseln gab es nicht. Der Gestank war erträglich geworden. Die Agenten und Diego warteten geduldig. Der vermeintliche Anwalt wurde oberflächlich von Alexej einvernommen.

»Warum haben sie demjenigen zur Flucht verholfen, der im Gefängnis inhaftiert war und wo lebt nun der Gefängniswärter?«

Es gab keine Antwort. Alexej wendete sich an Elli.

»Haben sie irgendwelche Fragen?«

Elli schüttelte den Kopf. Daraufhin wurde er von Patricia und Elli gepackt und in den hinteren Keller geschliffen. Diego war der Mund offen geblieben. Elli und Patricia banden ihm die Hände auf den Rücken, drehten ihn auf die Seite und befestigten ihn wieder am Boden. Schlossen die starke Türe zu und kehrten zu den anderen zurück. Ihre Mienen waren ausdruckslos.

Diego wollte wissen, warum sie den anderen wieder dorthin gebracht haben.

»Sie haben sicherlich mitbekommen, wie er zu Beginn gebeten hatte, nicht wieder dorthin zurückzumüssen. Den Kaffee und das Essen hat er genossen. Auf die Frage von Alexej hat er nicht mit der Wimper gezuckt. Er wird viel Zeit bekommen, um sich über sein weiteres Schicksal klar zu werden.«

»Und bereitet es ihnen keine Sorgen?«

»Nein, er ist nicht bereit zu sprechen und wir werden vermeiden, daß er der Schweiz oder Frankreich zur Last fällt.«

»Was geschieht mit dem anderen?«

»Er bekommt die Pflege von unseren Kollegen. Notfalls wird er ausgeflogen. Wenn er die Wohnung verliert, wer soll für ihn aufkommen. Wenn er der Organisation bekannt ist, wird man über ihn mehr erfahren, wenn man sich ihm widmen kann. Seine Knie müssen bald operiert werden. Das alles dauert hier in der Schweiz viel zu lange. Sie haben es selbst gehört, er hat einmal in einem Krankenhaus gearbeitet. Und er hat alles in seiner Macht getan, um die Flüssigkeit zu ersetzen. Daran konnte nur ich ihn durch Zufall hindern. Er wird uns zu dieser Organisation führen, wenn wir sie nicht früher unschädlich machen können. Bevor ich die Esswaren und den Kaffee aus dem Wagen genommen habe, habe ich eine Meldung abgesetzt. Man wir ihn bald abholen. Was sie hier erlebt haben, darüber müssen sie auch nicht ihrem Freund in der Direktion berichten. Im Zusammenhang mit dem Diebstahl durften bereits einige ihre Ganglien im Keller ordnen. Nach ein oder zwei Wochen waren schon härtere Burschen zur Kooperation bereit, als derjenige, der nun wieder in Einzelhaft nachdenkt. Geklärt ist aber immer noch nicht, warum man auf radioaktivem Material wild war.«

»Davon ist mir nichts bekannt.«

»Um so schlimmer. Die Geheimhaltung in der Schweiz geht so weit, daß bestimmte Dienststellen ausgeschlossen werden. Warum glauben sie, daß wir uns nun nach vielen Recherchen für diese Bank und die Anwaltskanzlei interessieren?«

»Genau weiß ich es nicht. Meine Vermutung betrifft die Schlüssel und Bankkarten, die im Koffer der Asiatin gefunden worden waren.«

»Es sind nicht nur diese Bankkarten und Schlüssel. Irgendwo werden Bankkarten und Schlüssel für Tresore und Schließfächer dupliziert. Und das in einer Form, daß das Duplikat nur mit sehr aufwendigen Methoden gefunden werden kann. Sie können sich vorstellen, welche Folgen dies für das Militär, Banken und Firmen hat. Ausgerüstet mit einer Zugangskarte kann nahezu jeder der Industriespionage nachgehen. Das bringt wesentlich mehr, als ein Schließfach, in dem sich Wertsachen von vielen Millionen Dollar befinden.«

Diego blieb still.

»Wir haben unsere Aufgabe lange schon gelöst. Wir sollten nur herausfinden, warum man in das Lager der USA eindringen konnte.

Bis jetzt hat man uns nicht zurückbeordert. Das bedeutet, wir sollen die Leute finden, die an den Kopien arbeiten. Das hat sich als sehr schwierig herausgestellt. Personen, die verhaftet wurden, sind entkommen und andere haben den Freitod vorgezogen. Mr. Shatterproof wurde ermordet und Herzinfarkt wurde als Todesursache angegeben. Aus Washington haben wir bis zur Stunde noch keine Rüge bekommen, weshalb es so lange dauert. In den vergangenen Jahren hatten wir mehr Glück gehabt. Darauf vertrauend, glaubt man in den Staaten an unseren Erfolg. Wir besitzen keine schweren Waffen und kennen auch keinen Hellseher. Jeder weitere Schritt kann auch unser Tod sein. Unsere Gegner sind sehr geschickt. Vielleicht haben sie ihre Kenntnisse in der DDR erworben, sind unter unvorstellbaren Strapazen in den Westen geflüchtet und schlagen nun zurück.«

»Wie kann ich ihnen behilflich sein.«

»Vorerst über das, was sie erleben durften und was ich ihnen anvertraut habe, zu niemanden sprechen. Überlegen sie sich noch bevor wir zurückfahren, wie sie den Tag verbracht haben und was sie gehört und gesehen haben. Eine Aussage darüber muss sich auch im Inhalt noch nach Wochen oder Monate mit der ersten Aussage decken. Ohne Beweise jemanden zu beschuldigen hat keinen Sinn. Die Möglichkeit besteht, daß auch Verwaltung und Exekutive in dieser Geschichte verstrickt sind. Und bevor sie nun entrüstet reagieren, denken sie einige Schritte weiter. Es handelt sich um ein Milliardengeschäft.«

Diego musste die Luft anhalten. Das war für Elli kein Wunder. Als Kommissär in einer Polizeistation, in denen kleine Diebstähle, Fahrerflucht und Drogendelikte sein Alltag waren, konnte er sich das von ihr Vorgebrachte nicht vorstellen. Thibaud dagegen war einige Schritte weiter. Eines hatte er aber begriffen. Zimperlich gingen sie mit den Gefangenen nicht um. Das wäre in einer Polizeistation undenkbar.

Noch während diese Unterhaltung vor dem Tor des Kellers nicht zu Ende war, näherte sich ein anderes Fahrzeug. Elli kannte den Fahrer noch von früheren Einsätzen. Er stieg aus und ging auf Elli zu. Sie umarmten sich wie alte Freunde.

»Was hast du dieses Mal auf deinem Herzen.«

»Es handelt sich um einen jungen Mann, dem ich in beide Knie geschossen habe. Er wollte eine Zeugin, die wir bis jetzt nicht einvernehmen konnten und die schwer verletzt eine Infusion bekommen sollte, auf ewig in die ewigen Jagdgründe schicken. Einen Herzinfarkt hätte man als Todesursache feststellen können. Das habe ich verhindert. Nach Dunkelhaft müsste er nun auskuriert und von Spezialisten einvernommen werden. Ramstein wäre sein nächster Bestimmungsort.«

»D'accord.«

Er salutierte und gemeinsam trugen sie den Betreffenden zum Wagen. Sprachlos hatte Diego zugesehen. Hatte hier Elli das Kommando? Das gibt es in der Schweiz nicht. Lange Telefongespräche und ein riesiger Papierkram würden ein solches Vorgehen begleiten.

Elli instruierte noch die Wachen. Wenn der verbliebene Gefangene Sehnsucht nach Selbstmord haben würde, müssten sie es verhindern und sofort eine Meldung machen.

Anschließend fuhren sie zum Krankenhaus zurück. Diego wurde in die Nähe des Kommissariats gebracht. Das Fahrzeug, dessen Autonummer und die Insassen wollte man keineswegs direkt vor den Fenstern des Kommissariats präsentieren.

Im Krankenhaus gab es keine Neuigkeiten. Sergej wurde von Alexej über den Tagesablauf informiert. Bei Elli und Patricia meldete sich der Appetit. Auch Alexej wollte etwas Nahrhaftes. Alle wurden in den Raum neben der Küche gebeten. Es war später Nachmittag und die knurrenden Mägen konnte man deutlich vernehmen. Ob sie mit dem gebotenen Mittagessen einverstanden wären, man müsste es nur erwärmen. Dem konnten sie zustimmen.

In Luzern war man nicht untätig gewesen. Nach Übersendung der Wagennummer und einer Aufnahme aus den Aufzeichnungen des Gefängnisses in Genf, hatte sich die Kantonspolizei an die gefundenen Adresse gewendet. Das Einfamilienhaus mit einem schönen Garten mit Seezugang lag in einem ruhigen Viertel. Eine spärlich bekleidete Dame erschien und fragte nach den Wünschen der beiden Herren, die mit einem Mittelklassefahrzeug der gehobenen Klasse vorgefahren waren. Sie kannte die Herren nicht und meinte in ihnen die langerwarteten Besucher ihres Freundes zu erblicken.

»Wir sind gekommen, um eine Geschäftsbeziehung zum Abschluss zu bringen.«

Diego hatte seinen Kollegen vorgewarnt und vorsichtshalber ein eher unscharfes Bild und Details bekanntgegeben.

»Man möge Rücksicht auf die in diesen Branchen üblichen Begegnungen nehmen. Sollte das Foto dem Gesuchten keineswegs ähnlich sein, könnte man, ohne etwas zu verraten, sich mit Entschuldigungen zurückziehen.«

Die Herren wurden weitergeleitet. Der Gesuchte hatte sich vor kurzem etwas übergeworfen und stand schlaftrunken im Wohnzimmer. Er war es, das konnten die Beamten feststellen.

»Wir entschuldigen unseren nicht angemeldeten Besuch. Nicht näher genannte Umstände haben uns gezwungen hier direkt zu erscheinen.«

Es wurde ihnen Platz angeboten und sie wurden gefragt, ob sie etwas zum Trinken haben möchten. Man bot Whiskey in jeder nur erdenklichen Marke an. Die Herren bedankten sich, würden aber lieber Mineralwasser vorziehen. Die Dame kam mit Mineralwasser, warf denn beiden einen lächelnden Blick zu und verschwand.

»Wir möchten sie bitten, uns zu folgen und das immer noch in Genf geparkte Fahrzeug abholen.«

Der Angesprochene verstand nicht sofort. Das war den Beamten nur recht. Mittlerweile konnten ihre Kollegen in aller Ruhe das Haus umstellen. Ein eventueller Fluchtversuch gegebenenfalls über den Vierwaldstättersee war nun nicht mehr möglich.

»Das Fahrzeug steht noch immer im Hof der Polizeidirektion von Genf. Der Platz wird aber benötigt. Wir sind nun ihre Begleiter. Das dient auch ihnen zum Schutz.«

»Wie haben sie mich gefunden?«

»Die Agentinnen der CIA waren uns behilflich. Mehr möchten wir im Augenblick aber nicht verlauten lassen.«

Er drückte auf einen Knopf der Telefonanlage und bat um seinen Anzug. Die Dame kam mit den Kleidungsstücken. Darunter hatte sie eine schussbereite Flinte.

»Wenn sie vermeiden wollen, daß das Haus in Brand geschossen wird, legen sie bitte die Waffe nach Sicherung vorsichtig auf den Boden.«

Ein Blick aus den Fenstern überzeugte die Amazone von der Sinnhaftigkeit ihres Auftritts. Sie befolgte die Anordnung.

»Wenn sie die Freundlichkeit haben, sich etwas anderes anzuziehen, draußen ist es kühl, möchten wir sie bitten uns zu begleiten. Sie werden doch nicht den Herrn alleine lassen wollen.«

Polizistinnen und Polizisten hatten das Zimmer betreten. Die Polizistinnen folgten der Dame.

»So höflich bin ich noch nie von der Exekutive eingeladen worden. Heute habe ich meinen freien Tag, an dem ich ein wenig ausspannen wollte.«

»Die Höflichkeit haben sie den beiden aus der USA eingeflogenen Agentinnen zu verdanken, die ebenfalls einige offene Fragen haben.«

Das Haus wurde nach oberflächlicher Durchsuchung versperrt und versiegelt. Der Transporteur und seine Begleitung kamen nach Genf. Nach der Einlieferung im Gefängnis, wurde er und seine Gefährtin unter eine besondere Bewachung gestellt. Diego wurde verständigt. Davon erhielten auch die Russen und Amerikaner Kenntnisse.

Andreas hatte Fälschungen bei den Karten und Schlüsseln attestieren können. Über die Reisepässe der angeblichen Diplomaten konnte er noch keine konkreten Angaben machen. Er erwarte aber eine Auskunft aus China. Damit war er einen Schritt weiter als die Polizei, die die Leichen gefunden aber nicht zuordnen konnte.

Die eingelieferte Dame aus Luzern entpuppte sich als Inhaberin eines Massagesalons in der Luzerner Innenstadt. Ihr Auftreten mit einem Gewehr, dessen Lauf abgeschnitten war, hatte wenig Verständnis bei den Beamten aus Genf gefunden. Sie teilte nun in einem anderen Gefängnistrakt das Schicksal ihres Liebhabers, dem Transporteur. In dem Massagesalon kamen Damen und Herren der gehobenen Gesellschaft aus Luzern und Umgebung. Da sie am drauffolgenden Tag nach ihrer Verhaftung nicht am Arbeitsplatz erschienen war, fürchteten die ständigen Kunden das Schlimmste. Sie verständigten die Polizei. Die konnte die Mitarbeiterin von Luana beruhigen. Das Haus wäre ordentlich abgesperrt und behördlich versiegelt worden. Über die Eigentümerin war eine Schutzhaft beantragt worden. Es würde ihr aber gut gehen. Der Mitarbeiterin hatte man es überlassen, ob sie darüber zu den Kunden sprechen würde oder nicht. Sie entschied sich, darüber vorerst Gras wachsen zu lassen. Auf unnötige Spekulationen war Luana keineswegs wild. Sorgen bereitete ihr auch das Ausbleiben von Mr. Shatterproof, der einen Termin nicht eingehalten hatte und von dem keine Verständigung eingelangt war. Dazu kamen die ständigen Fragen der Kunden, wie es ihrer Chefin nun in dem plötzlich angetretenen Genesungsurlaub ergehe. Lächelnd stellte sie sich den neugierigen Personen und beantwortete die Fragen in der Weise, die Unruhe vermieden. Ihre Gehilfinnen aus Asien bekamen ebenfalls keine zufriedenstellende Auskunft.

Nur wenige Tage später kam ein junger Mann in den Salon, der als Stammkunde immer nach der hübschen Lu fragte, die an diesem Tag sich krank gemeldet hatte. Lu stammte aus Singapur, war besonders bei einzelnen Herren beliebt, die sie zufriedenstellend mit Rauschgift versorgte. Der junge Mann, gerade einer Entziehungskur entkommen, benötigte dringend Stoff. Kreidebleich war er mit dem Taxi vorgefahren. Lu hatte innerhalb des Massagesalons ihr eigenes Nebengeschäft mühsam aufgebaut. Luana war darüber nie eingeweiht worden. Die Chefin dagegen schon, immerhin verdiente sie daran mit. Der Vater des jungen Mannes verdiente sein Leben mit dem Verleih und Verkauf von Luxusautos. Für seinen Sohn hatte er nie Zeit gehabt.

Nie hatte der junge Mann unter Geldsorgen gelitten. Eher unter wahren Freunden. In der Gesellschaft, die er teilte, bekam er das, woran er litt. Anerkennung und Drogen. Lu lernte er durch Zufall kennen. Sie besorgte ihm die Mittel, die sein Dasein lebenswert gestalteten. Nach dem Betreten des Salons und der Frage nach Lu war seine letzte Hoffnung dahin. Er kollabierte. Luana verständigte die Rettung. Eingeliefert ins Krankenhaus konnte man nur jenen Umstand feststellen, unter denen Drogenabhängige mit dem Tode ringen.
Die Rettung hatte die Polizei informiert. Der Kommissar Dario, der schon lange diesen Massagesalon besuchen wollte, kramte nach seinem Durchsuchungsbefehl und kam mit zwei Kollegen. Dario wusste von Diego und seinem Ersuchen, gegebenenfalls Hilfe zu leisten, um den Transporteur mitnehmen zu können.
Luana war der Besuch der Polizei bei vollem Haus nicht willkommen. Die Polizei war in Zivil erschienen. Sie wollten keineswegs den Bürgermeister oder dessen Stellvertreter treffen, sondern nur den Kleiderspind von Lu untersuchen. Das musste man ihnen zugestehen. Dort entdeckten sie aber keine Drogen. Der Spürhund war im Auto geblieben. Das hatte auch den Sinn, die noble Kundschaft nicht zu erschrecken. Die Beamten wirkten wie ganz normale Kunden. Da Dario selten in der Öffentlichkeit aufgetreten war, hoffte er auf Erfolg. Das gelang. Im Spind fanden sie etwas, das bereits im ganzen Land gesucht wurde. Eingewickelt in hellen Tüchern, unter

der Schmutzwäsche versteckt, entdeckte man einen lang gesuchten Koffer aus Metall. Es war jener, welcher der Transporteur bei seiner Flucht aus dem Gefängnis mitgenommen hatte. Der Spind wurde wieder abgesperrt und polizeilich versiegelt. Da er sich in einem Nebenraum befand, wird er den Besuchern dieses Schönheitssalons nicht auffallen. Man bedankte sich für die Freundlichkeit und fuhr zum Kommissariat zurück. Diego wurde verständigt. Bald waren auch die Russen und Amerikaner informiert. Fingerabdrücke wurden noch in Luzern abgenommen und registriert, doch das Koffer blieb vorerst verschlossen. Dario war von Diego gut informiert worden. Diesen Koffer wollte er nur den Amerikanern aushändigen.

Als Elli vom Auffinden des Koffers erfuhr, verständigte sie Sergej und Patricia.

»Wir werden sofort aufbrechen und uns darum kümmern. Wir nehmen den Campingcar.«

»Wir werden bei Dunkelheit nach Luzern kommen.«

»Genau, aber wir werden etwas sehr Wichtiges bekommen. Es ist der Koffer, der dem Gefängnisdirektor abhanden gekommen ist. Diego soll den Kommissar verständigen.«

Elli verlangte nach starkem Espresso für sich und ihre Begleiter in der Küche und Kleinigkeiten zum Essen. Dann ging es bei strömenden regen los. Beim Fahren wollten sich Elli und Patricia abwechseln. Kurz nach Genf war der Regenguss vorüber.

Es war später Nachmittag, die Straßen glänzten. Auf der Autobahn gab es nur mehr trockenen Untergrund. Die Fahrt nach Luzern verlief ohne Störung. In der Dunkelheit vertrauten sie ihrem Navigationssystem und gelangten zum Kommissariat. Gegen acht Uhr am Abend kamen Elli und Patricia zum Empfangsbeamten. Sie fragten nach Kommissar Dario und wurden gebeten Platz zu nehmen. Sergej war im Campingcar geblieben, der direkt dort stand, wo die Polizeiwagen parkten. Nach fünf Minuten kam derjenige zurück, an den sie sich gewendet hatten. Er war in Begleitung eines um einen Kopf größeren Mannes, in dem sie Dario vermuteten. Er war es nicht. Er verlangte nach ihren Pässen und verschwand. Dann kam er wieder. In Begleitung war er von einem anderen Beamten, in dem sie nun Dario zu begegnen hofften. Der war es auch nicht. Aber er ersuchte die Damen ihm zu folgen.

Elli dachte sich, wenn das eine Falle ist, dann wird er mich kennenlernen. Sie entsicherte ihren Colt und steckte diesen griffbereit in ihre Jean. Der Gang war lang und düster beleuchtet. Bei einer Türe hielt er an und gab einen code ein. Die Türe öffnete sich lautlos und sie betraten ein geschmackvoll eingerichtetes Zimmer, das nicht zu den anderen Räumen des Kommissariats passte. Von einem Ledersofa erhob sich lächelnd ein Mann. Er stellte sich als Dario vor. Elli und Patricia gaben ihm ihre Hände.

»Es freut mich sie persönlich kennenlernen zu dürfen.« begann er in akzentfreiem Englisch.

»Wir stehen mit unseren Wagen genau auf dem Platz, der nur den Dienstwagen der Exekutive vorbehalten ist. Dafür möchten wir uns entschuldigen. In Begleitung sind wir von Sergej, KGB Mitglied.«

»Das wurde mir bereits gemeldet. Nur den Mann konnten meine Kollegen noch nicht identifizieren. Was darf ich ihnen zum Trinken anbieten?«

»Wenn wir starken Espresso bekommen könnten, würde auch Sergej einverstanden sein. Wir müssten ihn aber verständigen und das Fahrzeug aktivieren.«

»Aktivieren?«

»Eine bescheidene Sicherheitsmaßnahme, die neugierige Besucher sicherlich abhalten würde.«

»Das interessiert mich. Davon würde ich gerne mehr wissen. Wenn sie mich wieder verlassen, werde ich sie begleiten. Mr. Sergej möge bitte kommen.«

Patricia ging und holte Sergej. In der Zwischenzeit wurden die Reisepässe der Damen zurückgestellt.

»Wenn sie uns begleiten wollen, dürfen sie auch in den Campingcar klettern. Wir sind nur spärlich bewaffnet, notfalls aber direkt mit Washington verbunden. Sollten wir bei einem nicht vorhersehbaren Angriff sofort getötet werden, greift die USA direkt ein. Und das ohne Rücksicht auf andere Umstände.«

Dario lächelte, was sollte er auch antworten. Wenige Minuten später kam der Espresso.

»Danke, den habe ich dringend notwendig.«

Patricia kam mit Sergej zurück. Die Herren wurden miteinander bekanntgemacht. Dario überraschte das Englisch von Sergej. Es interessierte ihn, wann und wo die Damen Sergej kennengelernt haben. Darüber zu Schweigen, gab es keinen Grund. Bald entwickelte sich ein lebhaftes Gespräch. Nach einiger Zeit fragte Dario, ob sie wieder nach Genf zurückfahren wollten, er könnte ihnen ein gutes Hotel in der Nähe empfehlen. Nach kurzer Beratung entschied man sich zu bleiben.

»Wir werden die Kameraden verständigen.«

Dario telefonierte. Ein Hotel gab es zwei Häuser weiter, ebenso eine Tiefgarage. Als er zurückkam teilte er ihnen ihre Unterkunft mit.

»Bevor sie mich verlassen, möchte ich sie bitten, in den Campingcar klettern zu dürfen.«

Das wurde ihm nicht abgeschlagen. Man begab sich zum Fahrzeug. Es wurde deaktiviert und alle bestiegen das Auto.

»Ich werde vorerst eine Botschaft nach Genf ins Krankenhaus senden.«

Das Display erschien. Elli begann ihren für diese Meldung vorbereiteten code einzutippen, dann folgte die Botschaft. Nach Sendung erschien Bunny.

»Alles wird vollautomatisch dreifach verschlüsselt. Wer sich nun die Mühe macht, die Botschaft abzufangen, gelangt in eine der Kanäle des Schweizer Fernsehens. Ein wenig Spaß wollen wir auch haben.«

»So ein Fahrzeug hätte ich auch gerne.«

»Das kostet in der derzeitigen Ausführung und ohne schwere Waffen nicht viel weniger als ein Militärhubschrauber. Immerhin können wir direkt mit Washington in Verbindung treten. Alles was sie sehen und gehört haben, dürfen sie sofort vergessen, wenn sie uns verlassen. Ich möchte ihnen nur eine Kleinigkeit zeigen. Bei einem unvorhergesehenen Angriff mit Blendgranaten, kommt Folgendes:« Die Scheiben verdunkelten sich in Bruchteilen von Sekunden. Ein kleiner Knopf hatte zu Leuchten begonnen.

»Wenn eine von uns beiden noch am Leben ist, muss dieser Knopf innerhalb von nur zehn Sekunden berührt werden. Eine Message war schon nach Washington geschickt worden. Bei Bewaffnung würde das bisher ruhende Geschütz in Aktion treten. Der Gegner könnte nicht mehr entkommen. Wir haben bisher nie davon Gebrauch machen müssen. Die Berührung des Knopfes soll nicht nur unsere verschlüsselte Position wiederholen, es soll auch die bereitgestellte Bomberstaffel am Boden lassen. Dieser Campingcar wird außer den Technikern nur von uns gefahren. Einen Krieg zu beginnen ist einfach. Frieden zu erhalten ist ein mühsames Unterfangen. Dieses Fahrzeug soll uns jenen bescheidenen Schutz bieten, der gegebenenfalls nur mit Raketenwerfern ermöglicht wird. Dieser Campingcar ist eine Sonderanfertigung, mit der wir unsere Aufgabe zu Ende bringen wollen.«

Dario sagte nichts mehr. Die Verdunkelung der Scheiben war verschwunden. Man konnte durch die Scheiben die Straßenbeleuchtung erkennen. Er verabschiedete sich noch im Wagen. Die Verriegelung der Türen wurde geöffnet. Als er ging, meinte er noch beim Aussteigen »Ich kann es nicht glauben.«

»Nicht nur nicht glauben, vor allem nicht darüber reden.«

Als er wegging, drehte er sich nochmals um. Er blickte in das lächelnde Gesicht von Elli. Sie schloss die Türe und fuhr zum Hotel.

Nicht weit vom Eingang parkte sie das Auto. Patricia stieg aus und fragte um ein Nachtquartier. Sie erwähnte das Telefongespräch des Kommissars.

»Bleiben sie nur für eine Nacht?«

»Ja, möglichst abseits der Straße. Wir brauchen bitte zwei Zimmer, die sich nebeneinander befinden.«

Sie bekam die Magnetkarten.

»Bitte zwei für das eine Zimmer. Wir möchten unser Auto in der Tiefgarage abstellen.«

Sie bekam die Anweisung, wo sich die Abfahrt befand. Patricia kam zurück und sie suchten sich einen Platz in der Garage. Nach Verriegelung und Aktivierung des Fahrzeuges gelangten sie zum Empfang. Das Abendessen hatte lange schon begonnen. Sie bekamen einen Platz in einem kleineren Raum, der nur von zwei Gästen besucht war.

Zufrieden mit der Entscheidung nicht zurückfahren zu müssen, freuten sie sich auf das Abendessen. Einmal wieder in einem normalen Bett schlafen zu dürfen und ein Essen zu bekommen, das sich von der Spitalskost unterschied, weckte den lang unterdrückten Hunger. Auf Aperitif und Wein verzichteten sie. Der Metallkoffer unter dem Tisch zwischen den Beinen von Elli erinnerte sie daran, daß es kein Abend wie im Urlaub war. Auf eine Übernachtung waren sie nicht vorbereitet gewesen. Aber einen Teil der Nacht wollten sie schlafen. Darüber mussten sie sich nicht unterhalten. Auch nicht worüber sie mit Dario gesprochen hatten.

Der Kommissar war in sein Zimmer zurückgekehrt. Er stand noch immer unter den Eindrücken, die er von Neugier erfüllt, erfahren hatte. Nun war es zu spät, wäre er nicht in das Auto geklettert, würde es ihm nun besser ergehen. Die beiden Damen und der Herr waren höflich gewesen und hatten wenig gesprochen. Sie wollten nur den Koffer abholen. Der Teufel muss ihn geritten haben, als er den Wunsch äußerte, den Campingcar besuchen zu dürfen. Rasch wurde er mit der Realität eines Kriegseinsatzes konfrontiert. Ein Display gibt es sicher in vielen Fahrzeugen, eine Kommunikation wie in diesem Auto schon weniger. Scheiben, die sich verdunkeln und der Hinweis auf einen Knopf und dessen wichtige Funktion, ein Kampfgeschwader am Boden zu lassen, überhaupt nicht. Dario brauchte Zeit, dies alles zu überdenken.

Er hielt es nicht aus. Er rief Diego an und teilte ihm mit, daß er den Koffer übergeben hatte.

»Konntest du auch den Campingcar besteigen, so wie du es vorgehabt hattest?«

»Ja«

»Wie gefällt er dir?«

»Sehr elegant und geschmackvoll eingerichtet«

»Sonst nichts?«

»Nein«

»Seltsam, mir kamen ganz andere Dinge zu Ohren?«

»Welche?«

»Wer ihn berührt, bekommt einen elektrischen Schlag.«

»Davon weiß ich nichts.«

»Vermutlich hat man dich das nicht spüren lassen. Danke für den Anruf. Gute Nacht.«

Dario musste Lächeln. Die Anspannung war vorüber. Elektrischen Schlag bei Berührung, das hat Sinn. Die Menschen werden sich in Acht nehmen. Er begann sich darüber zu freuen, was ihm die Agentin erzählt hatte. Hübsche Dame, sie steht sicherlich unter Erfolgszwang. Ob ich sie jemals wiedersehen werde?

Ganz konnte er sie nicht aus seinem Gedächtnis streichen. Das erschöpfte Gesicht versuchte sie mit einem Lächeln zu überspielen. Man hat ihnen ein Fahrzeug mitgegeben, daß sie am Leben erhalten sollte. Einen Krieg durften sie aber nicht beginnen. Die Folgen eines Beschusses auf der Autobahn wären nicht nur für die Schweiz mit unvorstellbaren Auswirkungen verbunden. In Washington setzt man sicher großes Vertrauen auf die beiden Damen. Das waren keine normalen Agentinnen. Wieso arbeiten sie mit dem KGB zusammen?

Nach dem Abendessen waren Elli, Patricia und Sergej bald im Bett. Mangels ihrer Bekleidung für die Nacht, schliefen sie in der Unterwäsche. Elli wollte sofort Schlafen. Patricia sollte die erste Wache haben. Bis ein Uhr in der Früh hielt sie durch. Dann weckte sie ihre Gefährtin. Noch im Halbschlaf begriff sie bald, wo sie sich befand.
»Warum hast du mich nicht früher geweckt?«
»Du hast friedlich und sehr tief geschlafen. Unser heutige Tag beginnt mit der Rückfahrt. Wir wissen nicht, was uns bevorsteht.«
Kein weiteres Wort. Sie war bereits im Bett. Gern wäre Elli länger im Bett geblieben. Den Koffer und seinen Inhalt heil zurückzubringen stand ihnen noch bevor. Sie zog sich ihre Kleidungen an und setzte sich auf einen Stuhl. Es klopfte an der Tür. Den Tisch musste sie wegschieben. Dieser war gegen die Eingangstüre geschoben worden. Er sollte durch den Lärm beim Wegschieben den eingeschlafenen Wachhabenden aufwecken.
Patricia weckte er nicht auf. Elli ging zur Türe.
»Ja?«
»Ich bin es, Sergej.«
Er wurde eingelassen.
»Das Geräusch des bewegten Tisches habe ich vernommen. Wie ergeht es euch?«

»Es muss, Patricia hat mich lange ungestört gelassen. Ausgeschlafen bin ich nicht. Espresso wäre mir angenehm.«

»Schlafen kann ich nicht mehr. Die vergangenen Tage, an denen ich immer wieder gegen ein Uhr in der Früh Wachdienst übernommen hatte, haben meinen Körper daran gewöhnt. Espresso habe ich mir gestern mitgeben lassen. Wenn sonst alles in Ordnung ist, werde ich ihn holen.«

Zurück kam er mit einer vollen Thermosflasche. Elli bediente sich. Allmählich wurde sie munter.

»Wir haben noch zwei Betten in unseren Zimmer. Wähle dir das eine Bett und schließe die Augen. Auch wenn du nicht Schlafen kannst, ruhe dich aus. Den Tisch schieben wir wieder gegen die versperrte Türe und blockieren ihn mit dem großen Sessel. Das Geräusch wird mich sicher aufschrecken. Bis vier Uhr werde ich munter bleiben.«

Sergej half den Tisch an den genannten Platz zu bringen. Der große Sessel wurde darunter geschoben. Dann nahm er seinen Platz im Bett ein. Im Zimmer wurde das Licht einer Lampe reguliert. Im Halbdunkel lag Elli nun auf dem einzigen Sofa, das zur Gepäckablage diente. Die Zeit verging ihr viel zu langsam. Immer wieder blickte sie auf ihre Uhr. Sie hörte die leisen Atemzüge von Sergej. Er war eingeschlafen. Zwei Uhr hörte sie schlagen. Die Kirche befand sich etwa einen Kilometer weit entfernt. Das Fenster war offen. Die kühle Nachtluft strömte herein. Ab und zu fuhr ein Auto. Es war ein ruhige Viertel. Elli schenkte sich einen weiteren Espresso ein. In der Stille der Nacht hörte sie den Besucher, der im Erdgeschoss die Türe geöffnet hatte und sie keinesfalls leise zumachte. Wohin er sich dann gewendet hatte, konnte sie nicht verfolgen. Im Gang, wo sie ihre Zimmer bekommen hatten, war es ruhig geblieben. Elli ging leise zum Fenster. Der Himmel war bedeckt. Gestirne konnte sie keine erkennen. Nebelschwaden zogen vorüber. Die

Straßenbeleuchtung schien im Nebel zu verschwinden. Elli entschied sich das Fenster zuzumachen und kehrt zum Sofa zurück.

Im Zimmer war es Elli viel zu warm. Sie verließ das Sofa. Während sie sich dort im Halbdunkel befunden hatte, waren ihre Lieder immer schwerer geworden, bis sie ihr zufielen. Das durfte nicht sein. Patricia hatte durchgehalten und war trotz ihrer Müdigkeit nicht eingeschlafen. Das durfte auch bei ihr nicht eintreten. Sie öffnete beide Fensterflügel. Die kalte Nachtluft strömte herein. Die Glockentöne waren deutlich zu hören. Vier Uhr in der Früh. Zwei Stunden musste sie noch durchhalten. Sie ließ sich auf dem einzigen Sessel nieder.

Ihre Gedanken schweiften zu ihrem Hof in Niederösterreich. Damals, lange bevor sie unterschrieben hatte, war sie oft in der Nacht aufgewacht und konnte nicht mehr einschlafen. Ohne jegliche Nachricht von den Amerikanern hatten sich ihre Gedanken mit der eigenen Zukunft beschäftigt. Der alte Mann, der ihr den Hof überschrieben hatte, konnte in der Nacht durchschlafen. Damals hatte sie sich vorgenommen, nicht ewig im Dorf zu verbleiben. Sobald das Wetter es nur zulassen würde, irgendwohin in den Süden zu reisen. Wozu das Geld aufzuheben. Einmal im Leben auch andere Länder kennenzulernen und die Tage im Sonnenschein verstreichen zu lassen. Einen Gefährten zu bekommen, das hatte sie nie geglaubt. Der Hof war nach der Zerstörung notdürftig repariert worden. Weihnachten stand vor der Türe und es gab keinen Schnee. Nur wenige Stunden später setzte ein Wintersturm mit nie dagewesenen Schneemengen ein und verbannte ihre Träumereien. Die Amerikaner waren wieder gekommen. Und mit ihnen die Wölfe.

Sie hörte die Turmuhr. Fünf Uhr in der Früh. Sergej war aufgewacht.

Als er das Bett verließ, spürte er die Kälte.

»Was treibst du so zeitig ohne deiner Decke auf dem Sessel?«

»Fast wäre ich eingeschlafen, das Fenster musste ich aufmachen, nun bin ich munter, um sechs Uhr werde ich wieder abgelöst. Bis jetzt gab es keine Störung.«

»Willst du nicht doch eine oder zwei Stunden schlafen.«

»Nein danke, jetzt kann ich auf keinen Fall einschlafen. Die Gedanken an frühere Zeiten haben mich munter gehalten. Es meldet sich aber mein Appetit. Vorerst keinen Espresso. Vor sieben Uhr kein Frühstück.«

»Erinnert mich an mein Konto. Es war übervoll, hatte aber kein Bargeld in der Tasche. Mit der Karte kann man nicht immer seine Bedürfnisse bezahlen. Das hat mich dazu gebracht einige hundert Dollarscheine immer im rechten Schuh unter der Innensohle zu verstecken.«

»Zum Campingcar sind es weniger als hundert Meter. Nahrungsmittel gibt es im Kühlschrank genug. Auch Wodka und eine kleine Flasche Champagner.«

»Hinuntergehen werde ich auf keinen Fall. Dich in diesem unbekannten Hotel alleine zu lassen, das gefällt mir nicht. «

Elli stimmte Sergej zu. Wenig später kam Patricia. Unausgeschlafen mit einem Lächeln.

»Husch ins Bett.« forderte sie Elli auf.

Elli ließ es sich nicht zweimal sagen. Sie war sofort eingeschlafen. Um acht Uhr, als sie sich nochmals umdrehte, warf sie einen Blick auf ihre Uhr. Einige Zeit blieb sie noch im Bett und streckte sich. Dieses warme Bett zu verlassen behagte ihr nicht. Dennoch stand sie auf und begann ihre Morgengymnastik. Das hörte man im Nebenzimmer. Patricia kam zu ihr. Gemeinsam setzten sie ihre Morgengymnastik ohne ein Wort zu wechseln fort.

Kapitel 13

Zum Frühstück kamen sie gemeinsam um acht Uhr dreißig. Patricia trug den Koffer und klemmte ihn zwischen ihre Beine. Während sie später das Buffet aufsuchte übernahm Elli den Koffer. Mit der Espressomaschine kamen sie zurecht. Zum Frühstücken nahmen sie sich Zeit.

Es war ein schöner Tag, kalt, doch die Sonne schien. Nach der Bezahlung ging es an die Heimreise. Der Campingcar stand dort, wo man ihn abgestellt hatte. Es gab keinen Hinweis auf Beschädigung oder Versuche ihn zu öffnen.

Kurz nach Luzern wurden sie von einem größeren Personenkraftwagen überholt. In seiner Heckscheibe leuchte der Hinweis, dem Wagen zu folgen. Elli saß am Steuer. Patricia gab die Nummer des Wagens ins Display ein. Kurz darauf erschein ein Hinweis, es handle sich nicht um eine Zivilstreife oder eines Polizeifahrzeuges. Patricia gab sofort ihre Position ein und teilte auch mit, sie werden dem Wagen folgen. Sollte es zu einer Auseinandersetzung kommen, werden sie von den bescheidenen Waffen Gebrauch machen. Mittlerweile bekam die Polizei von Luzern von der CIA die Mitteilung über einen Überfall auf der Autobahn. Ebenso den Hinweis, die Agenten werden sich höflich verhalten aber keineswegs den Anordnungen der Täter folgen.

Der vorausfahrende Wagen schlug die Richtung auf einen Parkplatz ein. Dort hielt er an. Außer dem Wagen der vermeintlichen Polizisten und dem Campingcar gab es zu diesem Zeitpunkt keine anderen Fahrzeuge. Auf dem Display erschien die Meldung sich ruhig zu verhalten und keinen Krieg beginnen.

Der Beifahrer des vorausgefahrenen Wagens war ausgestiegen. Langsam kam er zu Elli. Er grüßte und fragte nach den Wagenpapieren. Das Fenster hatte Elli heruntergelassen. Sie antwortete im amerikamischen Englisch, er möge sich gedulden. Sie bat Sergej um ihre Handtasche. Sie begann in der Handtasche nach den Fahrzeug-papieren zu suchen. Patricia hatte ihren Colt lange schon entsichert und unter ihren Knien verborgen. Der vermeintliche Polizist hatte mittlerweile die beiden anderen Insassen bemerkt. Das Suchen nach den Papieren dauerte ihm zu lange. Er forderte Elli in Englisch auf, aus dem Wagen zu steigen. Daraufhin bat ihn Elli um sein Ausweis-dokument. Er holte aus seiner Brusttasche einen checkkartengroßen Gegenstand, auf dem sein Name und sein Foto aufschien. Sein rech-ter Daumen bedeckte aber einen Teil des Fotos und seinen Namen. Während Elli sich bedankte, die Türe geöffnet hatte und aus dem Wagen sprang, war auch Sergej ausgestiegen. Der vermeintliche Polizist stand nun dem Russen mit seiner Hünengestalt und Elli gegenüber. Ohne ersichtlichen Grund zog er seinen Revolver. Sein Fehler, Patricia hatte freie Schussbahn und feuerte zwei Schüsse auf den vermeintlichen Polizisten. Ein Treffer verletzte seine linke Schulter und der andere Treffer seine rechte Hand.

Die Waffe fiel zu Boden. Unmittelbar nach dem Abfeuern war sie ebenfalls aus dem Campingcar gesprungen und leerte ihren Colt auf den Wagen, der vor ihr zu entkommen versuchte. Die Projektile zerstörten die Heckscheibe, trafen den Lenker und der Wagen außer Kontrolle raste auf einen Baum zu. Von dem starken Baum wurde er angehalten und stark beschädigt. Patricia lud ihren Colt nach und ging langsam auf den Wagen zu. Der Lenker hatte durch den Auf-prall einen Genickbruch erhalten.

Die verständigte Polizei, die gerade auf den Parkplatz einfuhr er-lebte live, wie Elli den vermeintlichen Polizisten auf den Boden knallte, während im Hintergrund Patricia mit gezogenen Colt lang-sam auf das zerstörte Auto zusteuerte und anhielt.

Dario war in Begleitung eines zweiten Autos gekommen. Dario war beim Campingcar stehengeblieben. Das zweite Fahrzeug war Rich-tung Patricia gefahren.

»Wir werden ihn mitnehmen« begrüßte Dario Elli.

»Er wird sicher bei ihnen besser behandelt als bei uns.«

»Wir suchen ihn schon lange, zahlreiche Überfälle auf den Autobahnen. Jedes Mal konnten die beiden entkommen. Wie ergeht es ihnen?«

»Ein geleerter Colt, vergeudete Munition und keinen Schritt weiter.«

»Wie war die Nacht?«

»Ein wenig müde. Gutes Abendessen und Frühstück. Danke für den Hinweis auf diese Unterkunft. Der Campingcar war unberührt geblieben. Krieg wollten wir keinen beginnen, doch die gezogene Waffe zwang uns zu handeln.«

Patricia war mit den Kollegen von Dario zurückgekommen.

»Wenn sie einmal in Europa eine Beschäftigung suchen. Sie sind uns willkommen.«

Derjenige, den Elli zu Boden geschleudert hatte, wagte sich nicht zu rühren. Er spürte sein Gesäß, welches höllisch schmerzte, seine zertrümmerte Schulter und die Hand aus der das Blut tropfte. Patricia berichtete, wie sie den anderen vorgefunden hatte.

»Wenn wir diesen hier mitnehmen, dann hat er einen Vorgeschmack bekommen, was ihn bei ihnen erwarten würde.«

»Die Kommunikation hat hervorragend geklappt.«

»Auch die Registrierung. Die angebrachten cameras haben Teile seiner Karte und ihn selbst aufgenommen. Die Karte hätten wir gerne. Vielleicht wird sie auch in jenem Unternehmen gefälscht, auf dessen Suche wir uns befinden. Er könnte nach oberflächlicher Behandlung sicher seinen Beitrag dazu beitragen. Er müsste nur unsere Methoden akzeptieren lernen.«

»Seine Ausweiskarte können wir ihnen nicht überlassen.«

»Danke für ihr rasches Kommen.«

Sie verabschiedeten sich und fuhren nach Genf zurück. Die Polizisten aus Luzern veranlassten den Abtransport des zerstörten Wagens und nahmen den noch Lebenden in Haft.

Patricia übernahm das Lenkrad, während Elli einen Bericht weiterleitete. Wohlbehalten kamen sie nach Genf zurück, wo man sie bereits erwartet hatte.

Der Koffer wurde gemeinsam geöffnet. Thibaud war nicht weniger erstaunt über die zahlreichen Bankkarten und dem weiteren Inhalt als die anderen Anwesenden. Für wen die zahlreichen Reisepässe gedacht waren, konnte Kommissar Diego auch in den folgenden Wochen nicht klären.

Andreas wurde verständigt. Als er den Anruf von Elli bekam, fragte er nicht lange nach ihrem Wohlbefinden.

»Es wird einige Zeit in Anspruch nehmen. Wir sind ohnehin mit Arbeit zugedeckt. Dein Ansinnen wird wohlwollend zur Kenntnis genommen. Bitte Geduld und die Begleitmannschaft kann ruhig nach Genf zurückkehren. Sollen wir die Reisepässe auch untersuchen?«

»Wenn möglich, ja.«

»Um so schlimmer. Wann kommt der Kofferinhalt?«

»In ein oder zwei Tagen.«

»Danke für die Nachricht. Mein Chef meint, wir müssen unsere Forschung einschränken, solange die Geschichte nicht geklärt ist. Du und deine Begleitung ist ihm nun besser bekannt. Immer wenn du auf dieser freien Leitung anrufst, kann er sich schon denken, was uns bevorsteht. Herzlichen Gruß von uns allen und bleibe gesund.«

Elli legte auf. Nachdenklich ging sie zu den anderen.

»Was bedrückt dich?« fragte Patricia.

»Andreas schickt uns seine herzlichen Grüße. Zum Schluss gab er mir den Rat gesund zu bleiben. Ob er irgendetwas ahnt, ist mir nicht bekannt. Jedenfalls war es ein Hinweis besonders vorsichtig zu sein. Vielleicht wird man uns einen Hinterhalt legen. Wenn das aber wirklich der Fall ist, müssen wir rücksichtslos vorgehen. Wir befinden uns, ob wir es wollen oder nicht, nun in einem Kriegszustand.«

»Kein Wunder, oft genug haben wir uns in etwas eingemischt, das nicht ohne Folgen bleiben wird. Als wir zurückgefahren sind und man uns aufforderte, dem vorausfahrenden Wagen zu folgen, habe ich an die Organisation gedacht. Nicht an falsche Polizisten. Mir ist bewusst geworden, wie sehr wir bei einer Auseinandersetzung im Nachteil sind. Als der Wolf transportiert wurde, gab es Waffen an Bord, die dem Gegner das Fürchten beigebracht haben. Außer unseren Colts und den mageren Reservemagazinen haben wir nichts. Das muss sich ändern. Wenn uns Washington weiterhin nicht unterstützt, sollen sie sich die Suppe selbst auslöffeln.«

»Dem kann ich zustimmen, bei Hubschrauberangriff können wir nichts unternehmen. Das eingebaute Geschütz ist dafür nicht vorgesehen. Das haben sich die Herren in Washington nicht überlegt. Sie wollten nur wissen, wieso es möglich war, in das streng gesicherte Camp eindringen zu können. Das haben wir mitgeteilt. Dann gab es keine weitere Instruktion. Worauf warten sie wirklich?«

»Unabhängig vom ausstehenden Resultat, das uns Andreas liefern wird, frage an, ob wir bleiben sollen und wenn ja, dann nur mit Waffen, die auch Hubschrauberangriffe abwehren können.«

Diesem Ratschlag folgte Elli.

Bald darauf erhielt sie eine Bestätigung ihrer Meldung.

»Nun heißt es warten. Wir werden nichts unternehmen.«

Dem konnte Patricia beipflichten.

In Washington stand man dem Hilferuf nicht untätig gegenüber. Einig war man sich keineswegs, aber zwei tüchtige Agentinnen zu verlieren wollte man nicht. Ziemlich bald kam eine Antwort.

Nach Dechiffrierung bekam Elli zu lesen, Geduld zu haben, sich in keine weiteren Kampfhandlungen einzulassen und auf eine in

Marsch gesetzte Mannschaft zu warten. Mitteilung bestätigen und vernichten. Sie berichtete es Patricia.

»Wir werden uns nach Frankreich zurückziehen.« bekam Elli zur Antwort.

Diesen Entschluss bekam auch Diego zu hören. Die Russen und Amerikaner verließen Genf und fuhren nach La Balme-de-Sillingy. Thibaud folgte einen Tag später. Für Jean waren die Amerikaner urplötzlich zurückgekommen. Er wollte Neuigkeiten. Doch man schwieg sich aus.

Der Schwester des Bürgermeisters ging es relativ gut, ebenso der Katze.

Von Thibaud erfuhren die Damen, daß die Pariser Adresse keinen Hinweis auf den Absender des Paketes geliefert hatte. Es war eine Postadresse. Scheinbar niemand hatte ein Paket erwartet. Das erschien den Amerikanern wie Russen sehr merkwürdig.

Die Asiatin war aus dem Spital entlassen worden. Die Überwachung des Bürogebäudes mit der Tiefgarage hatte man eingestellt. Die Asiatin war auf Jobsuche. Zu dem Rechtsanwalt wollte sie nicht zurückkehren. Von der Jobsuche erfuhr der Kommissar Diego. Er teilte dies Thibaud mit. Thibaud suchte schon seit langem eine Sekretärin. Er beantwortete das Stellengesuch der Asiatin, stellte sich als Mitarbeiter der französischen Polizei vor und bat sie um ein Treffen. Sollte sie zusagen, müsste sie vorübergehend eine Unterkunft in Frankreich in der Nähe der Schweiz akzeptieren. Nur dunkel konnte sie sich an ihn erinnern. Da er der einzige war, der ihre Annonce beantwortet hatte, sagte sie zu. Es kam zu einem Treffen im Büro von Diego. An Thibaud konnte sich die Asiatin nicht erinnern. Auch nicht an ihre Überwachung während ihres Krankenhausaufenthaltes.

Schlimmer als beim Anwalt, wo sie vor dem Unfall gearbeitet hatte, wird es nicht werden, waren ihre Gedanken als sie Thibaud gegenüberstand. Erstaunte war sie aber über den vorbereiteten Vertrag, den sie unterschreiben sollte.

Thibaud zahlte ihr den doppelten Gehalt, den die Anwaltskanzlei ihr vorgeschlagen hatte. Thibaud übernahm auch die Sorge über ihre kleine Wohnung in Genf. Sie unterschrieb.
»Ab nun werden sie unter dem Schutz der französischen Polizei stehen. Sie werden auch den Schutz der amerikanischen Agentinnen haben. Kommissar Diego hat mir über sie und ihren Lebenswandel einen lückenlosen Bericht geliefert. Ihre Arbeit wird sich von der der Anwaltskanzlei nur insofern unterscheiden, als sie legal ist. Verschwiegenheitspflicht ist selbstverständlich. Sie bekommen ein kleines Armband. Tragen sie es an ihrer rechten Hand. Wenn sie in großer Not sind, zögern sie nicht auf den Auslöseknopf zu drücken, der geschützt unter einer Abdeckung zu finden ist. Ihre Position und ihr Hilferuf wird vollautomatisch weitergeleitet. Das sollen sie unbedingt beachten. Und vor allem haben sie keine Angst. Legen sie das Band niemals ab. Auch nicht beim Duschen.«
Erstaunt beachtete sie das Band. Es unterschied von einem Schmuckstück durch nichts. Sie fand die Abdeckung und es wurde ihr erklärt, wie sie diese öffnen konnte.
»Wer wird mir zu Hilfe kommen?«
»Die amerikanischen Agentinnen. Sie wissen davon und haben darauf bestanden, falls sie mit mir zusammenarbeiten wollen. Immerhin haben sie während sie im Krankenhaus schutzlos ausgeliefert waren, eine rund um die Uhr abwechselnde Bewachung organisiert und waren auch selbst darinnen eingebunden.«
»Danke«
Was sollte sie auch sagen. Alles war für sie neu. Nur dunkel konnte sie sich an ihren Unfall erinnern. Viel weniger noch an die ersten

Stunden und Tage im Krankenhaus. Thibaud war ein gut aussehender Mann. Ein Blick auf den Kommissar Diego. Dieser lächelte sie an und nickte bedeutungsvoll. Man half ihr das Band anzulegen. Unter dem getragenen Pullover verschwand es gänzlich. Es schmiegte sich an ihren zarten Unterarm und drückte nicht.

»Wie gefährlich wird es? «

»Das weiß ich selbst nicht, eines kann ich ihnen verraten, Elli und Patricia, die Agentinnen, haben mir aufgetragen ihnen dieses Band sofort nach ihrer Einwilligung zu übergeben. Sie werden nicht alleine gelassen. Mehr kann ich ihnen aber nicht verraten.«

»Wann beginnt meine Arbeit und vor allem wo?«

»Sofort und mit mir. Kommissar Diego wird sich um ihre Wohnung kümmern müssen.«

»Kleidungsstücke außer dem, was ich am Leibe trage, habe ich nicht mit.«

»Keine Sorge, wir beginnen mit Einkauf in Genf. Alles was sie ab nun auch in Frankreich dringend benötigen, wird von mir bezahlt. Dann werden wir in ein kleines Dorf in Frankreich fahren. Gibt es noch Fragen?«

Sie schüttelte den Kopf.

»Der unterschriebene Vertrag wird in dieser Polizeistation im Safe deponiert. Eine Kopie wir ihnen aber ausgefolgt.«

»Kann ich nochmals in meine kleine Wohnung zurückkehren, einige Sachen würde ich gerne mitnehmen?«

Thibaud sagte zu. So wenig Gepäck als möglich, sagte er sich. Man fuhr zu ihrer Wohnung.

»Werde ich das jemals wiedersehen und wer wird meine Miete rechtzeitig bezahlen?«

»Keine Sorge, das wird Kommissar Diego übernehmen. Es dient auch zu ihrem persönlichen Schutz, wenn sie für einige Wochen anderswo ihren Arbeitsplatz einnehmen.«

Sie packte einige Sachen in einen kleinen Koffer, verschloss sorgfältig die Eingangstüre und übergab die Schlüssel Kommissar Diego.

»Keine Angst und viel Glück.«

Mit Thibaud kam sie nach La Balme – de –Sillingy. Dort warteten die Damen auf sie. Man erklärte ihr, weshalb man sie aus Genf geholt hatte. Da sie einige Zeit bei der Anwaltskanzlei gearbeitet und vieles über diese Kanzlei kannte, wollte man jegliches Risiko ausschließen. Elli vermutete, daß man sie eher früher als später verschwinden lassen würde. Auch ein Herzinfarkt würde ihr bevorstehen. Da sie von sich aus eine neue Stelle suchte, war Thibaud bereit gewesen, sie als Sekretärin zu akzeptieren. Man musste sie nur überreden. Und das war gelungen.

Laura Wu-Cheng, die Asiatin, deren Vater Europäer war, und die mütterlicherseits eine Chinesin aus einer uralten Familie hatte, war in China geboren worden und aufgewachsen. Der Liebe ihres Vaters zu ihrer Mutter stand eine ungeheure Barriere gegenüber. Die oberflächlichen Sprachkenntnisse ihres Vaters, der als Bauingenieur nach China geschickt worden war, halfen ihm bei der Verständigung, nicht aber die Anerkennung der Chinesen zu erringen, deren einzige Tochter sich in einen Franzosen verliebt hatte. Die Liebe siegte. Laura folgte ihrem Vater nach Paris und erwarb ein Stipendium an der Universität Sorbonne. Ihre Schönheit und Anmut öffneten ihr manche Türe. Paris war ihre erste europäische Stadt. Ihr Studium in der Molekularbiologie beendete sie mit einem Diplom. Der Tod ihrer Mutter rief sie zurück in ihr Geburtsland. Ihre Mutter wurde neben ihrem Vater beigesetzt. In China wollte sie nicht bleiben. Sie kehrte nach Europa zurück. In der Schweiz suchte sie sich eine Wohnung und fand eine Anstellung als Sekretärin. Über ihre Vergangenheit und Kenntnisse der chinesischen Sprache hatte sie sich ausgeschwiegen.

Für Elli und ihre Kollegen war es mühsam gewesen den Background von Laura zu erfahren.

Keineswegs wollte man Laura jenen Leuten opfern, die bisher vielen Mitarbeitern das Leben genommen hatten.

Laura wurde von Elli und Patricia herzlich begrüßt. Da Thibaud noch während der Fahrt nach Frankreich Laura über die Amerikaner eingeweiht hatte, war es für sie weniger überraschend, allerdings hatte sie sich die Agentinnen anders vorgestellt. An sie konnte sie sich nicht erinnern. In den wenigen Augenblicken, in denen sie aus dem Tiefschlaf aufgewacht war, gab es eine Vielzahl von Personen in ihrem Krankenzimmer.

Jean wurde ersucht auch für Laura ein Zimmer bereitzustellen. Sie bekam einen kleinen Raum neben den Damen.

Thibaud, Elli und Patricia nützten eine der ersten Gelegenheiten, Laura die weiteren Umstände zu erklären. Sie hielten auch nicht hinter dem Berg, weshalb sie nach Europa geschickt worden waren. Ebenso erwähnten sie den Aufenthalt des KGB, der mitgeholfen hatte, sie zu bewachen und ihr einen relativ ruhigen Krankenhausaufenthalt gesichert hatte. Ihr geheimer Kontakt zu Mr. Shatterproof dürfte auch der Organisation zu Ohren gekommen sein. Mr. Shatterproof ist aber durch einen Herzinfarkt verstorben. Ein Herzinfarkt, der als Todesursache vom Arzt festgestellt worden war, an dem aber eine Gruppe, zu der Amerikaner und Russen gehörten, nicht glaubten. Man habe ihr die Möglichkeit geboten, Genf für einige Zeit den Rücken zu kehren. Sie wird nun besser verstehen, weshalb sie ein Band bekommen hatte, das bei ernster Gefahr eine Sofortmeldung an die amerikanischen Agenten senden würde. Ihre Sprachkenntnisse werden ihr bei Thibaud, wie mit den Russen weiterhelfen.

»Für mich war es sehr schwierig über sie Details zu erfahren. Ich darf ihnen verraten, ihre Kenntnisse in der chinesischen Sprache haben mich weniger überrascht als ihr Abschluss an der Sorbonne. Warum haben sie nicht weiterstudiert?«

»Sie haben sicherlich auch über meine Familie recherchiert. Meine Mutter hat nach dem Tode meines Vaters meinen Aufenthalt in Paris bezahlt. Sie hat mir nie verraten, um welchen Preis es ihr möglich war. Die eigene Verwandtschaft hat ihr nie die Liebe zu meinem Vater verziehen. Darum bekam sie auch keine Geldmittel. Das wenige Vermögen meines Vaters war bald verbraucht und meine Mutter lebte in bitterer Armut. Das habe ich erst nach ihrem Tod erfahren. Sie hat aber nie die beiden Diamanten, die sie von ihrem Urgroßvater zu ihrer Hochzeit geschenkt bekommen hatte, verkauft. Sie waren im Hochzeitskleid eingenäht worden. Ich fand es in ihrem Nachlass. Nach der Nachricht über den Tod meiner Mutter, nahm ich die erste Maschine und flog nach Peking. Das Begräbnis war sehr schlicht gewesen. Gekommen sind die beiden Nachbarn, die mit ihr im selben Haus gewohnt haben.

Zurückgekehrt nach Paris suchte ich eine Stellung. In der Hoffnung mein erworbenes Wissen nützen zu können, stand nicht nur mein Name, sondern auch die mangelnde Praxis entgegen.

Ich erwartete mir in der Schweiz einen Platz zu finden. Doch einige Absagen und das Angebot als Sekretärin zu arbeiten, verleitete mich, den Job als Sekretärin anzunehmen. Mr. Shaterproof lernte ich durch einen Zufall kennen. Er war für mich wie ein Freund. Von seinem Tod habe ich erst durch dieses Gespräch erfahren.

Mit China verbindet mich nur mehr die Grabstelle meiner Eltern. Die beiden Diamanten habe ich in später in eines der Kleider, welches ich während des Rückfluges am Leibe getragen habe, eingenäht. Ich habe mir vorgenommen, sie nie zu verkaufen.«

Elli entging nicht die Traurigkeit in ihren Augen. Sie stand auf und nahm die Hände von Laura.

»Wir werden sie in unsere Gemeinschaft aufnehmen. Ich muss aber eine Mitteilung über sie nach Washington schicken.«

Als Später Sergej und Alexej zum Mittagessen kamen wurden sie mit Laura bekannt gemacht. Thibaud war zur Gruppe gekommen, stellte Laura als seine Sekretärin vor und erwähnte die Umstände.

»Gratulation, du hast dir eine sehr gefällige Dame ausgesucht. Wenn ich mich nicht täusche, wirst du bald Mandarin lernen müssen.«

»Wie kommst du darauf Sergej ?«

»Elli hat noch während der Überwachung im Spital Washington informiert. Nicht alles, was man ihr berichtet hat, wurde auch uns bekanntgegeben.«

Thibauds Blick fiel auf Elli. Sie machte ein unschuldiges Gesicht. Sie tat, als ob sie nichts gehört hätte.

Diese beiden Amerikanerinnen, die stecken unter einer Decke, dachte sich Thibaud. Patricia studierte die Speisekarte. Das hatte sie früher nie gemacht. Sie war immer die Erste gewesen, wenn es um ihre Wünsche gegangen war. Heute dauerte es zu lange. Also hatte ihr Elli alles erzählt. Mandarin lernen. Seine neue Sekretärin verstand somit Chinesisch in Wort und Schrift. Thibaud hatte sich von seinem Schrecken erholt. Laura lächelte ihn an.

»Qui vivra verra. /Was nicht ist, kann noch werden./ « Alle lachten. Etwas anderes fiel ihm nicht ein. Laura lächelte noch immer. Längst hatte sie an Thibaud Gefallen gefunden.

Laura saß neben Elli. Als Elli aufblickte erkannte sie die schlecht verheimlichte Wissbegierde in Thibauds Augen. Aber er hielt sich zurück. Das ist gut so, dachte sich Elli, er wird noch manches erfahren.

»Ich möchte mich noch herzlich für ihre Fürsorge bedanken.« kam es von Laura.

»Das war auch in unserem Interesse. Eine Anfrage in Washington vermittelte mir Details über sie und ihre Lebensumstände. Eine

Besprechung mit Patricia, später mit Thibaud ermöglichte uns mit ihnen in Verbindung zu treten. Es durfte unsere Tätigkeit nicht im Vordergrund erwähnt werden. Wir wollten ihnen frei stellen, ob sie mit uns arbeiten wollten. Dazu kam die Dringlichkeit und die Gefahr, in der sie schwebten. Bisher haben viele, die in der Organisation arbeiteten und die zu viel wussten, mit ihrem Leben bezahlt. Glücklicherweise haben sie das Angebot als Sekretärin für Thibaud zu arbeiten, angenommen. Ich selbst habe eine harten Lebensweg hinter mir. Ihr Schicksal hat mich an meine eigene Jugend erinnert. Washington hat durchblicken lassen, uns nach Frankreich zurückzuziehen und auf die Verstärkung zu warten.«

»Wer kennt außer mir noch ihre Abstammung und ihren Namen?«mischte sich Sergej ins Gespräch.

»Sicherlich Patricia. Es ist aber nicht wichtig.«

»Immer wieder vergesse ich, wir mussten Patricia ziehen lassen.«

»Darauf sollten wir aber anstoßen.« kam es von Elli.

»Ihr seid mir die Richtigen.«

Daraufhin begann Patricia zu lachen. In dieses Gelächter fielen auch die anderen ein. Thibaud hatte zugehört und die Ohren gespitzt. Also gab es auch bei Elli und Patricia ein Geheimnis. Das hat man mir alles vorenthalten. Hätte nie gedacht, daß darüber Sergej Bescheid weiß.

Jean kam und wollte wissen, wie ihnen die Vorspeise gemundet hatte. Die vergnügten Gesichter sprachen Bände.

»Unsere Gesellschaft wird größer werden. Wie viele noch kommen werden, darüber habe ich keine Ahnung.«

Ellis Aussage bewirkte ein Nachdenken bei Jean. Wohin soll ich sie alle unterbringen?

»Machen sie sich darüber keine großen Sorgen, vielleicht kampieren sie im Garten, der ist groß genug.« konnte sich Elli nicht zurückhalten.

»Vermutlich haben sie auch einen Koch dabei. Wann sie kommen werden und wie werde ich noch erfahren.«

Ein Heerlager so lange nach dem Krieg. Was hat das zu bedeuten? Jean hatte es begriffen, die Amerikaner rüsten auf. In der Schweiz wollten sie nicht kampieren. Das Hauptquartier wird in La Balme – de-Sillingy errichtet. Und das mit oder ohne Zustimmung des Bürgermeisters. Worum geht es nun wirklich? Lange Zeit waren die Damen des CIA und die Russen nicht anwesend. Vielleicht sperren sie den kleinen Flugplatz und richten ihn über Nacht für den Nachschub ein. Als er in die Küche kam, machte Jean einen derart geistesabwesenden Eindruck, der auch dem Koch nicht entging.

»War das Essen nicht in Ordnung?«

»Das Essen schmeckt unseren Gästen. Was mich beunruhigt, es kommen noch mehr Amerikaner. Nun wird es ernst. Der Nachschub kommt sicher mit Flugzeug auf den kleinen Flughafen. In der Schweiz wollen sie nicht kampieren, dafür bei uns. Elli hat es mir soeben verraten. In Genf haben sie ein militärisches Sperrgebiet rund um die Hallen errichtet. Das habe ich schon lange durch Zufall erfahren. Wenn uns das bevorsteht, kann ich zusperren. Die Gäste werden auch in Zukunft ausbleiben. Und Ouba, weiß davon nichts und sonnt sich im Garten.«

»Abwarten, so schlimm wird es nicht werden. Immerhin verträgt sich die CIA mit dem KGB prächtig.«

Noch vor der Hauptspeise fuhren einige große Jeeps vor. Vor dem Schranken hatten sie angehalten. Ein junger Mann in der Uniform der amerikanischen Armee war ausgestiegen und näherte sich der Eingangstüre. Als der den kleinen Saal betrat, war niemand beim Empfang, der auch zum Ausschank von Getränken und Zubereitung des Espressos diente. Somit wendete er sich an die Damen und Herren an einem der Tische. Er salutierte und fragte nach dem Chef des Hauses. Sergej war aufgestanden und verwies auf Geduld. Er befände sich in der Küche und wird sofort erscheinen. Das amerikanische Englisch mit einem harten Unterton erinnerte den Soldaten an seine Begegnung mit dem KGB. Die Überraschung war nicht zu übersehen. Elli stand auf und ging ihm entgegen.

»Seien sie uns willkommen. Washington hat uns geraten die Schweiz zu verlassen und nach Frankreich zurückzukehren. Von ihrer Ankunft gab es auch einen Hinweis. Mein Name ist Elli.«

Der Soldat salutierte vor Elli nochmals.

»Als Erinnerung an meinem Vaters bekam ich den Vornamen John. John hat ihm im Vietnamkrieg das Leben gerettet. Meine Gefährten nennen mich Joe.«

Beim Erwähnen von John blitzten Ellis Augen für einen Sekundenbruchteil. Das war Joe nicht entgangen.

»Wer führt hier das Kommando?«

Hinter Ellis Rücken machte sich Patricia den Spaß und deutete auf Elli. Das konnte Elli deutlich in den Glasscheiben der Tür sehen. Darüber war sie nicht erfreut. Sie schluckte ihren Groll hinunter.

»Gemeinsam mit Patricia, die sich den Spaß erlaubt hatte, wurden wir vor Wochen hierher geschickt. Wir sind Agentinnen der CIA. Zur Seite bekamen wir Herren des KGB. Unvorstellbare Ereignisse mit vielen Leichen haben bis jetzt nicht das Ergebnis gebracht, welches wir erhofft hatten. Zurückbeordert wurden wir noch nicht. Offensichtlich will man in Washington viel mehr wissen, als man uns vor dem Abflug mitgeteilt hatte. Es gibt keinen obersten Chef. Wir arbeiten zusammen. Miteingebunden ist auch ein Agent der französischen Abwehr.«

Während der wenigen Worte war ein Funke der Sympathie zwischen Elli und Joe übergesprungen. Das Blitzen von Ellis Augen und die Erwähnung von Patricia, die mit lachenden Augen und Handbewegungen auf Elli deutete, die dies aber nicht sehen konnte, vermutlich aber mit Hilfe des Glases in der Türe den Background nicht außer Acht gelassen hatte, amüsierte Joe. Innerlich musste er lachen. Das ist eine eingeschworene Gesellschaft, der ich hier gegenübertrete. Nach außen hin wirkte er gelassen.

»Der Wirt und der Boss, Jean, wird bald kommen. Vorher möchte ich sie mit der Runde bekanntmachen.«

Jean kam in dem Moment, in dem Elli die Tischrunde vorstellte. Später wurde er Jean überlassen. Jean verstand kein Englisch und Patricia übernahm die Übersetzung. Joe kehrte zurück und die Amerikaner fuhren zu dem Platz, zu dem sie Jean führte.

Während er Hauptspeise kamen einige GMC. Jean musste hinaus und den Fahrern die Richtung zeigen, wohin sie ihre Fahrzeuge lenken sollten. Dann kam er zurück.

»Werden noch andere GMC folgen?«wollte Elli wissen.

»Ja, wir sind auf jeglichen Einsatz vorbereitet. Auch Schlauchboote und Marineeinheiten.«

»Wieso das?«

»Glücklicherweise ist dieses Dorf als vorübergehender Aufenthalt für euch bestimmt worden. Man kannte nicht die Ursache, weshalb man in Genf nach nuklearem Material gesucht hatte. Das ist auch weiter unklar. Die Recherchen in Genf öffneten einen Weg nach China. Das Bürohaus in Genf mit einem zweiten Eingang, der nicht von dem Zimmer beobachtet werden konnte, das auf der gegen-überliegenden Seite der Straße lag, war ein weiteres Puzzle. Euer Ausflug nach Luzern und die Mitarbeit von zwei Kommissaren brachte neue Erkenntnisse, woher das Kunststoffmaterial stammte, das für die Kartenproduktion benötigt wurde. Bauteile wurden tatsächlich in Genf in diesem genannten Bürohaus gefertigt. Es waren Bauteile, die man auch in kleinen Computern benötigte. Eine Überraschung boten die Deutschen an. Sie haben die Fehler der ge-

fälschten Bankkarten gefunden, wollten aber nie ihre Forschungs-
stätte in die USA verlegen.

Ein Paket sollte an eine Adresse in Paris zugestellt werden. Die Dame, die in eurer Mitte sitzt, war beauftragt worden, dieses Paket zum
Flughafen zu bringen. Der Auffahrunfall sollte ihr das Leben nehmen. Sie wusste bereits nach nur wenigen Tagen zu viel über die
Organisation. Auch das Attentat im Krankenhaus hatte sie Dank Elli
und ihren Mitstreitern überlebt. Dort, wo die Endproduktion der Karten stattfindet, geriet man in Panik. Man wollte unbedingt noch ein-
tausend Karten fertigen und mit diesen nach Südamerika entfliehen.

Elli und Patricia waren in Luzern. Nach ihrer Rückkehr sollten sie
noch in Genf getötet werden. Darum entschied Washington eine
sofortige Rückkehr nach Frankreich. Eine kleine Streitmacht wurde
auf dem in der Nähe liegenden Flughafen in Stellung gebracht. Das
Château, wo die Endfertigung stattfindet, befindet sich in der Nähe
und hat auch einen Zugang vom Wasser.«

»Wer hat nun von der bevorstehenden Aktion das Oberkomman-
do?« fragte Elli.

Überrascht von der raschen Reaktion von Elli antwortete Joe.

»Ein Major Andrew.«

»Und wo finden wir Major Andrew?«

»Er steht vor ihnen, Elli.«

Elli war sehr überrascht. Das konnte Joe feststellen. Elli nahm mili-
tärische Haltung an und salutierte. Das amüsierte nicht nur Joe,
sondern auch die Runde am Tisch.

»Bevor wir uns weiterunterhalten möchte ich sie bitten, ob John
einen Begleiter hatte.«

»Matthew, er ist leider von uns gegangen.«

»Matthew und John haben mich vor vielen Jahren ausgebildet, lange bevor ich zur CIA kam.«

»Man hat mich nur wenige Minuten vor meinem Abflug vorbereitet, auf ungewöhnliche Überraschungen zu stoßen. Ich freue mich, sie kennenlernen zu dürfen.«

Elli lächelte ihn an und gab ihm ihre Hand.

Am Tisch konnte man nicht die gewechselten Worte verstehen, die Spannung stieg .

»Bevor sie etwas zum Frühstück bekommen, möchte ich sie bitten, mich zum Campingcar zu begleiten. Ihre Ankunft muss gemeldet werden.«

Zur Gruppe am Tisch gewendet, erwähnte sie, was sie vorhatte. Dann ging es zum Auto. Elli ging voran. Das Deaktivieren des Campingcars sowie dessen Innenausstattung bereiteten Joe Vergnügen.

Das Display erschien, Elli gab ihren Code ein und verwies auf Major Andrew, der mit einem Teil seiner Begleitung eingetroffen war. Nach Senden durfte Joe am Display arbeiten.

Auch er gab seinen Code ein und begann zu schreiben. Was er geschrieben hatte konnte Elli nicht erkennen. Ihre Gedanken waren immer noch bei John. Lange war Bunny schon erschienen. Elli schien es nicht zu bemerken. Joe blieb ruhig sitzen. Ellis Gedanken kehrten zurück.

»Sir«, begann sie, »wie wird es nun weitergehen?«

»Joe werde ich genannt. Wir möchten sie und alle in der Runde ersuchen, in diesem Château als Gäste zu erscheinen.«

»Elli« sagte sie und reichte ihm ihre rechte Hand.

»Auf zum Frühstückstisch.«

Sie kehrten zurück und Elli erzählte kurz, was sie von Joe vernommen hatte. Auch darüber, wohin sie nun gehen sollen.

»Wo befindet sich dieses Château?«

»Am Ufer des Lac d´Annecy.«

»Welchen Namen hat dieses Château?«

»Château des Rochers Blancs. Entsprechend der jeweiligen Licht-
einstrahlung bieten die hellen Gemäuer einen starken Gegensatz
zum dunklen Wasser des Sees. Ihr werdet in den adaptierten Räumlichkeiten einige Zeit verbringen. Tief unten in den Kellerräumen,
abgeschottet gegen eindringendes Wasser werden Bank und Zutrittskarten gefertigt. Die örtliche Lage erlaubt die Karten nach Fer-
tigstellung mit einem kleinen Unterseeboot an einem anderen Ort
zu bringen, von wo sie mit Autos weitertransportiert werden.
Die ausgesuchten Gäste aus aller Welt haben keine Ahnung davon,
was unter ihnen produziert wird.«
»Wie kommen die einzelnen Bestandteile zu diesem Ort?«
»Frischwasser und Nahrungsmittel werden regelmäßig geliefert.
Damit erfolgt auch die Anlieferung der Bestandteile, die mit einer
speziellen Maschine unter hohem Druck zusammengefügt werden.«
»Und das ist bis jetzt nicht an die Öffentlichkeit gedrungen?«
»Nein«
»Woher haben sie dieses Wissen?«
»Ein Zufall führte zum Auffinden des U-Bootes. Ein Jugendlicher,
ein hingerissener Wassersportler, der es liebte mit einer Schnorchel
den See zu erkunden, wollte eines Tages seine Leistungsfähigkeit
prüfen, deshalb tauchte er tiefer. Nahe am Ufer begegnete ihm ein
nahezu lautlos dahingleitendes längliches Gebilde. Er kehrte mit
Mühe zu einer weiter entfernt liegenden Stelle am Ufer zurück und
verbarg sich in den angeschwemmten Algen. Dort konnte er die
frische Luft einatmen. Er glaubte nicht was er zu Gesicht bekam.
Es war ein Boot, einem Unterseebot nicht unähnlich, es tauchte auf,
aber nur soweit, daß ein Mann in einem Neoprenanzug aussteigen
konnte. Mit ihm transportierte er eine Kiste, die er am Uferrand
ablegte. Er kehrte zum Boot zurück, stieg wieder ein und das Boot
verschwand. Nur wenige Minuten später kam ein Auto, ein Mann

näherte sich vorsichtig dem Uferrand, spähte nach allen Richtungen und als er sicher genug war, nicht gesehen zu werden, nahm er die Kiste, kehrte zum Fahrzeug zurück und fuhr weg. Der Motor des Fahrzeuges war sehr leise. Der Junge wartete einige Zeit, verließ seinen Platz und kehrte in sein Ferienlager zurück. Abenteuerfilme und Kriminalfilme hatte er in der Zeit seiner Regentage im Haus, wo seine Eltern ihm einer Gastfamilie anvertraut hatten, genug gesehen. Er dachte an Schmuggelgut, an Drogen und hoffte nicht gesehen worden zu sein.

Sein Vater arbeitete in der USA bei FBI. Über sein Erlebnis erzählte er vorerst weder den einfachen Menschen, die ihm einen sehr angenehmen Urlaub ermöglichten, geschweige denn der französischen Polizei. Bei nächster Gelegenheit brachte er sein Wunsch vor, Annecy näher kennenzulernen. Man wollte ihm nicht alleine den Bus anvertrauen und begleitete ihn. Gewitzt wie er war, ging er in die Post und meldete ein Ferngespräch an. Man sagte ihm noch er könnte überall hin in der Welt telefonieren. Seinen amerikanischen Slang konnte er nicht verbergen und die wenigen französischen Worte, die er an den Beamten gerichtet hatte, bewirkten Verständnis. Er wird sicherlich seine Eltern in Europa anrufen wollen, die in Deutschland auf einem amerikanischen Stützpunkt ihrer Arbeit nachgehen. Niemand hatte erwartet, daß er die Zentrale in den Staaten anrief. Seinen Vater konnte er nicht direkt sprechen, aber lange vorher hatte er einen Code mit seinem Vater trainiert, der im Inhalt belanglos klang, aber Alarmstufe Rot signalisierte. Das Gespräch war nicht billig und man fragte ihn, warum es so lange gedauert hatte. Er beantwortete höflich und geduldig, sein Vater wollte von ihm wissen, ob er seinen Geburtstag nach seinen Wünschen feiern konnte. Das habe er ihm mitgeteilt. Er machte ein harmloses Gesicht und verwand. Er vergewisserte sich auch, ob ihm jemand gefolgt war, als er zu seinen Gastgebern zurückkehrte. Gegebenenfalls wäre er nochmals um den

Häuserblock gegangen. Als sein Vater davon erfuhr, war er stark irritiert. Dieser Code war ausgemacht, wenn es um Leben und Tod ginge. Nach kurzer Überlegung rief er seinen Freund in der CIA an. Er wusste nichts von dem U-Boot, aber er kannte das Haus und die Familie, wo sein Junge wohnte. Die CIA, ohnehin schon stationiert in Frankreich, wurde verständigt. Ein Mann, dem Tauchen nicht fremd war, bekam den Code, der als Antwort vorgesehen war und dieser musste zum See. Unabhängig davon wurdet ihr verständigt, die Schweiz zu verlassen und nach La Balme zurückzukehren. Für den Agenten war es keine leichte Aufgabe das Vertrauen des Jungen zu erringen. Sie sahen sich einige Male, der Junge begann die Schwimmkünste des Agenten zu bewundern und auch seine Fähigkeit lange unter Wasser zu bleiben. Bei Gelegenheit begrüßten sie sich und der Agent sagte den Code. Der Junge reagierte zum Erstaunen unseres Kollegen sehr professionell. Er sprach einige Worte, verharrte ganz still und wartete auf eine Antwort. Schließlich sprach unser Kollege von einem streng geheimen Spielplatz des Jungen, der sicherlich nicht allen bekannt sein konnte. Nun war sich der Junge sicher, Hilfe zu bekommen. Er deutete dem Kollegen auf eine Stelle des Ufers, wo er die Landung eines ihm unbekannten Bootes erlebt hatte. Der CIA Agent sprach noch von seinem Vater und erzählte ihm einige belanglose Begebenheiten über seine Eltern. Zum Abschluss empfahl er ihm für einige Tage entweder im Haus zu bleiben oder mit seinen französischen Freunden anderswohin zu fahren und Ausflüge zu unternehmen. Langer Rede kurzer Sinn. Unser Kollege erhielt Verstärkung. Gemeinsam überwachten sie nun die Ufer und konnten auch das Unterseeboot ausfindig machen. Es kam nahezu alle zwei Tage zur selben Stunde. Woher es kam wurde von einem Kleinflugzeug festgestellt, das ebenfalls Ausflügler zu Besichtigungstouren einlud. Damit stand nun das Château des Rochers Blancs als Abfahrtsort fest.«

»Wie kommen wir nun dort hin, dieses Château ist sicherlich nicht für normale Sterbliche als Aufenthalt gedacht.«

»Das ist logisch, aber wie überall in der Welt ist man bestrebt Menschen, die sehr zurückgezogen leben, kennenzulernen. Es bietet sich an Elli unter ihrem wahren Namen eine Woche dort einzuquartieren. Patricia wird ihr als Freundin folgen. Sergej und Alexej, uralter Adel aus Russland wird ebenfalls willkommen geheißen.«

»Hört, hört uralter Adel.«

»Thibaud darf nicht fehlen. Entweder er bekommt noch einen Adelstitel, den man nicht sehr rasch überprüfen kann oder er wird als streng geheimer Staatssekretär des französischen Präsidenten vorgestellt. Laura muss ebenfalls mit. Ihre chinesischen Sprachkenntnisse kommen wie gerufen.«

»Welche Aufgabe hat man für uns vorgesehen?«

»Vorerst eine spezielle Begleitung durch die Armee der USA. Ihr könnt doch nicht ohne Schutz unterwegs sein.«

Elli musste Lachen. Nur schwer konnte sich Patricia zurückhalten.

»Lacht nur, denkt an diejenigen, die schon ihr Leben verloren haben. Über die Schlossbesitzer und ihre Angestellten ist nichts bekannt. Ob sie davon Informiert sind, was in den Kellerräumen vor sich geht oder ob sie freiwillig mitmachen oder mitmachen müssen, ist ein Rätsel. Ungefährlich ist ein Eindringen in abgesonderte Kellerräume sicherlich nicht. Vielleicht ist es nach außen hin eine Forschungsstation für Nuklearmedizin. Damit ist Nichteingeweihten der Zutritt nicht nur verboten. Er wird auch gegen Eindringlinge verteidigt. Für euch gibt es festliche Kleidung, daneben auch Schutzanzüge gegen atomare Verstrahlung. Diese Schutzanzüge bleiben bis zum Einsatz in den Jeeps. Euren Campingcar werdet ihr mitnehmen. Eine direkte Verständigung nach Washington ist damit gewährleistet. Noch Fragen?

»Wann startet der Besuch des Schlosses?«

»Sobald eure Inhaftierten aus dem Keller entfernt sind. Wir benötigen jeden Mann. Sie werden, sofern sie nicht verrückt geworden sind, der französischen Polizei überlassen. Schließlich müssen sie in die dornenreiche Arbeit eingebunden werden.«

»Das sollte morgen geschehen.«

Kapitel 14

Joe war bei Übernahme der Gefangenen dabei gewesen. So etwas hatte er seinem bisherigen Leben nie gesehen. Abgesehen vom Gestank befanden sich die Gefangenen in einem erbärmlichen Zustand. Abgemagert und kaum bei Sinnen. Unabhängig von einander, versicherten sie, lieber sterben zu wollen, als nochmals in dieses Loch zurückzukehren.

Joe verriet ihnen, sie werden anderswohin verlegt werden.

»Wir werden ihnen alles verraten, aber befreien sie uns von diesen Hexen.«

»Das sind zwei liebenswürdige Damen, die wollten sicherlich nur einige Auskünfte.«

»Über die Bank in Genf, den Rechtsanwalt und seine Mitarbeiter, besser wäre es gewesen uns gleich zu töten, als uns in diesem Loch nahezu verrecken zu lassen. Was kommt jetzt, zur Organisation wollen wir nicht zurück.«

»Das haben wir auch nicht vor.«

»Keine weitere Betreuung durch diese Hexen.«

»Ihr werdet der Police nationale zur Verwahrung übergeben, das wird für euch sicherlich ein angenehmeres Leben werden.«

»Besser gleich sterben, die Polizei hat viele Informanten, die werden uns Drogen verabreichen und uns als Rechtsanwälte zur Seite stehen. Wenn sie nichts mehr aus uns herauspressen können, werden wir durch ein uns verabreichtes Mittel infolge eines Herzinfarktes sterben.«

Joe übergab sie der Polizei. Thibaud veranlasste, die Personen, die sich nun als Rechtsanwälte aufdrängten, solange festzuhalten, bis sie von Elli und Patricia einem speziellen Verfahren unterworfen werden konnten. Es kam ihm der Keller in den Sinn.

Das Schloss und die Schließung der Betriebsstätte stand im Vordergrund. Unabhängig davon musste auch in Genf die Fertigung der elektronischen Bauteile ein Ende haben. Die Transporteure, die nach wie vor ihrer Tätigkeit nachkamen, sollten ebenfalls aus dem Verkehr gezogen werden. Dazu kamen die zahlreichen Kunden, die die falschen Karten bestellten.

Es kam zu einer Lagebesprechung. Man entschied sich den Russen wie den Amerikanerinnen einen Schutz zur Seite zu stellen. Nach der Anreise zum Schloss war ein Tag der Eingewöhnung vorgesehen. Am Abend ein festliches Abendessen unter Musikbegleitung. Am Tag darnach, nach angemessener Ruhepause ein scheinbar friedlicher Tag mit dem letzten Upcheck, ob am Abend der Einsatz von der Seeseite wie von den oberen Räumlichkeiten möglich wäre. Unabhängig davon mussten auch in Genf die Fertigungsräumlichkeiten gestürmt und bei Widerstand mit allen Personen vernichtet werden. Joe kannte nicht den Einsatz von Elli und Patricia in der Tiefsee. Bei der Besprechung schlug Elli vor, den Marinesoldaten zur Seite zu stehen. Das führte zur allgemeinen Verwunderung.

»Wenn wir eine entsprechende Neoprenausrüstung bekommen könnten, würden wir gerne den Eingang ausfindig machen, wohin sich das U-Boot immer zurückgezogen hatte.«

»Das ist nicht vorgesehen. Ihr sollt in den oberen Räumlichkeiten verbleiben und mit eurem Charme die Angestellten durch bestimmte ausgefallene Wünsche ablenken.«

»Wir werden uns mit Washington in Verbindung setzen. Unser Tiefseeabenteuer war mit einem wochenlangen Spezialtraining verbunden. Leider konnten wir den Bomber mit seiner gefährlichen Fracht nicht zurückholen. Ein Unterwasservulkan hat dies verhindert.«

»Das ist niemals bekannt geworden.«

»Das war auch nicht notwendig. Man hat uns lange genug an der Nase herumgeführt. Wir waren vor dem eigentlichen Einsatz entschlossen, auszusteigen. Man hätte uns nie gefunden. Nur unsere Loyalität zu Matthew, seinem Vertrauen und seiner lieben Art uns Einzuschulen hat uns davon abgehalten.«

Es war Stille eingetreten. Joe wagte nicht zu atmen.

Auch für die Froschmänner war dies neu. Alles was sie wussten, war ein streng geheimer Auftrag, von dem niemals Details bekanntgeworden waren. Man munkelte von zwei zierlichen Damen, die darin eine bedeutende Rolle gespielt hatten. Und diese Damen saßen nun in ihrer Mitte. Das wollte man nicht glauben.

»Elli habe ich damals in der Bretagne kennen und schätzen gelernt.« meldete sich Sergej.

»Ich habe den Auftrag, euch gesund nach Hause zu bringen.«

»Wir alle werden gesund nach Hause kommen.« meinte Patricia.

»Mit ihr war ich in der Tiefsee. Nachdem wir den Bomber gefunden hatten, dazu mussten wir mehrmals absteigen, kamen aber mit der Reservebatterie wieder hoch. Niemand soll fragen, ob wir Angst gehabt haben. Natürlich hatten wir Angst. Aber mit einem Tauchboot zu fahren, das den Handbewegungen folgte, ohne die Steueranlagen tatsächlich zu berühren, das gefiel uns beiden. An Bord gab es auch einen kleinen Platz, um unseren Urin abgeben zu können. Immerhin dauerte ein Tauchgang oft einen ganzen Tag.«

Joe räusperte sich.

»Darauf hat man mich nicht vorbereitet. Fragt Washington, was man dort von eurem Anliegen hält.«

»Danke Sir.«

Es folgte allgemeiner Beifall.

»Bitte kommen sie mit zum Campingcar.«

Elli ging voraus und ermöglichte eine Verbindung. Nach Eingebung ihres Codes brachte sie höflich ihre Vorschläge ein. Nahezu am Ende verwies sie auf den vergeblichen Versuch die Bombe aus der Tiefsee zu holen. Nicht unerwähnt blieb die Begleitung von Patricia, ohne der sie nie hätte zurückkehren können.

Dann kam Joe an die Reihe. Er bestätigte das Anliegen von Elli.

»Wir werden zurückkehren. Ob man nun zustimmen wird oder nicht, das werden wir rechtzeitig erfahren. Beide brauchen wir einen Neoprenanzug und die Ausrüstung. Für den Aufenthalt im Schloss zwei Wanzendetektoren, unterhalten möchten wir uns auf unseren Zimmer. Vielleicht gibt es auch Elektronik, die unter Wasser eingesetzt, alle Annäherungsversuche sowie die Einfahrt des U-Bootes auf einen Bildschirm meldet. Die müssten ausgeschaltet werden. Wenn die auf Infrarot reagieren, sind die Marinesoldaten sehr gefährdet.«

»Sie denken an viele Einzelheiten.«

»Wir wurden in einer Marinebasis in den USA eingeschult und in der Bretagne mit der Praxis konfrontiert. Man wollte uns komplett überwachen und das auch noch im Quartier. Jeglichen Gedankengang wollten sie wissen. Wir bekamen Schützenhilfe und Wanzendetektoren. Damit hatten sie in Washington nicht gerechnet. Wir waren uns nicht sicher, ob wir nach der Bretagne auf das U-Boot zurückkehren sollten. Es war ein schwerer Entschluss. Damit war unser Schicksal besiegelt und wir riskierten die Tauchfahrten in die Tiefsee.«

Joe begriff allmählich, Elli hatte ihm etwas anvertraut, was noch niemals bekannt geworden war. Dieses Vertrauen hatte er nicht erwartet.

»Es gibt noch viele andere gemeinsame Erlebnisse mit Patricia, über die wir heute lachen können, die aber nicht minder brisant sind. Zurück zu meiner Anfrage. Sollte man in Washington zustimmen, werden wir die Marinesoldaten in etwas einweihen, das nur wir kennen. Persönlich glaube ich nicht an die Harmlosigkeit der Gäste und die der Angestellten im Schloss. Patricia teilt meine Meinung. Im Krieg befinden wir uns schon lange. Es sind unsichtbare Gegner, die zu bekämpfen keine noch so lange Ausbildung helfen kann. Früher war es der KGB, heute ist es eine Organisation, für die das Menschenleben keinen Wert hat. Wer ein Trainingscamp hinter sich hat, kann im Dschungel nur bedingt überleben. Eine Klapperschlange kann man hören. Einer ungefähr zehn Zentimeter große Schlange, deren Biss einen Herzinfarkt vortäuscht und zum absoluten Tode führt, kann man in dieser zivilisierten Welt nur dann entgehen, wenn man ununterbrochen auf eine Begegnung mit ihr bedacht ist. Sie kann in der Tasche eines Bademantels genauso gut eingesetzt werden, wie im Bett.

Schmeckt ihnen am Abend noch ihr Abendessen?«

Joe war das Lachen schon lange vergangen.

»In Zukunft werde ich nach dem Aufwachen immer die Stiefel kontrollieren, bevor ich sie anziehe.«

Elli begann zu lachen, in das Joe einstimmte. Innerlich musste er Elli rechtgeben. Man soll sich niemals zu sehr auf die scheinbare Sicherheit verlassen. Er nahm sich vor seine Kameraden nochmals auf die äußerst schwierige Situation vorzubereiten.

»Bevor wir aber unter Wasser ins Schloss eindringen wollen, sollten wir dies mit jenen Kameraden abstimmen, die in Genf die nicht einfache Aufgabe haben diejenigen zu überrumpeln, die mit der Zusammensetzung der elektronischen Bauteile beschäftigt sind und eine Weiterleitung unser Aktion verhindern müssen. Das wird sehr schwierig werden.«

Elli hörte Joe stärker atmen.

»In Washington im temperierten Zimmer, die Kaffeemaschine in Reichweite, vergisst man oft den Fronteinsatz. Es würde mir ähnlich ergehen. Dazu kenne ich nicht die derzeitigen Chefs persönlich und habe keine Ahnung, ob es noch Mike Snowman gibt.«

»Von ihm habe ich gehört, ihn aber nie zu Gesicht bekommen. Als wir losgeschickt wurden, bekam ich noch den Hinweis mich direkt mit ihm in Verbindung zu setzen, wenn euch, von denen ich nichts wusste, etwas passiert.«

»Danke« mehr konnte sie nicht sagen. Joe bekam mit, ihre Gedanken waren weit weg. Das konnte er an ihrem Gesichtsausdruck erkennen.

Es verging einige Zeit bis Elli sich wieder in Gewalt hatte.

»Entschuldigung« Joe sagte nichts. Joe hatte in den wenigen Augenblicken den Menschen und die Frau kennenlernen dürfen. Bisher kannte er nur die Agentin. Joe wagte nicht zu atmen. Nie hatte er sich vorstellen können, daß er das einmal erleben durfte.

»Wir werden zu den anderen gehen, dort ist es gemütlicher. Gedanken an etwas zu verschwenden, wird uns nicht weiterbringen. Was uns bevorsteht, das sollen wir immer im Auge behalten und uns durch nichts ablenken lassen. Unsere Gegner sind auch keine Zauberer. Die werden genauso wie wir fallweise mit den Ängsten kämpfen müssen. Nur wer einen Schritt voraus ist, wird gewinnen.«

Sie kehrten zurück und besprachen die nun einzuhaltenden nächsten Details. Die Antwort aus Washington kam nicht sofort. Der Einsatz von Elli und Patricia unter Wasser war nie vorgesehen gewesen. Ihr Einsatz in Frankreich hatte Formen angenommen, an die man nicht geglaubt hatte. Die Gefährlichkeit und ein Misslingen war allen bewusst geworden. Über einen langen Zeitraum hatten beide Damen nicht in einem Neoprenanzug trainiert. Ihr Einsatzwille könnte zu einem Desaster führen, das wäre nun ihr beider Ende. Nach heftigen Debatten entschied man, sie müssten wieder im See trainieren. Und dies kam im Laufe des Tages.

Das Mittagessen war lange schon vorüber, als sich das kleine Gerät meldete. Elli ging zum Campingcar und war neugierig, was nun angeboten wurde.

»Wenn sie unbedingt wieder tauchen wollten, wäre eine kurze Abstimmung mit den Marinesoldaten unbedingt notwendig.«

Damit kehrte sie zu den anderen zurück. An ihrem Gesicht konnte man nicht erkennen, was sie nach der Dechiffrierung gelesen hatte. Spitzbübisch lächelnd erzählte sie die Ermahnung das einst gelernte wieder zu üben und das gemeinsam mit der Marine. Das wollte man am darauffolgenden Tag sofort durchführen. Noch in den darauffolgenden Stunden wurde die Marine von ihren speziellen Zeichen informiert. Es folgte auch der Hinweis, sich diese Zeichen einzuprägen. Bei einer falschen Antwort würde hemmungslos die Harpune eingesetzt werden. Sie haben sich diese Zeichen lange vor ihrem Training in den Staaten ausgedacht und ohne Erbarmen in der Bretagne eingesetzt. Fremden Tauchern sind diese Verständigungen nicht bekannt.

Am folgenden Tag wurden Elli und Patricia die notwenigen Ausrüstungen besorgt. Was Elli störte waren die kleinen Flossen. Was sie seinerzeit bekommen hatte, das waren die Flossen der Kampfschwimmer. Die gab es nicht. Sie dachte sich, alles kann man nicht haben. Es muss auch mit diesen funktionieren. Es hat aber den Vorteil, wir werden nicht sofort erkannt.

An der Ostseite des Lac d´Annecy probierten sie ihre neue Ausrüstung und übten mit der Marine. Nach einiger Zeit schien es ihnen, als ob sie nie mit dem Tauchen aufgehört hätten. Es stärkte ihr Selbstvertrauen.

Auch die Marine war mit den neu erlernten Zeichen zufrieden. Andere Taucher, die ebenfalls in der Nähe waren, konnten die Zeichen nicht verstehen. Als alle wieder aus dem Wasser waren, wollte ein Neugieriger Details. Elli ritt der Teufel und sie sagte frei heraus, wir suchen nach einem in den See gestürztem Boot, das versunken ist und einen Schatz an Bord hatte. Um die genaue Lage des versunkenen Bootes nicht bekanntzugeben, haben wir uns ein eigenes System ausgedacht.

»Wie hoch wird der Schatz eingeschätzt?«

»Genaue Angaben gibt es noch nicht. Das Boot hat ohnehin schon einen hohen Wert. Nach Hebung des Bootes und der Wiederherstellung des Motors, es ist ein Innenborder, wird der Besitzer sicherlich zufrieden sein. Angeblich ist das Boot durch einen Fahrfehler gekentert und untergegangen. Mit ihm eine Kiste mit sehr altem Goldschmuck aus dem 1800 Jahrhundert. Wenn es stimmt, daß das Boot in weitere Tiefen abgesunken ist, gibt es ohne Tauchroboter keinen Zugriff. Irgendwo noch im Bereich des Möglichen, ungefähr 30 bis 40 Meter soll ein Ballon hängen. Der würde, verbunden mit einem Seil, zum Boot führen. Ist das genug. Unerfahrene Taucher könnten ab 30 Meter in Schwierigkeiten gelangen.«

»Ist es ihnen heute gelungen, den Ballon zu finden?«

»Leider nein, die Strömung wird den Ballon nicht so hoch steigen lassen. Für heute haben wir genug. Wir werden uns nach technischen Hilfsmitteln umsehen.«

Als der neugierige junge Mann gegangen war, wollte Joe wissen, weshalb sie diesen Unsinn erzählt hatte.

»Es ist kein Unsinn, in spätestens zwei Tagen suchen überall am See enthusiastische Taucher nach der Boje oder nach dem Ballon, der in der Tiefe hängt. In drei Tagen gibt es einen Bericht in der Zeitung mit ausgeschmückten Details. In spätestens vier Tagen ein Foto über einen Unfall mit einem Innenborder und in einer Woche sind alle Hotels ausgebucht. Für alle sind Menschen in Neoprenanzügen, die sich in die Fluten stürzen, ein selbstverständlicher Anblick. Wir werden ohne besonders aufzufallen in Ruhe unserer Arbeit nachgehen.«

»Berichte erwarte ich schon Morgen.« kam es von Patricia.

»Wir sollten auch an einem anderen Tag nochmals an einer anderen Stelle unser Glück versuchen. Vielleicht am anderen Ufer.«

Als sie wieder bei Jean ihr Abendessen einnahmen, kamen ebenfalls Männer zum Abendessen. Aufgeregt sprachen sie von einem

Bootsunglück am Lac d`Annecy und von Tauchern, die nach dem Schatz suchten.

Joe sagte nichts, er war zum Aperitif gekommen. Elli schaute ihn an. Joe konnte nicht alles verstehen. Elli übersetzte.

»Heute haben Amerikaner Tauchausrüstung gekauft, sagten die Franzosen am Nebentisch. Bald wird Mangel herrschen.«

»Habe niemals an die Mundpropaganda geglaubt. Der See wird noch nach Gold abgesucht werden. Vielleicht ist die Kiste über Bord gegangen.«

Am Nebentisch war es still geworden. Einer hatte offensichtlich den letzten Satz im amerikanischen Englisch verstanden. Elli setzte daraufhin fort.

»Bis ein Tauchboot zum Einsatz kommt, werden sicherlich noch einige Wochen vergehen.«

Am Nebentisch spitzte man die Ohren. Joe verstand, er blieb still.

»Elli überlasse mir dein kleines Gerät, am Nachmittag um Punkt drei Uhr werde ich einen Funkspruch über eine Position in russischer Sprache durchgeben.« meldete sich Sergej.

Niemals hatte man deutlicher seine russische Abstammung im amerikanischen Englisch gehört. Joes Brust schüttelte sich vor Lachen. Kein Ton war ihm entkommen. Beide Damen machten ein unschuldiges belangloses Gesicht. Am Nebentisch leerte man die Gläser, gingen zur Theke und verschwanden.

»Die sind wir vorerst los. Wir können uns nun etwas lockerer unterhalten.«

Man besprach noch, an welcher Stelle getaucht werden sollte, wartete auf das Abendessen und begab sich zu Bett. Noch während des Abendessens brachte man Elli die angeforderten Wanzendetektoren. Der Überbringer konnte sich nicht zurückhalten und bemerkte nebenbei, daß diese Geräte jegliche Installation ausfindig machen würden. Eines bekam Sergej.

Der nächste Tag mit Nebel in der Früh, der auch über dem See deutlich zu sehen war, erleichterte den Tauchgang. Sie hatten sich einen Platz ausgesucht, von dem man auch zum Schloss tauchen konnte. Die Fahrzeuge wurden abgesperrt und zwei Mann blieben in der Nähe. Auf diesen Parkplatz konnten nun ohnehin keine weiteren Fahrzeuge einfahren. Auf weitere Besucher wollte man dennoch verzichten.

Die Damen verschwanden in der Tiefe und die Kampfschwimmer folgten ihnen. Auf einem Felsvorsprung fand Patricia einen Ballon, der sich dort unter einem Überhang verbarg. Von diesem Ballon ging ein starkes Seil in eine weitere Tiefe. 25 Meter unter der Wasseroberfläche befand sich wieder ein Felsvorsprung. Sie wartete bis die anderen Taucher sie erreicht hatten. Dann zeigte sie, was sie gefunden hatte. Bald war man sich einig, einer musste hinunter. Die Damen rührten sich nicht vom Fleck. Man wartete. Derjenige, der abgestiegen war, kam bald zurück. Er deutete unter der Marke 30 liege eine Kiste. Die ist aber an den Felsen fixiert. Bei Interesse würde er einen zweiten Kameraden benötigen. Zwei weitere Marinesoldaten folgten ihm und brachten die Kiste hoch. Es ging zurück zum Parkplatz. Die Kiste wurde geöffnet. Der Inhalt bestand aus einem weiteren kleineren Behälter. Um diesen aber am Aufschwimmen zu hindern waren Steine mit eingepackt worden. Der Behälter erwies sich als Wasserdicht und fest verschlossen.

Nach vorsichtiger Öffnung fanden sie Preziosen und Diamanten in unzähliger Menge. Eiligst wurde der Inhalt in einen Kunststoffsack geleert. In den Behälter Steine eingefüllt und der Behälter wurde sorgfältig verschlossen. Wieder in die Kiste gelegt, mit weiteren Steinen beschwert und auch die Kiste ordnungsgemäß verriegelt. Man brachte sie dorthin zurück, wo man sie gefunden hatte. Der Ballon befand sich nun wieder unter dem Felsvorsprung und das Seil hing in die Tiefe. Ohne Störung kehrte man zurück. Neben dem Parkplatz fuhren weiterhin zahlreiche Autos. Da sie durch die enge Straße nicht anhalten konnten, mussten sich eventuelle Besucher einen anderen Platz suchen. Noch bevor sich der Nebel endgültig gelichtet hatte, war die Tauchausrüstung verstaut. Niemand konnte von außen erkennen, was sich in den Wagen unter der Abdeckung befand.

Elli lud zum zweiten Frühstück ein. Im Fresskorb gab es genug Schmankerln und drei kleine Flaschen Veuve Clicquot Ponsardin. Vergnügt langte man zu.

»In Frankreich darf niemand verhungern.«

Alle lachten. Man dachte an den Fund. Niemand erwähnte ihn. Vielleicht kam dem einen oder dem anderen der Gedanke nicht weiter dienen zu müssen und ein beschauliches Leben führen zu können, wo immer er nur wollte.

Noch bevor sie aufbrachen, um wieder zurückzufahren, bemerkte Patricia:

»Wir werden Thibaud zu verstehen geben, die Versicherung soll sich mit der Zahlung Zeit lassen. Wir haben von geleerten Banktresors gehört, die mit gefälschten Originalkarten geöffnet worden waren. Möglicherweise wurde der Inhalt oder ein Teil im See deponiert und man wartet noch auf die Zahlung der Versicherung. Wir haben einen noch ganz anderen Coup vor uns, das dürfen wir nicht vergessen. Thibauds Herz wird höher schlagen. Eine Auskunft darf er auf keinen Fall bekommen. Das würde den mühselig vorbereiteten Einsatz gefährden.«

Ein Blick in die Gesichter der Männer bestätigte, was sie gerade geäußert hatte.

Vorsichtig fuhr man zurück. Bei Jean angekommen wurde der Sack mit den Diamanten in einen weiteren Sack gegeben und versiegelt. Jean wurde gefragt, ob er noch eine leere Tiefkühltruhe irgendwo stehen hätte. Nach Bejahung, ob diese auch zum Verschließen wäre. Auch dies konnte bestätigt werden. Sie sollte im Kühlraum gelagert werden. Dem stimmte er zu. In diese Truhe wurde eine kleine Kiste aus Kunststoff gelegt, die normalerweise zum Transport von Nahrungsmitteln verwendet wurde. In diese Kiste legte man den versiegelten Sack und darüber Nahrungsmittel, die man vorher eingekauft hatte. Die Tiefkühltruhe wurde geschlossen und abgesperrt. Eingedenk dessen, daß findige Köpfe auch gesperrte Schlösser öffnen konnten, wurde das Schloss mit einem Mittel versiegelt, das ein einfaches Öffnen verhindern sollte.

Über das Schloss kam noch ein Klebeband.

»Sollte sich nun jemand am Klebeband zu schaffen machen, wird das zu sehen sein. Der Keller wird sein nächster Aufenthalt bis zu seinem Verrecken dienen müssen.«

Elli hatte noch nicht zu Ende gesprochen.

»So streng sind hier die Bräuche?« fragte Joe.

»Mehr können wir nicht tun. Außer dem Koch und Jean kommt niemand in den Kühlraum. Vielleicht schickt der Koch die Kellnerin, um eine Kleinigkeit zu holen. Damit müssen wir leben. Unabhängig davon sollen sich diejenigen bereithalten, die in Genf einschreiten müssen. Bevor wir uns im Schloss einfinden, sollen sie in Genf bereit sein. Jegliche Verständigung muss verhindert werden.«

Nochmals wurden alle Punkte wiederholt, die in der folgenden Aktion zu Fehlern führen sollten. Es folgte das Abendessen und die Anspannung stieg.

Zeitig am folgen Tag fuhren die für Genf eingeteilten Kameraden los. Die anderen entfernten sich viel später zum Château. Sie warteten ab, ob ihre Kameraden im vorbestellten Quartier in Genf eingetroffen waren. Elli meinte zu Jean, sie werden möglicherweise einige Tage nun nicht zurückkommen. Auf die entliehene Tiefkühltruhe im Kühlraum möge er achtgeben.

»Sie steht weit rückwärts und ist nicht im Wege. Dort wird sie bleiben, bis ihr wieder zurückseid.«

Vier Wagen setzten sich nun in Bewegung. Gefolgt vom Campingcar. Am Parkplatz des Château wurden die Autos in der Form aufgestellt, daß man nur schwer alles vom Schloss oder der nächsten Umgebung beobachten konnte. Damit wollten die Marineangehörigen sicher gehen, daß sie ihre Sportausrüstung, ohne gesehen zu werden, jederzeit anziehen konnten.

Alle wurden herzlich empfangen und auf ihre Zimmer geleitet. Nicht nur Elli kontrollierte gewissenhaft ihr Zimmer mit dem Detektor. Auch die Russen und Thibaut kontrollierten die Zimmer. Gefunden hatten sie nichts. Gleich zu Beginn erkundigte man sich nach ihren Wünschen. Zur Teestunde würden sie wieder im Salon erscheinen, keinen Tee aber viel starkem Espresso genießen. Damit kam man auch Elli und Patricia entgegen.

Überrascht waren sie aber von den sehr luxuriös ausgestatteten Räumlichkeiten. Als sie wieder die Treppe hinuntergingen, kamen sie auch am Kellerabgang vorbei. Dort gab es einen Hinweis, daß dieser dem Personal vorbehalten war.

Der Espresso war gebracht worden. Dazu bekamen sie Kleinigkeiten, die ihnen mundeten. Elli hatte logischerweise ihren Detektor mit. Es gab kein Signal. Als das Bedienungspersonal verschwunden war, suchte sie den Raum ab. Kein Signal.

»Wir können sprechen, aber nur wie sehr wir von dem Empfang und der Einrichtung beeindruckt waren. Vielleicht gibt es irgendwo ein kleines Loch durch das unsere Lippenbewegungen und somit unser Gespräch belauscht werden kann.«

Dies hatte sie unter vorgehaltener Hand gesprochen und einen Hustenanfall vorgetäuscht. Joe lernte dazu. Er hatte es nicht für möglich gehalten. Dabei machte sie ein Gesicht wie eine Siebzehnjährige, die sich das das erste Mal in großer Gesellschaft befand. Sergej war überrascht. Donnerwetter dachte er sich, sie denkt an alles. Daran hätte ich nicht gedacht.

Der Espresso gefiel auch den anderen und bald fand ein sehr lockeres Gespräch statt. Ihr gemeinsames Gelächter konnte man auch in der Rezeption vernehmen.

Das Täuschungsmanöver gelang. Der Spion, der ihr Gespräch verfolgen sollte, hatte genug gehört. Er war nun überzeugt, daß die neuen Gäste Amerikaner und Russen waren, die sich für ihren Urlaub Frankreich ausgesucht hatten. Davon lieferte er sofort einen Bericht.

Patricia war es nicht entgangen, als bei einem Bild eine Kleinigkeit eine andere Farbe angenommen hatte. Ihren Platz hatte sie neben Elli zur Linken und Thibaut zur Rechten. Als das Gespräch lauter wurde, verriet sie Elli, was sie gefunden hatte. Elli nahm eines der letzten Bissen und sagte beiläufig unter vorgehaltener Hand.

»Wir wurden tatsächlich beobachtet. Patricia hat das Loch entdeckt, das nun geschlossen ist. Ruhig Weiteressen und Lachen.«

Patricia bekam einen Lachanfall, von dem sie sich nicht beruhigen konnte. Bald stimmten auch die anderen darin ein.

»Es ist sehr lange her, ich habe gerade begonnen beim KGB zu arbeiten. Nicht immer habe ich Instrukteure gehabt, die mit viel Gefühl mich auf Widrigkeiten aufmerksam gemacht haben. Einer aber unterschied sich von der breiten Masse. In einer Situation, in der wir uns überlassen in einem großen Raum gesessen sind, riet er mir die großen Wandmalereien auf der gegenüberliegenden Wand zu betrachten. Wir warteten auf den Chefinstrukteur. Die Zeit verging und ich versuchte dem erhaltenen Rat nachzukommen. Tatsächlich änderte sich bei einem der Malereien in einem Auge die Farbe. Sicher war ich mir nicht. Angespannt wie ich war, blickte ich fallweise wieder dorthin und konnte die Bestätigung finden. Es wurde mir bewusst, wir werden beobachtet. Damals begann ich ein belangloses Gespräch. Erst Wochen später kam man bei einer Unterhaltung mit Vorgesetzen auf dieses Verhalten zurück. Es gab kein Lob, aber der Gesichtsausdruck meines Gegenübers verriet Zustimmung. Ich habe es nie vergessen. Das ist mir gerade eingefallen.«

»Eines der Vorzüge von Patricia. Wie konnte man nur so dumm sein, sie zu unterschätzen.« brummte Sergej.

»John hat mich einmal darauf Aufmerksam gemacht. Das habe ich nicht geglaubt und habe mir den Spaß erlaubt einen Unsinn von mir zu geben. Tatsächlich hat man genau dort zu forschen begonnen und hastig alles durcheinandergeworfen, wo nichts zu finden war.

Seither unterschätze ich nicht mehr jene Personen, die von den Lippen die gesprochenen Sätze ablesen können. Das geschieht in höchst kritischen Situationen unter Zuhilfenahme mit einem Fernglas.«

»Ihr seid mir die Richtigen.«konnte sich Joe nicht enthalten. Wieder gab es Gelächter.

Ein Kellner kam, fand eine Gesellschaft, die sich amüsierte und fragte ohne Scheu, ob er Mitlachen dürfte. Sofort erzählte Sergej einen alten Witz. Den kannte der Kellner offensichtlich nicht. In sein Lachen stimmte der Rest der Gesellschaft ein.

»Morgen werden wir unsere Sportausrüstung einsetzen, nur Essen und in den warmen Räumen sitzen, das wird unserer Gesundheit schaden.«

»Wann soll es denn losgehen?« fragte Thibaud.

»Ein gemütliches Frühstück um neun Uhr und ein wenig Verdauen.«

Damit war allen klar, der Einsatz wird um zehn Uhr am Vormittag beginnen. Diejenigen, die sich nicht mit der Tauchausrüstung unterwegs befanden, sollten gegen 10:30 Uhr in die Kellerräume vordringen.

Für das Abendessen hatten sie sich die Bekleidung vorbereitet, die anzulegen, Zeit kosten würde. Das Abendessen war um acht Uhr gedacht. Nach dem Kaffee am Nachmittag zogen sich alle bis auf die Bewachungsmannschaft der Autos auf ihre Zimmer zurück. Elli war vorher noch im Campingcar gewesen und hatte durchgegeben, wann man am kommenden Tag im See schwimmen wollte. Damit wussten die in Genf bereitgestellten Kameraden vom Beginn der Kampfhandlungen. Kein Alarm durfte aus Genf die Leute im Château warnen. Vielleicht gab es in Genf eine automatische Warneinrichtung. Um so schlimmer für alle Beteiligten. Den jüngeren Kameraden hatte man die Grausamkeit der Organisation nicht vorenthalten. Sie waren nun darauf eingestellt in Europa einem Kriegseinsatz wie einst in Vietnam gegenüberzustehen. Aus Washington hatte man ohnehin freie Hand. Wie nun die Schweiz mit ihrer Stellung in der Weltöffentlichkeit mit ihren Geldgeschäften und der Nichtbeteiligung bei internationalen Auseinandersetzungen darauf reagieren würde, war kein Thema. Es war auch nicht Gedacht beim allerkleinsten Mucks die gefundenen Pretiosen einfach zurückzugeben.

Elli und Patricia konnten nach dem Nachmittagskaffee ohnehin nicht sofort Einschlafen. Sie dachten an einen gegenseitigen Totalverlust, verbannten aber diese Gedankengänge. Sie kannten sich zu gut und wollten nicht davon sprechen. Sie lagen auf ihren Rücken und betrachteten die Täfelung des Raumes. Die Vorhänge waren zugezogen und beide kamen in einen Halbschlaf. Sie wurden durch kein Geräusch gestört. Gegen sechs Uhr erwachte Patricia.

Sie hörte das leise Atmen von Elli. Vorsichtig ergriff sie die Decke von Elli, die dadurch ebenfalls aufwachte.
»Wie spät ist es?«
»Reichlich Zeit, konntest du ein wenig Schlafen?«

»Ja, zuletzt war ich im Traum mit dir in Trégastel-Plage, sonnig, fast kein Wind und beide waren wir sehr zufrieden.«

»So soll es auch in Zukunft sein.«

»Konntest du ebenfalls Träumen?«

»Alle Träume sind mir schon wieder entwischt.«

»Ein wenig werde ich noch im Bett bleiben, es ist wunderbar.«

Somit verblieben beide noch einige Zeit im Bett und erinnerten sich an Trégastel-Plage, wohin sie zurückkehren wollten, sobald sie den Einsatz hinter sich hatten. Dann verließen sie diese wunderbaren Betten und halfen sich beim Ankleiden. Für diesen Besuch des Schlosses hatten sie sich Kleider ausgeliehen. Sie freuten sich auf die Überraschung und Kicherten beim Aufsetzen ihrer Perücken. An die bevorstehenden Stunden am kommenden Tag dachten sie nicht. Den Abend wollten sie genießen. Das beeinflusste ihre Psyche. So vergnügt waren sie schon lange nicht. Nach sieben Uhr gingen sie hinunter und nahmen die Richtung zum Speisesaal. In einem Nebenraum suchten sie sich am großen Tisch einen Platz und warteten auf die Herren.

Da sie auf die Masken nicht vergessen hatten, war es für die Herren eine Überraschung. Sergej konnte weder Elli noch Patricia von vornherein erkennen. Er kam in der Uniform eines Generals. Beide Damen blieben stumm. Den Handkuss nahmen sie entgegen. Auch Joe hatte sich eingekleidet. Er erschien in der Uniform eines Heerführers aus der Zeit des amerikanischen Bürgerkrieges. Nicht minder war er erstaunt über das Aussehen der Damen. Thibaud kam in der Uniform eines Infanteristen aus der Zeit von Napoleon dem Ersten. Laura erschien zuletzt. Man konnte es nur vermuten, daß sie es war. Eingekleidet war sie wie die Marquise de Pompadour. Den Herren blieben die Münder offen. Elli und Patrica waren aufgestanden, hielten sich Hand in Hand und machten vor der Marquise einen Knicks.

Zwei Asiaten waren als Kellner eingeteilt worden. Sie standen hinter der Marquise und einer flüsterte dem anderen, daß der Transport am folgenden Tag um 10 Uhr 30 stattfinden werde. Laura konnte es deutlich verstehen. Ihr Kenntnisse der chinesischen Sprache verhalfen ihr zum Begreifen, eine besonders wichtige Nachricht aufgeschnappt zu haben. Diejenigen, die weiter weg gestanden waren, konnten nur die Lippenbewegungen des einen Asiaten erkennen, nicht aber , was er dem anderen zugeflüstert hatte. Sie vermuteten ein Kompliment über die Ausstaffierung der Gäste. Als endlich alle Platz genommen hatten nahm man die Bestellung des Aperitifs entgegen. Sergej, der neben Elli saß, wusste immer noch nicht, wen er zu seiner Linken hatte.

Elli gab keinen Laut von sich. Auch nicht Patricia. Sie hatte auf der rechten Seite von Sergej Platz genommen. Das Angebot Champagner zu trinken wurde wohlwollend von allen angenommen. Beim Anstoßen sagte die Marquise einige Worte, vor allem wie sehr sie sich über diesen Abend freue und ließ die Abfahrt des Transportes einfließen. Den Nachmittag beim Kaffee hatte sie nicht vergessen. Für den Fall einer Beobachtung durch irgendein Loch in der gegenüberliegenden Mauer, führte sie ihre linke Hand in die Richtung ihres Mundes. So hoffte sie die Weitergabe ihrer Kenntnisse zu ermöglichen.

Elli kicherte. Die Perücke war verrutscht und kitzelte.
»Superbe, superbe.« damit kommentierte Sergej die kleinen Happen, die man zum Champagner gereicht hatte.
Die Marinesoldaten waren in ihren Ausgehuniformen gekommen. Joe meinte, er könnte sich weitere Begegnungen mit den Damen vorstellen. Darauf hielt sich Elli nicht zurück. Er möge sie doch auf ihrem Hof besuchen. Damit konnte Sergej endlich wissen, wer sich zu seiner Linken in dieser Verkleidung verbarg. Man verlangte nach weiterem Champagner. Die Stimmung stieg.

Alexej hatte sich nur widerwillig in die Uniform eines Oberst der Luftabwehr einkleiden lassen. Er hatte von Anfang an, an diesem Schnick -Schnack keinen Gefallen gefunden. Nun aber begriff er dessen Bedeutung. Man konnte tatsächlich die Gastgeber überzeugen, es mit harmlosen Touristen zu tun zu haben, die sich ausgelassen benahmen. Das Servierpersonal wird vermutlich ohnehin alles bis ins kleinste Detail weitergeben.

Nach zwei weiteren geleerten Flaschen schienen die Gäste im Begriff zu sein, beim Abendessen sicherlich auch dem Alkohol zu frönen. Was auch tatsächlich eintrat. Weinflaschen wurden bestellt und geleert. Sie wurden aber keineswegs getrunken. Die im Speisesaal üppigen großen Pflanzen bekamen den Alkohol zur Wässerung. Nicht immer konnte man diese Gäste total überwachen. Die Damen und Joe nützten die Zeit, in der das Personal die Wünsche der Anwesenden zu erfüllen suchen. Schade um den Wein, es waren gute Jahrgänge. Die Gäste erschienen der Bedienung betrunken zu werden.

Patricia musste sich kurz zurückziehen. Sie war scheinbar nicht mehr fest auf ihren Beinen, versäumte im Kellerabgang die richtige Tür und fand , wonach sie suchte. Weiter Rückwärts im selben Gang gab es eine einfache Türe. Sie öffnete diese und konnte den weiteren Weg finden, den zu erreichen sie gehofft hatte. Dang ging sie schwankend zurück, ohne bemerkt zu werden. Natürlich fand sie auch die Toilette, wo sie einige Zeit verblieb. Elli kam ihr direkt nach und wurde von Patricia instruiert. Nach weiteren fünf Minuten gingen sie eingehängt, schwankenden Schrittes zum Speisesaal zurück.

Sie wurden gefragt, ob man noch nachschenken dürfte. Sie meinten, damit zu warten.

Sergej wollte unbedingt wissen, weshalb sie so lange ferngeblieben wären. Patricia erklärte es mit der Heftung einer aufgegangene

Naht ihrer Kleidung. Das Kleid musste mehrmals gerichtet werden. Zum besseren Verständnis fuhr sie mit dem Finger auf dem pompösen Tischtuch entlang einer Linie, schwenkte dann nach Links und meinte, Elli habe ihr dort die Heftnadeln eingesetzt, die man von außen aber nicht erkennen könnte.

Sergej wusste nicht genau, was sie wirklich sagen wollte, eines hatte er begriffen, den Abgang und die Türe zum Eindringen aus dem oberen Bereich hatte sie gefunden.

Er genehmigte sich sofort noch ein Glas des köstlichen Rotweines. Alexej hatte nahezu nichts getrunken, das was Patricia am Tischtuch mit ihrem Finger vorführte, hatte er verstanden. Sehr geschickt, dachte er sich. Eigentlich sollten wir nun zum Angriff übergehen. Man wird doch nicht einer angetrunkene Gesellschaft ein solches Übel zutrauen. Es war aber für den kommenden Tag geplant. Ausschlafen und mit Bedacht zusammenarbeiten, das wird die bessere Methode sein. Wenn wir ein Frühstück mit einem Kater Mimen, sind wir aber ausgeruht und voll einsatzfähig. Tageslicht wird auch der Marine nützen können.

Nach dem ersten Hauptgang stand Joe auf und winkte zwei seiner Kameraden. Ursprünglich waren sie über den Schalk, den sich die Damen leisteten und der auch vom KGB mitgemacht wurde, nicht nur erstaunt gewesen. Bald begriffen sie, es war harte Arbeit, die beim geringsten Verdacht tödlich enden würde. Sie mussten nun die Kameraden bei den Autos ablösen und diese auf das Spektakel vorbereiten. Beim Abgang lächelten sie die Damen an. Diese schienen es nicht zu bemerken, weil sie mit ihren Gläsern beschäftigt waren. Als sie außer Hörweite des Schlosses waren, meinte einer, das hätte er sich nie träumen lassen.

»Man lernt nie aus.«kam es von Joe.

Beim Parkplatz wurden die Wachen eingeweiht. Sie müssten ihre Überraschung nicht verbergen. Das Essen wird sie zufriedenstellen.

Beim Alkohol sollten sie sich zurückhalten. Die Münder aber füllen, aber nicht trinken. Ihr Atem, der deutlich den Alkoholduft wiedergibt, soll dem Bedienungspersonal nicht entgehen. Joe kehrte nach weiteren belanglosen Bemerkungen mit denjenigen zurück, die bisher keine Verpflegung bekommen hatten. Sie wurden mit Hochrufen empfangen.

Trotz der Einweihung waren sie über die Garderobe der Damen nicht minder erstaunt, als über die Uniformen der Herren. Eine seltsame Art einen gefährlichen Einsatz unter einer Maskerade zu verbergen. Die vergnügten Gesichter der Damen fanden Gefallen. Die Damen hatten Spaß und waren keineswegs betrunken. Aber es roch deutlich nach Alkohol. Ob es den Pflanzen gut tun würde, das stand nicht zur Debatte. Bisher hatten sie nur eine karge Verpflegung gehabt. Die Vorspeisen bereiteten Vergnügen.

»Haltet euch zurück, es kommen noch andere Gänge, die soll man aber nicht ausschlagen.« bemerkte Joe.

Sollte jemals wieder ein Einsatz mit Elli und Patricia stattfinden, würden sie weniger zögern, als sie es getan hatten.

Sie wussten noch nicht, daß die Damen am kommenden Tag auch im Neoprenanzug dabei sein wollten.

Als alle genug gegessen und getrunken hatten, kam der Nachtisch.

Man war sich wegen des Kunstwerkes nicht sicher, ob es nur zum Betrachten oder auch zum Essen war.

»Wir befinden uns in Frankreich, das darf man nicht vergessen.«konnte sich Elli nicht enthalten.

»Treibt ihr es immer so?«

»Wenn möglich, ja.«

»Ihr seid aber beide schlank.«

»Wir gleichen es mit Bewegung aus.«

»Was ist euer nächstes Ziel?«

»Trégastel«klang es aus beider Munde.

»Seid ihr euch so sicher?«

»Wie würden hier keineswegs vergnügt sitzen.«

»Darf ich mitkommen?«

»Warum nicht.«

Dieser Übermut und Gelöstheit vertrieb die letzte Anspannung in der Gruppe. Laura, die bisher ruhig geblieben war, lachte. Sie steckte die anderen an.

Die Marinesoldaten, die gekommen waren, konnten es nicht glauben. Es war eine gelöste Stimmung eingetreten. Elli unterdrückte ein Gähnen.

»Wenn sie uns entschuldigen, wir möchten uns zurückziehen.«

Damit begann ein allgemeiner Aufbruch. Man wünschte sich noch eine Gute Nacht und man begab sich auf die Zimmer.

Am kommenden Morgen beim Frühstück hielten sich die Damen zurück. Der bevorstehende Tauchgang sollte nicht mit überfülltem Magen begonnen werden. Gegen 9 Uhr 30 brachen sie auf. Mit der Marine ging es eine Strecke entlang der Straße zum nächsten Parkplatz. Dort zogen sie sich außer den Wachen ihre Neoprenanzüge an und es ging in die Tiefe. Sie tauchten in die Richtung des Schlosses. Der Frühnebel hielt viele Neugierige ab, sich dem See zu nähern. Wo sich der unterirdische Eingang befand, das mussten sie herausfinden. Dort sollte das U-Boot herauskommen. Die Zeit verstrich und den Eingang hatten sie noch nicht gefunden. Das Glück war ihnen hold. Einer der Marineangehörigen entdeckte eine Metallplatte, die einem Garagentor nicht unähnlich war. Vermutlich war dies der Eingang. Sie verblieben in der Nähe. Als diese Metallplatte sich nach oben entfernte, kam langsam ein Gebilde, nahezu einem U-Boot gleich, heraus.

Noch ehe dieser Metallteil wieder nach unten glitt, wurde er mit einem dicken Ast daran gehindert. Das U-Boot hatte mittlerweile Fahrt Richtung nach den gegenüberliegenden Ufer aufgenommen.

Zu diesem Zeitpunkt waren die anderen in die Kellerräume eingedrungen und suchten den Raum, in dem die angelieferten Materialien zusammengefügt wurden. Das Arbeiten einer Maschine war
nicht zu überhören. Dort drangen sie ein.

Im Wasser war man sich nicht sicher, ob nach dieser Öffnung cameras montiert waren, die nun die Eindringlinge registrieren würden. Diese cameras zu suchen war nicht im Sinn der Marinesoldaten. Sie schwammen bis zu einer Stiege und standen im Trockenen.
Man entfernte die Neoprenanzüge, nahm die Maschinenpistolen
und stürmte durch die Türe. Nur wenige Minuten später waren sie
im Raum, wo bereits ein Kampf stattfand. KGB war nahezu unbewaffnet. Messer alleine brachten nicht den Erfolg. Die Marinesoldaten zögerten nicht die anwesenden Elektroniker kampfunfähig zu
schießen. Dieser Schusswechsel war auch in den oberen Gebäude-
teilen zu hören. Wer ihn vernahm ließ Geschirrteile oder was er in
den Händen trug fallen und suchte den Ausgang. Dort wurden sie
von jenen Marinesoldaten unter Beschuss genommen, die am Parkplatz verblieben waren.

Thibaud hatte für diesen Tag ausgesuchte Leute entlang der Küste
Stellung beziehen lassen. Der Auftrag war, sobald das U-Boot sich
dem Strand nähern würde, es herankommen lassen und dem Fahrer
erst beim Betreten des Ufers niederzuschießen. Er sollte am Leben
bleiben und von der Möglichkeit zurückzukehren, entbunden werden. Auch jegliches Fahrzeug, welches aus diesem Gebiet wegfah-
ren würde, sollte angehalten werden und musste auf die Freigabe
durch ihn warten. Bisher hatte ein Auto immer die kürzeste Richtung nach Annecy genommen. Vielleicht würde aber der Fahrer nun
nach einer anderen Richtung das Weite suchen.

In Genf war man zur rechten Zeit in die Räumlichkeiten der Anwaltskanzlei eingedrungen. Mit Schüssen empfangen antwortete
man mit der Vernichtung von zwei der anwesenden Personen. Der

Rest ergab sich. Nicht lange dauerte es bis die Schweizer Polizei das Gebäude umstellt hatte. Neugierige Fotografen waren die Ersten, die von den Agenten Bild für Bild schossen. Der Verlust der gesamten Ausrüstung war die Folge. Alle Fotoapparate, Handys und anderen Gerätschaften, die der Weiterleitung jegliches Tones dienten, wurden sofort vernichtet. Erst als sie mit ihren Gesichtern am Boden lagen und sich durch ein Fesselungssystem nicht bewegen konnten, bekamen sie es mit der Angst zu tun. Kommissar Diego wollte mit einigen Männern vordringen. Der Kommandant der Truppe gebot ihm durch ein Sprachrohr Einhalt.

»Wer sich ohne Erlaubnis nähert, wird sofort erschossen. Wenn er das nicht ernst nimmt, soll er es versuchen. Ein Granatwerfer ist bereits in Stellung gegangen.«

Diego glaubte nicht daran, machte einen Schritt vorwärts und die Folge war ein Beschuss der gegenüberliegenden Häuserfront.

Man muss sich das einmal vorstellen. In der heiligen Schweiz, die Jahrhundertelang nie in einem Krieg verwickelt worden war.

Diego war so erstaunt, daß er nicht imstande war, klare Gedanken zu fassen. Trümmer des Gebäudes waren auf die eleganten Autos gefallen, die unten parkten. Eine Straßensperre war die Folge. Bald war auch der gesamte Stadtteil hermetisch abgeriegelt. Eine halbe Stunde später kam zum Entsetzen der Schweizer Beamten ein amerikanischer Militärhubschrauber. Er landete am Dach des Gebäudes. Soldaten drangen in das Gebäude ein. Sie nahmen aus den Räumlichkeiten alles zusammengepackte Material mit und verluden es in den Hubschrauber. Der hob sofort ab.

Diego wagte einen zweiten Versuch. Er fragte, ob er alleine kommen dürfe. Das gestand man ihm zu. Nach sorgfältiger Kontrolle durfte er die Räumlichkeiten betreten. Er sah die Leichen von zwei Asiaten und die wimmernden Fotografen. Die anderen Asiaten waren bereits abtransportiert worden.

»Wie soll es weitergehen?«

»Solange keine Nachrichten von Thibaud, Elli und Patricia eingelangt sind, wird man sich gedulden müssen.«

Der Überraschungsangriff auf das Schloss Le Château des Roches
Blanches verlief ohne größere Verwundung der Angreifer. Die Personen, die die Bank- und Eintrittskarten mit einer Maschine fertig-
ten, waren zu überrascht, um ernsthaft dagegen kämpfen zu können. Man hatte sie alle in einer Form gebunden, die nicht nur
schmerzhaft war, auch ein Entkommen war unmöglich. Bei der geringsten Bewegung trat die Maschinenpistole in Aktion und fügte
weitere Wunden zu.

Wenig später kam eine Meldung zu Thibaud. Man habe eine Person
festgenommen, die als Lieferant gedacht war. Eine genaue Untersuchung des Wagens hatte ausreichend Beweismaterial geliefert.
Dazu kam, diese Person kannte denjenigen, der im U-Boot gekommen war. U-Boot und Bootsführer liegen bereit zum Abtransport.

Auf einen Erfolg hatte man gehofft, nicht aber auf einen solch
glücklichen Ausgang. Kurz berieten sich die Agenten und Elli setzte einen Funkspruch nach Washington ab.

»Wir werden auf eine Antwort warten.«

Mit dieser Meldung kehrte sie zurück.

»Wir werden den Verschluss gegen den See schließen müssen. Irgendwo wird eine Fernbedienung sein. Ein Marineangehöriger sollte den Ast entfernen, sobald die Metallplatte wieder in die Höhe
transportiert worden war. Die Räumlichkeiten wurden abgesucht
und der Hebel war bald gefunden. Ein Display mit cameras konnte
nicht gefunden werden. Kurz besprach man die Entfernung des
starken Astes und die Vermeidung einer unerwünschten Einklem-
mung. Der Mann ging, zog sich den Neoprenanzug an und tauchte

zum Ausgang. Der Hebel wurde nach Aufwärts bewegt und gehalten. Der Mann kam zurück. Der Ast ist nun innerhalb des Gebäudes. Man möge die Vorrichtung schließen und ich werde mich von der Verschließung überzeugen.

Nach einiger Zeit kam er wieder, bestätigte den Verschluss und meinte, daß ein Eindringen unter Wasser nicht möglich ist.

»Die Küche wird für uns heute geschlossen bleiben.«

»Wir werden die Autos holen müssen, bis dahin wird Washington ein Lebenszeichen gegeben haben.«

In Genf war einige Male ein Polizeihubschrauber über das Gebäude geflogen.

Diego rief daraufhin eine Schweizer TV Station an, meldete sich als Kommissar Diego und gab einen kurzen Bericht durch. Am Ende ersuchte er, die Bevölkerung in der Form zu informieren, daß keine Panik entstehen soll. Die Menschen sollen in ihren Wohnungen, Arbeitsplätzen und Geschäften verbleiben. Auch die Polizei möge die Überflüge des Gebäudes einstellen. Er rechne auch mit einer sofortigen Entlassung aus seinem Dienst, weil er die Kühnheit habe die Bevölkerung von einem äußerst schwierigen Unternehmen zu informieren. Auf Grund der Nachlässigkeit der Sicherheit, war man in einem streng geheimen Depot der USA eingedrungen und habe nukleares Material entfernt. Auch wurden Depots internationaler Banken geplündert. Der Wert des Raubgutes in den Banken gehe in die Milliardenhöhe. Derzeit wird unter den schwierigsten Bedingungen diesem Treiben Einhalt geboten. Wer sich nun in dem abgesperrten Bereich auf der Straße bewegt, wird ohne Warnung sofort erschossen. Er bitte nochmals die Bevölkerung um Ruhe und er hoffe bald Entwarnung geben zu können. Möglicherweise wird nochmals ein Militärhubschrauber auf dem Dach landen. Um Bestätigung dieser Mitteilung wird ersucht.

Kurz darauf unterbrach man das TV Programm und strahlte nahezu wörtlich diese Botschaft aus. Dies geschah gegen 11 Uhr dreißig. In den Mittagsnachrichten wurde es wiederholt.

Nun war auch der amerikanische Botschafter in Bern informiert. Die Schweizer Regierung ersuchte ihn um eine Unterredung. Man warf ihm die Überheblichkeit der amerikanischen Luftwaffe vor, die in Genf in den Schweizer Luftraum eingedrungen war.

Von Washington laufend in Kenntnis gesetzt und auch über den letzten Stand der Dinge bestens informiert, konnte er in aller Ruhe dazu Stellung nehmen.

Abschließend meinte er, in Zukunft wird man Dank der zögerlichen Haltung der Schweizer Behörden einen anderen Weg einschlagen. Unabhängig davon ist es ratsam alle bisher installierten Sicherheiten nochmals zu prüfen und gegebenenfalls auch zu tauschen. Ein Vorgehen einer bestens organisierten Gesellschaft, der es gelingt elektronische Sicherheiten auszuschalten, musste ein Riegel vorgeschoben werden. Es werden sicherlich nicht nur Banken betroffen sein. Manche Banken wissen es bereits und ob ihre Kunden sich mit dem Verlust ihres Vermögens in Milliardenhöhe zufrieden geben werden, ist unklar.

Darauf gab es keine Antwort. Auch für die Regierung war alles neu. Sie kannte nur die TV Ausstrahlung.

Der Botschafter verabschiedete sich und kehrte auf seinen Arbeitsplatz zurück.

Einige Schweizer hatten die TV Übertragung und auch das Mittagsjournal ansehen können. Sie waren über die Nachricht sehr erstaunt gewesen und entschieden sich ihre Hausbank aufzusuchen. Dort hatten sich aber schon andere eingefunden. Die Bankangestellten hatten alle Hände voll zu tun, um ihre Kunden zu beruhigen. Viele Kunden glaubten ihnen nicht und verlangten Depotöffnungen. Manche entfernten ihre geringen Depoteinlagen und verdammten die Bank.

AFP hatte sich entschieden, die Vorkommnisse in Genf kurz zu erwähnen. Das wurde auch in La Balme -de -Sillingy gesehen. Darüber war man sehr beunruhigt. Man fragte sich, ob das mit der Anwesenheit der Amerikaner im Zusammenhang stehen könnte.

Elli bekam über ihr Gerät einen Hinweis, den Campingcar aufzusuchen.

Nach Dechiffrierung: »Gratulation und Dank an alle, die mitgeholfen haben der Organisation ein Weiterarbeiten zu unterbinden. Die aufgegriffenen Personen werden ausgeflogen werden. Das wird unter den bisher größten Sicherheitsbedingungen seit Ende des zweiten Weltkrieges geschehen müssen. Alle Agenten mögen bis auf Weiteres in La Balme-de-Sllingy verbleiben. Besonderen Dank gebührt den beiden KGB Agenten, die sich im Kampf uneigennützig zur Verfügung gestellt haben. Einen herzlichen Dank an Monsieur Thibaud und den Beamten der Police nationale. Das im Schloss Le Château des Roches Blanches gefundene Material, sowie die Bedienungsmannschaft und die weiteren Beteiligten werden ausgeflogen werden.

In Genf wird vermutlich Kommissar Diego keineswegs mit Lob bedacht werden. Wenn er aus dem Dienst ausscheiden will, soll er sich überlegen, was er weiter tun will. Auch bei uns gibt es Platz für Personen wie ihm. Nach Empfangsbestätigung vernichten.

Das führte Elli durch und kehrte zurück.

»Wir werden uns einen Espresso genehmigen und wer etwas anderes trinken will, soll mit mir kommen. Es gibt Nachrichten.«

Mit Thibaud und Patricia steuerte sie die Küche an. Dort war keine Seele zu sehen. Sie nahm zur Sicherheit ihren entsicherten Colt und war bereit sofort zu schießen.

Ein älterer Mann, der sich hinter einem Schrank versteckt hatte, kam ihr mit erhobenen Händen entgegen.

»Bitte nicht schießen.«

Man umringte ihn und er fragte nach ihren Wünschen.

Der Espresso wurde erwähnt und alkoholfreie Getränke. Er versicherte, das alles sofort zu bringen.

»Wird das Mittagessen heute entfallen?«

»Wir werden uns um ein solches Bemühen. Meine Frau und mein Sohn wurden unter Todesdrohungen gezwungen über gewisse Arbeiten zu schweigen. Persönlich bin ich der alte Diener.«

»Zuerst Espresso in den Frühstücksraum, dort können wir uns unterhalten.«

Unter Verbeugungen zog er sich zurück und Elli, sowie ihre Gefährten begaben sich in den Frühstücksraum.

Elli gab die Mitteilung aus Washington bekannt. Sie war noch nicht fertig, als der alte Mann unter Begleitung eines Jüngeren erschien, den Espresso und Getränke brachte. Die Speisekarte legte er ebenfalls vor. Man teilte ihm mit, sie werden sich wegen des Mittagessens beraten.

»In Genf hat die Polizei ein Gebiet hermetisch abgeriegelt. Ein amerikanischer Militärhubschrauber war gekommen und hat einiges ausgeflogen. Das war eine Sondermeldung von AFP.« waren seine letzten Worte, bevor er sich zurückzog.

»Ich werde Diego anrufen.«

Elli war aufgestanden und telefonierte mit Diego. Kurz umriss sie die Situation und wie Washington reagiert hatte. Sie verwies auch auf Danksagung und darauf, was ihn eventuell erwarten würde.

»Damit habe ich schon gerechnet. Ich habe Dario in Luzern angerufen. Er hat mir versprochen, das Werk zu besetzen und auf weitere Befehle zu warten. Die TV Sendung hat sicherlich die Schweizer in ihren Überzeugungen über die Sicherheit am Nerv getroffen. Auch die Regierung wird dazu Stellung nehmen müssen. Wenn der nächste Hubschrauber alles abtransportiert hat, es gibt noch unzählige Aktenstöße, werde ich das Gebiet wieder freigeben.

Das Allerschlimmste ist nun die Presse, die werde ich aber abwimmeln. Danke für deinen Anruf.«

Elli kehrte zum Tisch zurück und erzählte über die Ereignisse in Genf.
»Was ist aus Paris über den Kofferinhalt berichtet worden« wendete sie sich an Thibaud.
»Nahezu nichts. Man fand Bank- und Zutrittskarten, konnte aber
nicht feststellen, ob sie echt oder gefälscht waren. Der Koffer wurde nie abgeholt und liegt in sicherer Verwahrung beim Zoll. Über
die Personen, die den Koffer abholen sollten, hat man keine Nachforschungen angestellt.«
»Sie haben sicher mit der Organisation Kontakt gehabt. Warum hat
man keine Nachforschungen angestellt.«
»Vermutlich wollte man abwarten, bis in Genf eine Lösung gefunden wurde.«
»Das ist aber nun geschehen.«
Thibaud ging hinaus und begann zu Telefonieren.

Der alte Mann war zurückgekommen und nahm die Bestellung zum
Mittagessen auf. Joe war mit den Marinesoldaten und der gesamten
Ausrüstung, die auf einem anderen Parkplatz gelegen war, zurück-
gekommen.
»Wir werden mit Washington klären müssen, wann aus dem Keller
die Fertigungsmaschine und alle Ausrüstungsgegenstände abgeholt
werden. Bis dahin verbleiben wir im Schloss.«
»Die Marine muss auch verköstigt werden.« Es wurde Joe überlas-
sen, das Essen zu bestellen.
»Heute kein Alkohol, nur Mineralwasser.«
Da Elli zum Frühstück nur wenig zu sich genommen hatte, knurrte
ihr der Magen. Patricia erging es ebenfalls.
Als Thibaud zurückkam, teilte man ihm mit, daß die Russen an
dem U-Boot, seinem Inhalt wie auch an dem Transporteur und dessen Auto Interesse hätten. Das Schloss sollte als Lagerstätte dienen.
Mit einem Polizeiaufgebot wurde dies am Nachmittag durchge-

führt. Nach dem Mittagessen fragte Elli Washington, wie es nun weiter- gehen sollte.

Die Gefangenen aus dem Keller und deren Ausrüstung wollten die Amerikaner ausfliegen lassen. Joe bekam eine weitere Order.

Der Nachmittag verging und man teilte die Wachen ein. Für 19 Uhr war das Abendessen vorgesehen, an dem auch die Marine teilnahm. Elli veranlasste den Gefangenen ein Essen nach deren Wünschen zuzubereiten. An eine Flucht war aber nicht zu denken. Das hatten sie bald begriffen.

Die Agenten wollten noch eine Nacht im Schloss schlafen. Erst am kommenden Tag war eine Rückkehr nach La Balme gedacht. Lange Zeit war es völlig unklar, wozu man nukleares Material aus dem Lager der Amerikaner benötigte. Alle kleinsten Räume wurden nochmals durchsucht. Erst am Dachboden stieß man auf eine Konstruktion, die einer Bombe glich. Sprengstoffexperten wurden angefordert. Sie kamen noch in der Nacht. Sie bestätigten den Verdacht auf eine Bombe. Sie fanden die Zündvorrichtung und entfernten diese. Mit dem entwendeten kleinen Bauteil, den die Polizei in Gewahrsam hatte, wäre eine Auslösung der Bombe mit unabsehbaren Folgen verbunden gewesen.

Unter einer Bombe zu Feiern und zu Schlafen war niemanden bewusst gewesen. Sie wurde dem französischem Militär übergeben, die sie zur Detonation brachte. Auch ohne dem nuklearen Stab hätte sie das Schloss zerstören können.

Elli wurde aufgefordert einen genauen Bericht zu senden. Diesen wollte sie erst nach der Rückkehr nach La Balme verfassen.

Diego berichtete, daß ihn die Schweizer Behörden außer Dienst gestellt hätten und immer noch einen Kurs auf einem hohen Ross verfolgten. Sie bezeichneten sein Vorgehen als anmaßend und undenkbar. Das wurde Thibaud mitgeteilt. Er telefonierte daraufhin zu der Bank, der man die Depots geleert hatte.

Wenn sie jemals ihre Preziosen und den ganzen Schatz zurückerhalten wollen, mögen sie auf das ungeheuerliche Benehmen der Schweizer Behörden eingehen, die Kommissar Diego nicht nur unter Druck gesetzt haben, sondern auch sein nicht ungefährliches Einschreiten niemals gewürdigt haben. Dann legte er auf.

Die Bank teilte es den Printmedien mit. Ohne Hilfe von Kommissar Diego, der ohne Zustimmung seiner Vorgesetzen, sofort eingeschritten war, wären die Schuldigen entkommen und würden in anderen Ländern an Techniken arbeiten, die ein Kopieren von Zutrittskarten ermöglichen, deren Fälschung nur wenige Spezialisten mit ausgefeilten Techniken erkennen könnten. Als Dank für sein Vorgehen, hat man ihn Dienstfrei gestellt. Nun warte er auf eine Disziplinarstrafe, die ein weiteres Verbleiben im Dienst der Exekutive verhindern würde.

Die Printmedien reagierten. Dieser Skandal war nicht nur in Genf Tagesgespräch.

Die Stelle im See, wo man die Preziosen entdeckt hatte, wurde daraufhin von der Marine unauffällig überwacht. Wenige Stunden später, nachdem man sich im Schloss über ein weiteres Vorgehen noch nicht klar war, wurden zwei Taucher von den Marinesoldaten festgehalten und zu Bündeln geschnürt. Man hatte gewartet, bis sie die Kiste aus dem Wasser ans Ufer gebracht hatten. Die heftige Gegenwehr nützte den Tauchern nichts. Die verletzte Schulter des einen und das zerschlagene Knie des anderen zwang sie zur Aufgabe. Die beiden gefangenen Taucher wurden noch in der Nacht nach La Balme gebracht. Man gab den Soldaten auch die Order die Unversehrtheit der Tiefkühltruhe im Gefrierraum zu prüfen und darüber Meldung zu erstatten. Nach relativ kurzer Zeit wurde dies auch bestätigt. Die beiden Taucher befanden sich noch in ihren Anzügen und wurden intensiv bewacht. Ein Transport in die USA war aber vorgesehen.

Die Agenten wollten solange bleiben, bis Washington dem Abtransport des gefundenen Materials, der inhaftierten Asiaten und
dem Gerät, das zur Endfertigung verwendet wurde, zustimmten.

In den Abendnachrichten wurde von AFP eine Meldung über eine
internationale Zusammenarbeit berichtet, die eine Organisation zer-
schlagen hatte, deren Arbeit sich auf Fälschungen von Bank- und
Zutrittskarten spezialisiert hatte. Unter Mitwirkung von Agenten
aus der USA und Russland, sowie Polizeibeamte aus den verschie-
densten Ländern konnte dieser Bande Einhalt geboten werden, die
auch vor Mord und Todschlag nicht zurückschreckte. Die falschen
Karten konnten von echten Karten nur von Spezialisten unter An-
wendung von aufwendigen Untersuchungsmethoden unterschieden
werden. Weitere Details werden aus Gründen der Sicherheit geheim
gehalten.

Kapitel 15

In Genf wurde Diego ins Präsidium der Polizei geladen. Der Chef wollte Details hören. Es war eine lange Unterredung. Beeindruckt war der Chef über das Vertrauen der Amerikaner gegenüber Diego. Emotionslos erzählte Diego über den ersten Kontakt der CIA Damen mit ihm und der sich daraus entwickelnden Zusammenarbeit. Was Diego nicht wusste, das Gespräch wurde mitgeschnitten. Das Gespräch von Elli, Washington zeige Interesse an Diego, war dem Präsidenten bekannt. Davon erzählte er Diego.

»Eine Überwachung meiner Gespräche habe ich vermutet. Wenn man mich in der Schweiz nicht akzeptieren kann, muss ich es zur Kenntnis nehmen. Rasches Handeln war erforderlich. Fragen konnte ich keine mir bekannte Stelle. Ich wusste auch, wie gefährlich für alle ein Fehlschlag sein würde.«

»Sie sind für den einfachen Polizeidienst nicht geeignet. Eine gezielte Fachausbildung würde sie in der Abwehr weiterbringen. Sie sollen uns auf keinen Fall verloren gehen.«

»Danke für ihren Vorschlag. Ich muss das alles überdenken. Das kommt mir viel zu rasch.«

Damit wurde er entlassen. Das berichtete er sofort Elli.

»Gratulation, wenn sie Zeit aufbringen könnten, bitte ein Treffen in einem Kaffee. Dort könnten wir uns unterhalten.«

Diego hatte nicht Kommissar Dario in Luzern erwähnt. Dario hatte im Kunststoffwerk alle Bediensteten in Haft genommen und wartete auf neue Anweisungen. Über die Printmedien war er über die Ereignisse in Genf informiert worden. Dario war geschickt genug, sich die Akten über Bestellungen und Auslieferungen in sein Büro schicken zu lassen. Unabhängig davon wurden alle Bediensteten genauestens überprüft. Besonders Ausländer, die keine Aufenthalts- und Arbeitsbewilligung hatten.

Die Schlossbesitzer von Le Château des Roches Blanches gaben bei der Einvernahme an, einen Teil der Kelleranlagen an eine Firma vermietet zu haben, die ein Labor errichtet hatte und mit Forschung von nuklearer Verstrahlung beschäftigt war. Das Labor war bei der Behörde registriert worden und wurde regelmäßig kontrolliert. Einen Verdacht über andere Tätigkeiten hatte es nie gegeben. Im Zuge der Einvernahme stellte sich der Beginn des Betriebes heraus, der ein halbes Jahr zurücklag.

Kleineren Auftraggebern Karten anzufertigen genügte nicht. Man wollte endlich einmal an das große Geld. Bei den Amerikanern hatte es geklappt. Man war eingedrungen, hatte etwas gestohlen und war entkommen, ohne daß es vorerst bemerkt worden war. Über den gelungene Coup waren selbst die Chefs überrascht, die aber den Arbeitern nicht bekannt waren. Sofort wurde eine große Bank in Angriff genommen. Auch das hatte Erfolg.

Ohne Ouba und ihrer Verstrahlung wären die Amerikaner keineswegs so rasch informiert worden. Die Reaktion der Amerikaner zügelte weitere große Banken zu plündern. Den Einsatz der CIA und des KGB hatte man nie in Erwägung gezogen. Auch die Pretiosen mussten vorerst verschwinden. Das Versteck im See in der Nähe des Schlosses eignete sich hervorragend. Man wollte abwarten. Mitwisser an einem Herzinfarkt sterben zu lassen, täuschte die Polizei, nicht aber die eingeflogenen Agenten. Weiteres nukleares Material entwenden zu lassen, gelang nicht. Wie viel Zeit noch verbleiben würde, um in Ruhe weitere Fälschungen durchzuführen, war nicht bekannt. Es wurde aber unter Hochdruck daran gearbeitet. Von der eigenen Dreistigkeit beflügelt, machte man sich über die wiederkehrenden diversen Feste im Obergeschoß keine Gedanken.

Plötzlich gab es keine Verbindung nach Genf. Das war schon mehrmals eingetreten. Es gab keinen Alarm und man arbeitete unverzüglich weiter.

Kurz darauf drangen die Marineangehörigen in die Kellerräume ein. Gegenwehr war zwecklos. Nach dem Tod von zwei Asiaten ergaben sich die anderen Arbeiter.

Da die Schlossbesitzer ihre Unschuld beteuerten, schlug Elli eine längere Verwahrung in jenen Kellerräumen vor, die auch anderen Hartgesottenen zum Reden verholfen hatten.

Die Schlossbesitzer verwiesen auf zwei angesehene Anwaltskanzleien. Das beeindruckte weder Elli noch Patricia. Man könnte auch den Anwälten und ihren Mitarbeitern einen Urlaub in diesen Kellerräumlichkeiten anbieten. Platz gäbe es genug.

Unabhängig davon stand unausgesprochen die Frage im Raum, wo befinden sich die Chefs dieser Organisation. Die müssen von der Zerschlagung sicherlich Wind bekommen haben. Die Asiaten hatte man gefangen genommen. Wie aber funktionierte die Organisation? Die Chefs hatte man auch im Schloss vermutet. Die waren aber nicht anwesend. Die Asiaten schwiegen sich aus. Die würden eher sterben, als etwas zu verraten. War wirklich alle Mühe umsonst?

Thibaud hatte den Schweizer Zoll am Flughafen kurz nach dem Eindringen in die Anwaltskanzlei von einer schärferen Kontrolle überzeugen können. Ohne auf Details einzugehen, umriss er die bisher unter größter Geheimhaltung durchgeführten Aktionen der Amerikaner und Russen.

Die Beamten reagierten rasch. Alle Reisende ohne Rücksicht auf Rang und Namen mussten sich nahezu nackt einer Leibesvisitation unterziehen. Zwei Männer fielen den Beamten auf, die ohne größeres Gepäck in die Niederlande ausreisen wollten. Mangels der Koffer und Reisetaschen und der Tätowierung auf ihren Unterarmen, die seinerzeit von der SS durchgeführt worden waren, wurden sie sofort in abgesonderte vergitterte Räumlichkeiten gebracht. Sie verhielten sich ruhig. Immerhin wollten sie aus der Schweiz ausreisen. Bei der Durchsicht ihrer mitgeführten Ausweise und Visitenkarten fiel neben den Bankkarten eine Karte auf, die eine Ähnlichkeit einer Zugangskarte hatte. Man Telefonierte zu der Bank, die auf der Rückseite im Kleingedruckten genannt wurde. Die Anfrage, ob auch Bankkunden in den Genuss einer solchen Karte kommen würden, konnte nicht bestätigt werden. Das Erstaunen des Bankangestellten war groß. Ob nun diese Karte echt oder gefälscht war, konnte der Zoll nicht feststellen. Sie behielten die beiden Männer unter scharfer Bewachung. Die Männer nannten ein Dorf in der französischen Jura, in der sie ihren Wohnsitz hatten. Sie gaben vor, ein naher Verwandter wäre plötzlich verstorben und man habe sie darüber verständigt. Vermutlich wären sie unter anderen Umständen in aller Ruhe entkommen.

Nahezu zu diesem Zeitpunkt gab es im Schweizer TV einen kurzen Bericht über die Ereignisse in Genf. Der Zollbeamte mit der Zugangskarte in der Hand war zu seinem Chef gekommen, der sich in Ruhe die TV Meldung ansah. Die Erwähnung der Zugangskarte, die keineswegs für die Kunden gedacht war, bewirkte die sofortige Verhaftung dieser Männer. Man wartete auf weitere Befehle. Thibaud wurde verständigt. Er konnte keine Anweisungen geben, bat aber zu verhindern, daß den Männern auch die eventuelle Möglichkeit Selbstmord zu begehen, verhindert werden sollte. Die USA wie auch Russland werden an diesen Leuten großes Interesse haben. Der Schweizer Zoll reagierte vorzüglich. Die Männer wurden getrennt und alles, das einen Selbstmord herbeiführen könnte, entfernt. Seit der Verhaftung durch die SS war ihnen niemals etwas Ähnliches widerfahren.

Davon erfuhren Elli und Patricia am Nachmittag. Sie waren sich aber keineswegs sicher, ob sie Kunden der Organisation waren oder zum Führungskader gehörten.

»Wir werden wieder nach Genf müssen.«

»Uns werden die Männer nichts erzählen und ob uns der Schweizer Zoll die Männer überlassen wird, ziehe ich in Zweifel.«

Einer der beiden Männer hatte noch vor ihrem Abflug mit einer Anwaltskanzlei ein Agreement getroffen. Bei einer Anhaltung sollte ein Anwalt beim Zoll vorsprechen. Da er aus der Ferne das verhinderte Passieren des Zolldurchganges beobachtet hatte, war er erstaunlicherweise sehr rasch zur Stelle. Er wurde ebenfalls angehalten, durfte nicht mit den Männern in Kontakt treten und sein Handy alle seine Papiere wurden im abgenommen. So konnte er auch keine Gespräche mit seiner Kanzlei führen. »Zögerliches Verhalten, das wollte der Zoll nicht auf sich sitzen lassen.«

Wo nun der KGB und die CIA operierten, wusste man nicht. Aber man glaubte an deren Einsatz. Dazu kam eine Ankündigung aus Washington direkt zum Tower, eine amerikanische Militärmaschine wird in absehbarer Zeit mit oder ohne Zustimmung landen, um Personen mit zweifelhaftem Charakter auszufliegen.

In alle Eile wurde eine Piste freigehalten und Piloten, die kurz vorher noch dort hätten landen sollen, auf einen Militäreinsatz der Amerikaner vorbereitet. Diese Flugzeuge wurden nach Zürich weitergeleitet.

Abfangjäger sollten am Boden bleiben. Die Schweizer werden froh sein, wenn ein Kurssturz an der Börse verhindert werden kann.

Natürlich hatte man den Amerikanern die Piste freigegeben. Das Flugzeug rollte nach der Landung dorthin, wo zu den Hallen der kürzeste Weg war. Das gesamte Material und die Gefangenen wurden verladen. Zum Schluss kamen die beiden Männer, die der Zoll festgehalten hatte und deren Anwalt. Der Anwalt hätte gerne auf diese Reise verzichtet. Zu einem Bündel geschnürt wurde er zum Flugzeug gebracht.

Die Terrasse, normalerweise den Touristen vorbehalten, war gesperrt worden. Man wusste nichts, vermutete aber einen geheimen

Militäreinsatz der USA. Findige Fotoreporter machten sich sofort dorthin auf, von wo man ab und ankommende Maschinen fotografieren konnte. Die Amerikaner hatten sich für den Rückflug einen anderen Weg ausgedacht und kümmerten sich wenig um den wehenden Wind. Weitere Nachrichten gab es nicht. Elli wurde zum Campingcar geholt. Nach Dechiffrierung kam die Meldung über den Abtransport von Material und Verhafteten aus Genf. Das gab sie an die anderen weiter.

»Wenn der Schweizer Zoll zwei Männer verhaftet hat, dann waren diese ohne Gepäck ins Ausland unterwegs.«

»Niemals in der Schweiz auf einen Flughafen ohne Gepäck ins Ausland reisen. Das sollte als Faustregel für alle gelten, die sich der Justiz entziehen wollen.«

Diese Verkündigung von Alexej hatte Gelächter zur Folge.

»Vielleicht sind diese Männer die Köpfe der Organisation«, mutmaßte Patricia.

»Das wäre zu schön, um es zu glauben.«kam es von Elli.

Im Laufe des Tages wurden alle Geräte und aufgefundenen fertigen Karten, sowie die halbfertigen, einzelnen Bestandteile, von den Marinesoldaten verladen. Ebenso jenes Gerät, das die Endfertigung und Verschweißung der Karten ermöglichte.

Damit wollte Joe direkt zu den Hallen in Genf fahren. Von dort war die Verladung in die Militärmaschine gedacht.

Zwei Autos der Marine waren für den Campingcar gedacht, der am darauffolgenden Tag nach La Balme zurückkehren sollte.

Elli begann an einen Bericht zu arbeiten, den sie noch vor dem Abendessen eintippte. Die Kellerräume wurden geschlossen und versiegelt. Damit war der Einsatz der Agenten erledigt. Für weitere Untersuchungen war nun die Gendarmerie zuständig.

Beim Abendessen gab es keine Hochstimmung. Joe wollte noch in der Nacht fahren. Nicht nur der Presse wollte er entkommen, das verladene Material sollte unverzüglich zur Militärmaschine gebracht werden. Einen Überfall erwartete er nicht, schloss diesen aber nicht aus.

Die Russen, Laura, Thibaud sowie die beiden Damen hatten sich für eine Rückkehr am kommenden Tag entschieden. Eine Nacht wollten sie einmal noch diese herrlichen Betten und die tiefe Nachtruhe genießen.

»Wir werden uns die Wache teilen, Laura. Welches Stunden willst du wach bleiben?«

»Die ersten bis 23 Uhr. Ist das notwendig?«

»Besser vorbereitet sein, als eine Überraschung zu erleben.«

»Patricia und du?«

»Anschließend bis 3:30 Uhr in der Früh.«

»Für mich kommt nur das Morgengrauen in Frage. Eine Zeit in der die Indianer erfolgreich die todmüden Weißen problemlos erledigten konnten.«

»Hier gibt es keine Indianer.«

»Kann sein, aber genug Kretins, die nur darauf warten, mit uns abzurechnen.«

Das rief bei Laura die Bedeutung der ihr zugeteilten Wache ins Gedächtnis. Kalt lief es ihr den Rücken hinunter.

»Wie soll ich reagieren, wenn ich einen bedeutsamen Laut vernehme.«

»Nicht erschrecken, kaltes Blut bewahren und uns so leise wie möglich wecken. Die beste Verteidigung ist immer noch der Angriff, bevor der Gegner zuschlägt.«

Laura nahm sich vor, ihr gegebenes Vertrauen nicht zu enttäuschen.

Sergej, der sich das Zimmer mit Alexej und Thibaud teilte, besprach ebenfalls die Einteilung der Wache.

Niemand vertraute auf den scheinbaren Frieden. Auf jeglichen Alkohol wurde beim Abendessen verzichtet. Die Unterhaltung betraf belanglose Ereignisse. Die Anspannung der anderen war spürbar.

Nach dem Essen wünschte man sich eine gute Nacht und begab sich auf die Zimmer. Nach Kontrolle der geschlossenen Fensterläden und versperrten Türen, wurden jeweils unter den Klinken Sessellehnen verkeilt. Die Colts von Elli und Patricia lagen geladen und gesichert griffbereit unter ihren Betten.

Für Laura waren diese Vorsichtsmaßnahmen unheimlich. Sie erlebte es das erste Mal. Elli und Patricia waren bald eingeschlafen. Leise hörte Laura sie atmen. Allmählich legte sich ihre Anspannung. Eingehüllt in eine Decke, dachte sie an die vergangenen Tage und Stunden. Es wurde ihr bewusst, nun eine wichtige Rolle übernommen zu haben.

Es kam niemand. Die Wärme und das leise Atmen machte sie schläfrig. Fast fielen ihr die Augen zu, als der Schrei eines Kauzes in der Nähe des einen Fensters zu vernehmen war. Dann war es wieder still.

War dies tatsächlich ein Laut eines Tieres, oder war es ein Mensch, der diesen Laut täuschend nachahmte? War dies das Zeichen für einen Angriff? Lauras Herz schlug heftig. Völlig munter verhielt sie sich angespannt und wartete auf neue Geräusche. Aber es gab keine weiteren Geräusche.

Ein Blick auf ihre Armbanduhr zeigte ihr nahezu 23 Uhr. Sie stand auf und näherte sich leise Patricia. Sie berührte sie sanft. Patricia war durch den Laut des Kauzes munter geworden.

»Danke für dein Kommen. Hat dich der Kauz erschreckt?« flüsterte sie.

»Ja, ich war fast im Einnicken.«

»Du hast tapfer durchgehalten, ich selbst bin schon vor diesem Schrei munter geworden. Der Vogel hockt oben in dem hohen Baum, der vor unseren Fenstern steht. Nun aber Husch ins Bett, ich übernehme die nächste Wache.«

Damit erhob sie sich und ging zum Stuhl, der in der Nähe der Fenster stand. Laura wollte noch etwas sagen. Patricia legte ihren Finger auf die Lippen und deutete ins Bett. Laura legte sich nieder und streckte sich. Die Anspannung wich von ihr. Unter Patricias Obhut fühlte sie sich geborgen. Es war ihr aber bewusst geworden, Patricia hatte ihren Kampf mit der Müdigkeit mitbekommen. Es waren ihre letzten Gedanken, bevor sie einschlief.

Leise öffnete Patricia die Innenfenster. Durch die kleinen Öffnungen der Fensterläden strömte kalte Luft ins Zimmer.

Wie wird es den Wachen im Hof ergehen? fragte sich Patricia. Haben sie von Joe die Erlaubnis bekommen, notfalls Schusswaffen einzusetzen. Die Wellen, die ans Ufer schlugen, konnte sie vernehmen. Ab und zu fuhr auf er nahen Straße ein Auto vorbei. Was hatte den Kauz bewogen, einen Laut auszustoßen? Nun konnte man ihn nicht mehr hören. Irgendwo in der Ferne bellte ein Hund. Patricia bewegte ihre Glieder. Es half ihr munter zu bleiben. Laura war eingeschlafen. Ein leises Schnarchen konnte vernommen werden. Von Elli gab es keinen Laut. Viel zu langsam verging Patricia die Zeit.

Drei Uhr war längst vorüber. Elli war munter geworden und suchte schlaftrunken die Toilette auf. Ein Blick auf ihre Uhr erinnerte sie, Patricia abzulösen. Sie suchte sie auf. Patricia lächelte sie an.

»Warum hast du mich nicht geweckt?«

»Du hast tief geschlafen, weshalb soll ich dich aufwecken?«

»Danke, ich habe wunderbar geschlafen, bin nun vollends munter.«

Patricia verließ ihren Sessel, übergab die Decke und kuschelte sich in ihr Bett. Nur Minuten später war sie eingeschlafen.

Gegen fünf Uhr vernahm Elli den Laut des Kauzes. Die Schlafenden wurden nicht geweckt.

Gegen sieben Uhr wurden Laura und Patricia munter. Elli hatte die Innenfenster bereits geschlossen und mit der Morgengymnastik begonnen.

Das Frühstück war für acht Uhr vorgesehen. Als auch die Herren gekommen waren, begann ein belangloses Gespräch.

Wenige Minuten später zeigte der Digitalrecorder eine Message. Elli verließ den Frühstückstisch und ging zum Auto. Nach Dechiffrierung wurde auf die Verhaftung von zwei Männern durch den Schweizer Zoll verwiesen.

Eine Zugangskarte hatte zu ihrer Verhaftung geführt. Das Material vom See und Genf sowie die verhafteten Asiaten waren außer Landes gebracht worden. John wird mit seiner Truppe zurückkehren müssen. Elli und Patricia müssten noch einige Zeit in Savoyen verbleiben. Nach Bestätigen löschen. Elli bestätigte, kehrte zum Frühstückstisch zurück und berichtete.

»Vermutlich hat der Zoll die führenden Köpfe verhaftet.«meinte Alexej.

»Solange wir darüber keine Gewissheit haben, sollen wir verbleiben. Ein Aufenthalt im Keller wird den beiden nicht schaden.«

»Ob uns der Zoll diese beiden überlassen wird?«bemerkte Patricia.

»Wenn das der Fall sein wird, brauchen wir eure Hilfe. Die sind sicherlich durchtrainiert und stark.«

»Darauf könnt ihr euch verlassen. Zwei Wochen in Dunkelhaft, ohne zu wissen, wo sich der andere befindet, könnte Licht in den Irrgarten dieses Dschungels bringen. Aber noch sind wir nicht so weit.«

Nach dem Frühstück kehrten sie nach La Balme zurück. Da auch das franz. Fernsehen einiges berichtet hatte, wollte Jean wissen, ob der Einsatz nun zu Ende wäre. Joe war bereits in Aufbruchsstimmung.

»Wir werden noch einige Zeit verbleiben. Kleinigkeiten müssen zu Ende gebracht werden.« bekam er von Elli als Antwort.

»Wollt ihr heute zum Mittagstisch bleiben?«

»Danke, sehr gerne.«

Thibaud telefonierte zur Bank, die von den geleerten Depots betroffen waren. Er teilte ihnen mit, wie sie ihre Preziosen zurückbekommen konnten. In unauffälligen Autos nach La Balme -de- Sillingy zu Jean fahren.

Die amerikanischen Agenten begaben sich zum Kühlraum. Die Tiefkühltruhe stand immer noch auf ihrem Platz. Keinen Millimeter war sie gerückt worden. Auch das Band am Schloss war unversehrt. Sie kehrten nach Besichtigung in den Speisesaal zurück.

Thibaud erwähnte 200 000 Schweizer Franken als Finderlohn. Am Nachmittag wollte die Bank einen Wagen und zwei Begleitfahrzeuge schicken.

»Ob das für Preziosen von einem Wert in Milliardenhöhe ausreichen wird.« bezweifelte Sergej.

»Wir könnten sie im Campingcar begleiten. Zur Not auch unsere Abwehr aktivieren und bei Bedarf einsetzen.«

»Wenn das in der Schweiz eintreten wird, darf der amerikanische Botschafter wieder einer Einladung der Schweizer Bundesregierung Folge leisten.«

»Wer soll den Kunststoffsack transportieren?«

»Wir natürlich.« verkündete Patricia.

»Die Belohnung geht an das Rote Kreuz. Dort herrscht ohnehin Geldmangel.«

»Der KGB soll mit den Schweizern fahren. Washington werde ich aber von diesem Transport informieren.«

Ell war wieder unterwegs.

Jean kam und wollte die Bestellung aufnehmen. Er dachte sich einiges in Erfahrung bringen zu können, was in den Printmedien und im TV nicht verraten worden war.

Thibaud erfüllte seine Wissbegierde. Er erwähnte Genf und ein Schloss am See, in dem eine Endfertigung von Bankkarten stattgefunden hatte. Gefälschte Bank- und Zugangskarten, die von Originalkarten kaum zu unterscheiden waren.

»Muss ich nun um meine Ersparnisse fürchten?«

»Sicherlich nicht, diese Beträge waren nicht groß genug. Haben sie auch eine Depoteinlagerung gehabt?«

»Nein«

»Ihre Bank wird ihnen eine neue Bankkarte anbieten.«

»Das kostet wieder Geld.«

»Wenn sie die Bank überzeugen können, daß sie durch die Bereitstellung von Nächtigung und Verpflegung an russische und amerikanische Agenten zur Aufklärung dieses Verbrechens beigetragen haben, wird die Bank sicherlich eine Kulanzlösung anbieten.«

»Hoffentlich«

Am Nachmittag dieses Tages kamen gegen zwei Uhr drei Jeeps. Der Fahrer des ersten Jeeps kam in Begleitung, betrat den Speisesaal und fragte nach Thibaud. Thibaud gab sich zu Erkennen. Die Männer wiesen sich aus und ersuchten um Übergabe der Preziosen. Thibaud prüfte über Telefon die Angaben. Er erklärte ihnen, die Originalverpackung übergeben zu wollen. Den Inhalt würde er aber von Agentinnen der CIA in ihrem Campingcar transportieren lassen.

Führen sie in ihren Jeeps Langwaffen oder andere Verteidigungsmittel mit?«

»Außer Faustfeuerwaffen haben wir keine stärkeren Waffen mit uns.«

Elli und Patricia hatten sich erhoben und waren zu der Gruppe gegangen und stellten sich vor.

»Im Campingcar ist ein kleines Raketenabwehrsystem eingebaut. Sollte sich ein eventueller Angreifer nicht im Sekundenbereich auf eine Anfrage aus dem Campingcar identifizieren können, tritt der Raketenwerfer in Aktion. Die USA wird nicht von sich aus einen Krieg beginnen. Das gilt für alle Fahrzeuge am Boden, wie auch für alle, die sich im Tiefflug nähern und unter 10000 Fuß bewegen.

Passagierflugzeuge im Landeanflug sind davon nicht betroffen. Washington hat vor einer halben Stunde zugestimmt.«
»Verlangen sie für den Transport eine Sperre des Luftraumes?«
»Nein, das würde kurzfristig zu Chaos führen und eventuelle Angreifer nur anlocken.«
»Wie soll das funktionieren?«

»Der Campingcar hat eine helle Farbe. Er wird als drittes Auto fahren. Bei einem eventuellen Angriff ruhig Weiterfahren. Wir haben im Abschießen und Vernichtung Übung. Niemals Anhalten, kaltes Blut bewahren, den Rest erledigen wir. Den amerikanischen Botschafter werden wir nicht im Stich lassen. Unser Abwehrsystem wird nur bei einem tatsächlichen Angriff eingesetzt werden.«
Thibaud erfuhr bei dieser Gelegenheit von den versteckt eingebauten Raketen, welche er sich nicht vorstellen konnte. Man besprach die Fahrtroute und wo der Wagen in die Garage der Bank einfahren konnte.
»Die Polizei soll bis nach erfolgter Übergabe die gesamte Garage sperren. Attentäter in Polizeiuniform schließen wir aus, sind aber auch darauf vorbereitet.« bekamen die Herren von Patricia zu hören.
»Wir wurden nach Europa geschickt, um die Ursachen zu klären, wieso man in die Hallen beim Flughafen trotz der versprochenen Sicherheit eindringen konnte und sich am nuklearen Material vergriff. Das haben wir nur unter Hilfeleistung von Freunden begriffen. Freunde, deren Landung Schweizer Behörden nur mit Widerwillen zustimmten. Man wollte aber auch die Täter. Wir erlaubten uns Maßnahmen zu ergreifen, die der Schweizer Polizei nicht erlaubt sind. Wir werden in der Schlussphase nicht zulassen, daß ein Vermögen verloren geht.«
Der Augenausdruck von Elli und ihre einfachen Worte überraschten die Herren in den eleganten Anzügen.

»Thibaud wirst du uns begleiten?«

Er nickte nur. Von der Information des versteckt eingebauten Abwehrsystems, wovon er nur vor wenigen Minuten informiert worden war, hatte er sich noch nicht erholt. Sergej war dazugekommen. Er schmunzelte. Er ahnte, was Elli preisgegeben hatte. Gerne hätte er einen Abschuss miterlebt, aber er schwieg sich aus.

»Bitte unterrichten sie ihre Begleiter darüber, was sie erfahren haben. Wir werden den Campingcar holen und beladen.«

Zehn Minuten später war der Konvoi unterwegs. Elli lenkte das Fahrzeug. Patricia und Thibaud beobachteten die Umgebung. Auf dem Display erschien eine Meldung: Privatflugzeuge, Presse und Polizei bleiben am Boden. Nach Empfangsbestätigung löschen.

»Wir haben freie Fahrt. Wenn etwas entgegenkommt, hole ich ihn herunter.« verkündete Patricia.

Thibaud kam dies merkwürdig vor. Wie soll das stattfinden. Noch vor dem Einstieg hatte er den Campingcar an der Front genau kontrolliert. Sein Interesse war geweckt, er getraute sich aber nicht etwas zu sagen. Es wurde ihm aber die gefährliche Situation bewusst. Sie wurden nicht gestört. Alles blieb friedlich. Auch bei der Polizeidirektion atmete man auf, als der Campingcar in die Tiefgarage der Bank einfuhr. Man hatte keine Ahnung mit welcher Ausrüstung die CIA unterwegs war, nahm aber die Warnung ernst. Diego, der Kommissar in Genf, der vom Transport wusste, hatte noch seine Kollegen gewarnt. Die Damen könnten im Zweifelsfall auch anders.

In der Tiefgarage wimmelte es von Polizisten in Uniform und Zivil. Elli verließ mit schussbereitem Colt den Wagen. Ihr Blick schweifte in der Runde. Der Frieden überzeugte sie und der Colt verschwand. Thibaud war ausgestiegen und stand neben Elli. Patricia kam mit dem Plastiksack in ihrer Linken und dem Colt in der Rechten. Auch jetzt gab es noch immer Frieden. Dieser einfache schwere Plastiksack wurde den Bankangestellten ausgehändigt. In Begleitung von Scharfschützen, die nun auftauchten entfernten sie sich zum Aufzug.

Ein Mann in Zivil kam und wurde von Thibaud begrüßt.

»Mit viel Glück und Geduld haben wir es doch geschafft. Die Versicherung kann ihr Geld behalten.«

Der Mann war einer der leitenden Beamten der Bank. Elli und Patricia wurden vorgestellt. In ihren einfachen Jeans und Pullover mit müden Gesichtern, in denen die Anspannung noch nicht entwichen war, wirkten sie noch kleiner als sie in Wirklichkeit waren.

»Ein herzliches Dankeschön von allen Kollegen, die die letzten Tage in einer unvorstellbaren unruhigen Stimmung verbracht haben. Dürfen wir ihnen etwas anbieten?«

»Wir möchten bitte diesen Campingcar irgendwo möglichst unauffällig abstellen. Er soll nicht berührt werden, es könnte ein nicht notwendiger Alarm ausgelöst werden. Das muss vermieden werden. Anschließend bitte doppelten Espresso, keine Fragen, wo wir die Preziosen gefunden haben und dann nach Hause, wo wir unser Hauptquartier haben, ins Bett und nur mehr schlafen.«

»Das werden wir ihnen zugestehen. Vermutlich werden sie mit den Russen fahren.«

Elli nickte.

»Bitte noch etwas, wir verbleiben noch einige Zeit in Frankreich. Bis dahin hätten wir aber gerne gewusst, ob sie alle vermissten Gegenstände wieder zurückbekommen haben.«

»Das wird Stunden in Anspruch nehmen, ich werde mich aber dafür einsetzen.«

Der Mann war mit Thibaud hinaufgefahren. Noch im Aufzug begann er:

»Ich kann es nicht glauben. Ich habe live erlebt, wie die Fahrerin mit gezogen Colt ausgestiegen ist.«

»Ihr Instinkt hätte ihr einen falschen Polizisten signalisiert. Sie hätte ihn ohne Skrupel zu haben getötet.« bekam er von Thibaud zu hören.

»Lange genug habe ich mit ihr zusammengearbeitet. Nie habe ich von Abwehrmechanismen aus dem Campingcar erfahren. Das bekam ich erst unmittelbar vor unserer gemeinsamen Abfahrt mit.«

»Und ihre Begleitung, ist sie genauso scharf?«

»Wenn es sein muss, ja.«

»Ich kann mir vorstellen, sie wollen keine Presse, kein Aufsehen und besprechen im Vorfeld, was sie tun dürfen.«

»Das tun sie und wenn Washington zustimmt, setzen sie auch die anvertrauten Waffen ein. Ein Glück für uns. Wir sind haarscharf noch einmal davongekommen.«

»Wie haben sie die Damen kennengelernt?«

»Es war reiner Zufall. Vielleicht können wir einmal darüber plaudern. Hat sie ihnen auch gesagt, wie sie sich die Meldung über die geraubten Sachen vorstellt?«

»Nein«

»Eine einfache Meldung auf ihrem Display. Den Code bekommen sie von mir. Wenn sie sich das bitte notieren: »Rotkäppchen hat vom Wolf die geraubten Spielsachen zurückbekommen.« Da keine Chiffrierung vorkommt, werden diejenigen, die alles wissen wollen, viel Zeit Verschwenden um die Meldung zu Chiffrieren. Am Ende werden sie nichts verstehen.«

»Nicht übel, der Schalk sitzt ihr im Nacken.«

Man war im Bereich der Räumlichkeiten angekommen, die den Besuchern gewidmet war. Die Russen konnten sie erblicken, die bereits ihren Kaffee vor sich stehen hatten. Sie warteten auf die Damen. Nach der Abstellung des Campingcars hatte Elli sofort über die problemlose Fahrt und die Übergabe nach Washington berichtet. Nach Bestätigung löschte sie das Display und ließ es in der

Versenkung verschwinden. Dann ging sie mit Patricia zum Aufzug. Lächelnd erschienen sie bei den Russen.

Thibaud wollte unbedingt Details über die Ausrüstung des Campingwagens erfahren.

»Sie sind hinter Patricia gesessen und haben auch die Message gelesen. Das ist schon mehr als genug. Außer sie entscheiden sich, mit uns zu arbeiten. Nach einem harten Training bekommen sie einen weniger gefährlichen Einsatz, in dem ihnen der Gebrauch von Waffen aller Art nicht erlaubt ist. Sollten sie dennoch eine Waffe benützen, kommt eine weitere Einschulung. Nur bei Bestehen dieser nicht einfachen Prüfung werden sie einer anderen Gruppe zugeteilt, die ihnen im Notfall behilflich sein soll. Auch das ist noch kein richtiger Ernstfall. Können sie nicht bestehen und widersetzen sie sich den Anordnungen, werden sie nicht akzeptiert werden. Bis sie später so weit sind, eigenen Entscheidungen nachzugehen, müssen sie sich dennoch in dem Rahmen bewegen, den man ihnen erlaubt hat. Ohne eine spezielle Fachausbildung und ohne jegliche speziellen Kenntnissen eine Bombe zu entschärfen, wie es immer wieder im Film zu sehen ist, das geht nicht nur ins Auge, das Widerspricht jeglichem gesunden Menschenverstand. Eines sollten sie aber immer bedenken: Einsteigen ja, Aussteigen nie.«

Sergej tat, als ob er nicht zugehört hätte. Alexej bekam live zu hören, was Elli sagte. Er bekam eine Ahnung, warum Sergej Elli schätzte. Er nahm sich einen Schluck Kaffee. Damit wollte er verhindern, was Patricia von ihm dachte, die ihn genau beobachtete. Das gelang ihm aber nicht.

Thibaud fragte nichts mehr. Eines war ihm aber klargeworden. Hätte es einen Angriff gegeben, wäre eine Antwort gefolgt. Sicherlich war es besser, wie die Fahrt verlaufen war und daß der Campingcar auch weiterhin als Campingcar betrachtet wird.

Der Mann von er Bank wollte unbedingt die eingebaute Abwehrmöglichkeit des Campingcars kennenlernen.

»Sie dürfen in den Wagen klettern, nichts berühren und ihre Frage wird nicht beantwortet.«

Er kletterte in den Wagen. Nach kurzer Orientierung konnte er die vielen kleinen Lämpchen erkennen, die ab und zu blinkten.

»Nun sind sie auch im Inneren des Fahrzeuges registriert worden. Es wird gespeichert und nach Verschlüsselung nach Washington weitergeleitet. Das wollte ich ihnen mitteilen.

Etwas anderes, die Bank möge so rasch wie möglich alle Karten austauschen. Wenn sie Zweifel an der Echtheit der neuen Bankkarten haben, wenden sie sich an uns. Wir werden ihnen weiterhelfen. Mein Name ist Elli und Patricia ist meine Gefährtin.«

»Wie kann ich mit ihnen in Kontakt treten?«

»Direkt mit unseren Chefs in Washington. Durch ihre heutige Registrierung wird man sie finden. Auch wenn wir im Eismeer unterwegs sind, bekommen wir von der Zentrale eine Nachricht. Leider auch im Urlaub, der dann oftmals abgebrochen werden muss.«

»Danke, mein Name ist Roger.«

Die Damen verabschiedeten sich und fragten nach einer anderen Ausfahrt. Auf die Presse waren sie nicht scharf.

Dann schlugen sie den Weg zum Zoll am Flughafen ein. Sie stellten sich vor und ersuchten um Auslieferung der angehaltenen Männer, die nach Belgien fliegen wollten.

»Das können wir nicht. Wir wurden mit zwei KGB Offizieren konfrontiert, die nach Genf gekommen waren. Unabhängig von ihren beiden Begleitern haben sie sich diesen Männern angenommen. Da wir auch nach Vorweisung der Pässe über deren Echtheit nicht sicher waren, hat einer unserer Kollegen nach Moskau telefoniert. Er ist seit Jahren mit einer in Russland geborenen Dame verheiratet. Man lobte seine Aussprache in Russisch und bat ihn um Geduld. Wenig später erhielt er die Bestätigung über die Echtheit der Dokumente. In dem nun folgenden Gespräch erwähnte er die beiden Männer. Die beiden Herren durften sich dem KGB anschließen. Das wird sicherlich auch im Sinne der Amerikaner sein.«

»Danke für diese Information. Haben sie bitte eine Ablichtung dieser Pässe. Wenn ja, folgen sie uns bitte diese aus.«

»Wir haben mehrere Kopien anfertigen lassen. Sie bekommen eine. Vermutlich müssen sie Washington einen sehr genauen Bericht liefern. Besonders freut es uns, sie persönlich kennengelernt zu haben. Lange schon wussten wir über zwei Damen, die in die Erhebungen eingebunden sind. Ehrlich gesagt, wir haben sie uns anders vorgestellt. Etwa so groß und muskulös, wie die Damen des KGB. Sie sind zierlich und wenn man sie nicht kennt, passen sie eher als Ballbegleitung als Agentinnen der CIA.«

»Danke, die Größe sagt aber nichts über die Spezialausbildung aus. Auch nicht, wann und wo bestimmte Taktiken nur im Einverständnis mit Washington erlaubt sind.«

Der Beamte lachte.

»Das haben wir uns gedacht. Ganz schutzlos sind sie sicherlich nicht. Von ihrer Behandlung von Leuten und wie man sie zum Sprechen bringt, das ist durchgesickert.«

»Dennoch hat es sehr lange gedauert, bis wir fast am Ziel waren. Ohne ihre gewissenhafte Anhaltung der Chefs der Organisation, wären diese entkommen.«

Sie verabschiedeten sich und fuhren nach La Balme-de-Sillingy. Nach dem Abendessen gab Elli die letzten Details am Display ein. Als auch sie ins Bett kam, war Patricia bereits eingeschlafen.

Elli ließ die Innenflügel der Fenster offen. Frische Luft strömte durch die Ritzen der Fensterläden. Endlich Schlafen waren ihre letzten Gedanken, bevor sie in das Traumland entglitt.

Am nächsten Morgen beim allgemeinen Frühstück kam ein kleiner Wagen des Roten Kreuzes. Zwei Insassen stiegen aus und kamen zum Empfang.

»Gibt es schon wieder einen Unfall?« fragte Thibaud, dem das vor dem Schranken haltende Auto aufgefallen war.

Doch Jean deutete nach wenigen Worten zum Frühstückstisch der kleinen Gesellschaft. Zaghaft näherte sich einer der Männer und grüßte in englischer Sprache.

»Dürfen wir sie zu einem Espresso einladen? fragte Elli ohne Hemmungen. Der Mann nickte. Elli winkte dem anderen und man wartete, bis beide Platz genommen hatten.

»Wenn sie Appetit haben, der Frühstückstisch ist voll von guten Sachen. Greifen sie zu.«

»Die Verpflegung ist vorzüglich.« kam es von Patricia. Als der Espresso serviert worden war, begann derjenige, der als Erster gekommen war:

»Wir wurden von der Zentrale geschickt, um uns für die gespendete Geldsumme zu bedanken. Sie zu finden war nicht einfach. Dazu kam auch der Hinweis, gegebenenfalls einen dringenden Einsatz vorzutäuschen.

Für die gespendete Geldsumme können wir zwei Einsatzfahrzeuge, ausgestattet mit der neuesten Technik und weiteres Material bedenkenlos einkaufen. Es hat auch unsere Vorgesetzten überrascht. Mehr noch sie Aufforderung den Spender niemals zu nennen.«

Elli war aufgestanden.

»Ihr Besuch und ihr Anliegen überrascht uns wirklich.« während sie im ihre Hand reichte. Dasselbe tat Patricia.

Der Mann schaute auf Thibaud. Thibaud lächelte.

»Jemand hat nicht dicht gehalten. Der Stützpunkt sollte geheim bleiben.« kam es von Patricia.

»Auch jetzt noch?«

»Ja, sonst haben wir nicht nur die Lokalpresse am Hals. Internationale Medien brennen darauf uns abzulichten und im Video zu präsentierten. Das erschwert unsere Sicherheit und vor allem unsere Arbeit. Je weniger wir bekannt sind, desto eher kommt fallweise ein Erfolg. Wenn sie zurückkehren, sagen sie einfach, daß sie ihre Botschaft ausrichten konnten, uns aber nie zu Gesicht bekommen haben. Das wird man sicherlich verstehen können. Benötigen sie noch Geld für andere Ausrüstungen?«

»Danke nein. Wir haben viel mehr bekommen, als die Versicherung für die Aufklärung des Ereignisses ursprünglich geboten hatte. Die Bank hat sich ebenfalls mit einer größeren Summe angeschlossen.«

»Das klingt vernünftig. Wir müssen sie Bank nicht aufsuchen und sie an eine kräftige Spende erinnern. Aber ohne die Russen und einigen Menschen, die ihre Furcht überwinden konnten, hätte es niemals einen Erfolg gegeben.«

»Wie lange werden sie bleiben?«

»Wir warten auf eine Verständigung aus Washington.«

»Wir wünschen ihnen eine angenehme Rückkehr.«

Damit war alles gesagt worden. Händeschütteln gab es auch mit den Russen.

»Werden wir uns einmal wiedersehen? « fragte Elli Sergej.

Das Fahrzeug des Roten Kreuzes war längst verschwunden. Stille war eingetreten.

»Für solche aufregende Einsätze werde ich langsam zu alt. Ich werde meine Pension beantragen und mich in die Weiten Russlands zurückziehen. Auch in Sibirien gibt es wunderschöne Jahreszeiten. Euch beide werde ich nicht vergessen können.«

»Und du Alexej?« Patricia ließ nicht locker.

»Einen Pensionsantrag kann ich vergessen, besonders jetzt nach diesem Einsatz. Vielleicht bin ich der Führung nun ins rechte Licht gerückt worden.«

»Und was werdet ihr nun unternehmen?«

»Urlaub in Trégastel.» erscholl es gleichzeitig.

»Den Zauberstab zur Lösung von angeblich unlösbaren Vorkomm-
nissen haben wir bis heute niemals bekommen.«fauchte Elli.

»So streng sind bei euch die Bräuche, kein Zauberstab?«

Das bewirkte lautes Gelächter.

»Wir werden euch vermissen.« konnte sich Patricia nicht enthalten,
als sich endlich das Gelächter gelegt hatte.

»Ein schöneres Kompliment habe ich nie bekommen.«

Spontan umarmte Elli Sergej und hielt ihn lange fest. Desgleichen
tat Patricia.

Alain, aufmerksam geworden durch das laute Lachen, hatte die Türe geöffnet und erlebte die Umarmungen live. Vorsichtig schloss er
leise die Türe.

Wie gibt es so etwas, Ost und West liegen sich in den Armen. Es
war zu erkennen, wie ernst sie es nahmen. Wieso können das nicht
andere Menschen, die wegen Kleinigkeiten streiten. Versonnen
ging er zu seinen Pfannen und Töpfen und seine Gedanken waren
weit.

FSC
www.fsc.org
MIX
Papier | Fördert
gute Waldnutzung
FSC® C083411

Zeitfracht Medien GmbH
Ferdinand-Jühlke-Straße 7
99095 Erfurt, Deutschland
produktsicherheit@kolibri360.de